I0705126

UN SOUFFLE DE LIBERTÉ

Alexandra Ceccarelli

ISBN : 9798355155308

Photo de couverture générée par IA

Autoédition

Chapitre 1

1

Les cartons et les cantines envahissaient toute la chambre.

Poly fermait l'armoire vide quand la sonnette retentit dans l'entrée. Il se redressa en se massant la nuque, et croisa le regard de sa mère, qui rassemblait de la maroquinerie de luxe dans un des contenants.

Une bonne odeur de gingembre en provenance de la cuisine se répandait dans toute la pièce.

— Ce doit être enfin ton frère, dit Jorany Suhana en souriant. Il a probablement été retenu au garage.

Poly consulta sa montre : son frère Kan avait tout de même une heure de retard. Afin d'aider sa mère, lui-même s'était efforcé de partir plus tôt du centre médical où il travaillait. Il se considérait comme le meilleur dentiste du centre, et à ce titre, il était un peu comme le patron. En se penchant pour déplacer un carton, une nouvelle raideur dans le cou lui arracha un petit cri de douleur. Il consacrait à son labeur presque soixante heures par semaine, et malgré ses vingt-six ans, il commençait à sentir les effets d'un tel traitement sur son organisme.

Lui et ses deux frères et sœur aidaient leur mère qui se préparait à repartir dans son pays d'origine, le Cambodge. Le voyage n'aurait lieu que d'ici quelques mois, mais Jorany semblait très impatiente de s'y rendre. Elle était à la retraite depuis peu et avait décidé de passer ses vieux jours dans la grande maison familiale que lui, Poly s'échinait à faire construire.

Poly tâta le paquet qu'il cachait dans sa poche, se demandant une nouvelle fois s'il devait l'offrir à sa mère.

Quand elle était venue lui ouvrir, elle l'avait directement emmené dans sa chambre, et alors même qu'il s'apprêtait à lui tendre la petite statuette de bouddha en cuivre, destinée à son autel, son regard était tombé sur le lit où étaient entassés les cadeaux qu'il lui apportait presque à chacune de ses visites : du parfum, des sacs à main en cuir pleine fleur, des écharpes et des étoles en soie, et aussi quelques bijoux qu'il ne lui avait jamais vu porter.

Il manquait beaucoup de ses présents plus banals, en particulier les livres, mais apparemment elle n'aimait pas ceux qu'il lui offrait, et devait s'en débarrasser.

Cette constatation lui avait fichu un coup au moral, et sur le moment, il n'avait pu lui donner la statuette.

— Je vais lui ouvrir, maman, proposa-t-il en s'emparant d'un autre paquet tout emballé et cette fois destiné à Gabriel, son neveu.

L'appartement était plongé presque en totalité dans le noir. Le portrait de son père, posé sur la télévision, bénéficiait d'un dernier rayon de soleil. Poly regarda par la fenêtre : les réverbères n'étaient pas allumés. De sombres pensées l'assaillirent lorsqu'il réalisa qu'il allait encore rentrer seul chez lui, où personne ne l'attendait. Après quoi, il devrait affronter une nouvelle nuit sans sommeil, une nuit froide dans un lit trop grand, sans la compagnie d'une femme, d'un ami, d'un chien. Il croulait tellement sous le travail qu'il ne trouvait même plus le temps de voir ses potes. Et voilà que sa mère partait à son tour !

Heureusement, il était entouré de ses frères et sœurs. Avec Kan, Chaya et Munny, ils s'étaient toujours serré les coudes. Surtout avec Chaya.

— D'accord, occupe-toi de Kan, répondit Jorany, pendant ce temps je vais vérifier si le gâteau est cuit.

Poly contourna les cartons, se prit les pieds dans une tour constituée de vieilles valises et faillit s'étaler de tout son long.

Il pesta et se redressa, alluma le plafonnier et plaqua les palmes contre son torse comme s'il s'agissait de quelque trésor arraché à l'ennemi durant une bataille de tranchées.

La sonnette retentit une nouvelle fois, avec insistance.

— J'arrive !

— Qu'est-ce que tu trafiques, frangin ? Tu t'es trouvé une nouvelle copine à bécoter ou quoi ?

Kan, son cadet d'un an était beaucoup plus grand que lui, et bien plus costaud. Il tenait physiquement de leur père Keo, avec son visage tout en longueur, ses cheveux coupés très courts et ses petits yeux un peu enfoncés qui vous scrutaient l'air de rien.

— Kan, désolé ! s'exclama Poly en cherchant du regard son neveu dans le couloir obscur. Où est Gabriel ?

— Tu le connais, il a voulu monter à pied !

Poly présentait une main tendue à son frère, mais ce dernier avait déjà investi les lieux.

L'appartement de Jorany était situé dans une tour de vingt étages, et le gamin s'était fixé comme mission d'arriver tout en haut avant son père en empruntant l'escalier. Jusqu'à présent, l'ascenseur l'avait toujours emporté. Mais le plus troublant, c'était que Gaby n'avait rien d'un enfant sportif, et les séances de natation que lui infligeaient son père et son oncle n'étaient guère appréciées du petit garçon.

Un Gabriel tout essoufflé apparut enfin dans le couloir. Il se tenait les côtes, et son teint naturellement foncé avait viré au rouge carmin.

— T'as vu, papa, j'ai fait plus vite que la dernière fois !

— Oui, bon, où est maman ?

Gabriel aperçut son oncle à ce moment-là, et il se précipita dans ses bras.

— Tadam ! s'exclama Poly en brandissant son gros paquet.

Un éclair d'intérêt vint illuminer le visage du gamin, qui s'empressa d'arracher le papier, tandis que son père et lui pénétraient dans l'appartement.

— Des palmes ! Super ! Mais où sont le masque et le tuba ?

— Heu, les palmes te suffiront.

— Mais c'est nul, si je peux pas respirer !

Gabriel envoya valser son présent à l'autre bout du salon et s'enfonça dans le canapé, les bras croisés. Apparemment décidé à bouder jusqu'à plus soif, il alluma le téléviseur et afficha un air revêche.

Poly soupira. Il tâta le petit paquet dans sa poche, et songea de nouveau à sa mère. Jorany lui paraissait si fragile depuis la mort de leur père, survenue il y a quatre ans.

La vieille femme émergea de la cuisine et salua son second fils.

— Enfin une pause ! s'exclama-telle en s'affalant sur le canapé. Tu as faim, Gabriel ?

— Nan ! Laisse-moi tranquille !

— Quelle humeur, dis donc.

— Ne parle pas comme ça à ta grand-mère, le rabroua Kan.

— T'inquiète, Kan, on verra bien s'il pourra résister à mon gâteau au gingembre ! Puis, changeant de conversation :

— Votre visite tombe à pic, car en emballant mes cartons, j'ai retrouvé de vieilles photos de famille. Attendez.

La femme se leva et s'empara d'un album sur son secrétaire de style colonial. Ses deux fils s'installèrent près d'elle pour examiner les photos. Kan posa son téléphone portable sur la table basse et allongea ses jambes. Gabriel risqua un coup d'œil intéressé vers l'album, mais ne quitta pas sa position sur le canapé. La télévision diffusait un reportage sur les dernières avancées technologiques et les défis de l'homme moderne.

— Ici, expliqua Jorany, en pointant un doigt vers la première photo, c'est ma sœur Darie. Elle avait sept ans, et moi treize.

La petite fille sur la photo était boulotte, avec au fond des yeux quelque chose de déterminé et d'un peu arrogant.

— Et là, vous reconnaissez votre père, peu avant notre mariage. Sur la suivante, c'était le jour de nos noces. Bon, fit Jorany en se levant brusquement, qui veut du gâteau au gingembre ?

Gabriel talonna sa grand-mère jusqu'à la cuisine.

Si Poly calculait bien, leur mère devait être enceinte de sept mois le jour de son mariage, mais sur la photo, on ne pouvait le deviner. Il faut dire que le cliché avait cet aspect un peu trouble des photos très anciennes. Seul le sourire éclatant de sa mère témoignait d'un moment heureux. Son père Keo, le mari, se tenait bien droit, comme toujours, arborant une expression enjouée de circonstance, mais que Poly trouva légèrement forcée. Une vague de nostalgie l'envahit, à voir son père si jeune après toutes les épreuves de sa maladie qui l'avaient conduit à la mort. Ces mois passés à son chevet à assister à sa lente décrépitude le rendaient encore triste.

Jorany distribua des parts de gâteau à tout le monde. Gabriel plongea ses doigts dans l'assiette.

— Gaby, prends ta cuiller !

— Oui, p'pa.

D'autres clichés montraient la famille, encore le mariage, et la naissance de Chaya, et de Munny.

Bien sûr, les deux frères avaient déjà vu les photos de mariage de leurs parents, mais cela remontait à plus de quinze ans. Le regard qu'ils portaient aujourd'hui sur cet événement se fit plus analytique.

— Je ne vois pas tante Darie à ton mariage, remarqua Poly.

Jorany observa un court moment d'hésitation.

— Papa, demanda Gabriel qui s'était approché du trio, je peux voir ? Je peux monter sur tes genoux ?

— Ah, non, fiston, tu as les doigts pleins de beurre ! Et un grand garçon de huit ans ne grimpe plus sur les genoux de son père !

Poly lança un coup d'œil à son neveu, dont le menton commençait à trembloter.

— Allez, Gab, je suis déjà tout sale moi aussi. Viens donc t'asseoir sur moi.

Gabriel retrouva le sourire et se hissa sur les genoux de son oncle.

Kan les fusilla du regard, mais n'eut pas le temps d'émettre la moindre réprobation, car Poly fixait sa mère, puis la photo, puis de nouveau sa mère.

Jorany hocha la tête et expliqua :

— Ma sœur Darie n'a pas pu faire le déplacement, elle avait pour tâche de s'occuper de votre grand-mère restée au pays. Elle était malade. Et là, enchaîna rapidement Jorany, voici votre cousine Arun. Vous vous souvenez d'elle, n'est-ce pas ?

Les deux autres opinèrent, pendant que Gabriel augmentait le volume de la télévision.

— À ce propos, continua Jorany, l'accouchement d'Arun est prévu pour janvier, et j'aimerais bien être présente pour la naissance du bébé. Est-ce que tu pourras me réserver un billet d'avion, Poly ? Puis elle ajouta, d'une voix claire et enthousiaste :

— Et si tu pouvais envoyer un versement pour finir une des pièces ! Il serait dommage qu'on prenne du retard pour les travaux, avec cette naissance. Arun aimerait bien s'y installer pour quelques mois, sinon elle se retrouvera seule avec son bébé, voire pire : à la rue ! Là, au moins, Darie pourra s'occuper d'elle et de son petit-fils !

— Ou sa petite-fille, maman, rectifia Poly.

— Oui, bon, évidemment. Mais Darie préférerait que ce soit un garçon. Pour le premier-né de sa descendance !

Les traditions avaient la vie dure… mais il était hors de question qu'un membre de sa famille se retrouve à la rue. À cette pensée, Poly sentit sa poitrine se resserrer, comme comprimée par un énorme parpaing. Il savait que le compagnon de sa cousine, un Américain, l'avait quittée alors qu'elle était enceinte. Comment pouvait-on se comporter de la sorte ? Ses mâchoires se crispèrent de rage et il articula, en contemplant la photo de son père :

— Je vais m'en occuper, personne ne se retrouvera à la rue, maman, je te le promets ! Gaby, tu veux bien baisser le volume de la télé ?

Ce que Poly ne racontait pas à sa mère, c'est qu'il avait dû réaliser de gros placements boursiers pour dégager les sommes que lui coûtait la construction de la maison. Car en tant qu'aîné de la fratrie, il avait pris ce projet en charge à quatre-vingt-dix pour cent. Munny l'aidait un peu, mais pas son frère Kan, qui remboursait les traites de son garage. Il aurait bien aimé que ce dernier participe, surtout que son cadet menait grand train, mais il s'était marié jeune, était devenu père à l'âge de dix-sept ans et travaillait très dur. En plus de cela, il trouvait encore le temps de faire du sport, d'inculquer certaines valeurs à son fils et de mener une vie sociale enrichissante. Il méritait bien de profiter un peu de son argent.

Non, c'était à lui, Poly, de s'occuper de ce projet. Après tout ce que ses parents avaient fait pour lui, il se sentait redevable… Il allait donc se résigner à vendre une partie de son portefeuille pour dégager les sommes nécessaires. Même s'il s'interrogeait sur le bien-fondé de cette démarche, car aux dernières nouvelles le CAC 40 était à la baisse. Il tâta encore le petit paquet dans sa poche, puis l'en sortit enfin : au moins, il pouvait toujours offrir un présent à sa mère.

— Tiens, dit-il, un cadeau pour toi, maman.

Jorany sourit en saisissant le paquet. Fébrilement, elle défit l'emballage et caressa les courbes rondes de la statuette.

— Un bouddha en bronze ! Mais ça vaut une fortune !

— Bah, il trouvera sa place sur ton autel, là-bas.

— Je vais tout de suite le ranger dans mon sac de voyage. Merci mon fils. J'ai vraiment hâte de partir, tu sais. Je déjà appelé l'agence immobilière pour rendre l'appartement !

— Je suis si content pour toi !

— Regarde ça, tonton ! Le mec, il vole !

Tout le monde se tourna vers l'écran de télévision. Effectivement, l'émission montrait un individu, Richard Browning, en train de voler dans une combinaison équipée de six turboréacteurs. Il était interviewé par un journaliste dans la séquence suivante, et déclarait : « Je l'ai fait exactement pour la même raison qui pousse à gravir une montagne après l'avoir vue. Pour le chemin que l'on emprunte pour y parvenir et le défi que l'on se lance ».

— Non, mais regarde-moi ce naze, intervint Kan en attrapant la télécommande. Et puis quoi, encore, après il va lui sortir des branchies pour respirer sous l'eau ? Les gens n'ont vraiment rien d'autre à foutre ! Ils s'inventent des tas de trucs pour s'occuper… Le monde moderne me dégoûte. Tu as de la chance, Poly, que notre père t'ait financé de hautes études ! Moi, je déteste mon boulot. Et regarde notre petite sœur, avec son job de serveuse, ça ne vaut pas mieux que garagiste. Quant à Munny… bûcheron, quel boulot crevant et sous-payé !

— Munny n'est pas bûcheron, mais ébéniste. C'est un artiste dans son genre.

— Les artistes, ça sert à rien. C'est pas l'art qui fait avancer le monde. Munny aurait bien besoin de faire des trucs de mec, prendre une bonne cuite et lever une fille chaque soir !

— Je peux ravoir du gâteau, mamie ? demanda Gabriel en étouffant un bâillement. Ces histoires d'adultes semblaient l'ennuyer souverainement.

Jorany interrogea le père de famille du regard.

— Une toute petite part, alors. Clémence prépare une salade de bœuf pour ce soir. De la viande rouge pour devenir fort comme papa ! Ajouta Kan en ébouriffant les cheveux de son fils.

Gabriel se raidit sous la caresse, et saisit la main de sa grand-mère.

— Viens avec moi dans la cuisine, mon chéri.

Kan attendit que le petit garçon disparaisse, puis il confia à son frère :

— Tu penses que les palmes, c'est une bonne idée, Poly ?

— Il refuse toujours de mettre la tête sous l'eau. J'ai pensé qu'avec les palmes, les séances lui paraîtraient plus ludiques.

Poly emmenait son neveu chaque samedi à la piscine pour perfectionner sa nage, mais le gamin, au désespoir de son père, n'accomplissait aucun progrès, car le plongeoir le rebutait.

— Peut-être que deux séances par semaine lui seraient profitables ? Tenta le père découragé. Et sinon… pour changer de conversation… je pourrais venir avec vous au pays, si tu pouvais m'avancer le billet d'avion ?

Entre les journées de travail à rallonge, le déménagement de sa mère qui approchait, et bien sûr ses visites nocturnes à la cave, Poly ne voyait pas comment il pourrait rajouter un entraînement à la piscine. Pourtant, il s'entendit répondre :

— OK pour vendredi, je partirai plus tôt du boulot et rattraperai quelques heures le samedi matin. Pour le billet d'avion, pas de problème, je me charge de réserver pour nous trois.

— Tu es un ange, mon frère. Ah, et une dernière chose : est-ce que tu peux garder Gaby samedi prochain, après la piscine ? Je croule sous le boulot en ce moment.

— Sa mère ne peut pas s'en occuper ?

— C'est le jour de sa sortie mensuelle avec ses copines pour faire du shopping.

Poly sentait l'irritation le gagner. Il déglutit et se força à conserver son calme.

— OK, je le garderai, se résigna-t-il en soupirant.

Après quoi il lança un coup d'œil à la photo de son père : Keo aurait été fier de lui.

Le téléphone de Kan se mit à vibrer, et un numéro inconnu avec l'indicatif du Cambodge s'afficha.

— Excuse-moi, Poly, je suis obligé de répondre.

Poly entendit une partie de la conversation de son frère, qui parlait couramment le cambodgien. Lui-même ne l'avait jamais appris et en ressentait une grande gêne. Leur père avait tenté de le lui enseigner, mais il n'avait jamais rien pu retenir. Un comble pour un universitaire. Et une honte pour ses parents.

Son frère passa brusquement du cambodgien au français, et Poly capta la fin d'une phrase :

… peut-être pouvoir venir.

Toute la fatigue et la tension nerveuse de ces dernières semaines s'abattirent sur lui. Plus accablé que jamais, il songea à toutes ces nouvelles dépenses qu'il ne voyait pas comment honorer.

Il était temps de prendre congé. Il salua tout le monde.

Il avait hâte de retrouver sa cave.

2

Il était repassé à son appartement pour se préparer une tasse de café. Déjà 20 heures… Il savait qu'en buvant du café à cette heure-ci, il mettait son sommeil en péril, mais la fatigue l'accablait et il avait besoin d'un remontant. Il aurait pu aller directement se coucher, pourtant l'idée ne fit que l'effleurer, car il n'imaginait pas sauter sa séance quotidienne à la cave.

Son antique cafetière, qui appartenait autrefois à sa tante Darie, la sœur de sa mère, montrait des signes d'usure inquiétants. Il s'était déjà brûlé en l'utilisant, mais il n'osait pas s'en débarrasser, car il s'agissait d'un cadeau de famille.

Il lança donc l'engin de guerre, qui siffla et éructa à plusieurs reprises avant de cracher un liquide marronnasse. Poly vida dans la poubelle le marc qui se déposait immanquablement au fond de la tasse. Il massa sa nuque douloureuse en se redressant tout en fourrant dans sa poche quelques friandises pour chien destinées à un animal peu regardant.

En effet, le chat du voisin de palier avait pour habitude de déambuler dans tout l'immeuble et de se réfugier chez les uns ou chez les autres en attendant que son maître, qui travaillait de nuit, se réveille.

Parfait se dit Poly, c'est l'heure où personne ne se balade dans les couloirs.

De fait, l'immeuble était plongé dans un silence absolu.

Poly ferma sa porte discrètement, puis il dévala les cinq étages jusqu'au rez-de-chaussée – pas question de croiser un voisin dans l'ascenseur, qui, intrigué par sa tasse de café à la main, ne manquerait pas de l'interroger sur ses activités nocturnes. Alors qu'il arrivait en bas, il avisa une affichette qui informait les résidents qu'un technicien allait passer le lendemain pour une opération de dératisation, « et qu'il convenait de dégager les parties communes de la cave afin de faciliter l'intervention ».

Il s'occuperait de cela plus tard.

Tigrou, le chat de son voisin, dormait dans la poussette du petit couple avec enfant qui s'était installé récemment dans l'un des trois appartements du rez-de-chaussée. C'était également le seul chat de sa connaissance qui ne semblait pas concerné par les souris. D'ailleurs Poly se demandait quels résidents subissaient ce désagrément, car lui-même n'avait pas trouvé de rongeurs chez lui.

Alors qu'il essayait de déloger l'animal en l'attirant avec sa friandise au saumon, les portes intérieures de l'ascenseur claquèrent.

Poly sursauta, le cœur battant : quelqu'un du cinquième étage appelait l'ascenseur. Sûrement son voisin de palier qui allait travailler.

— Allez, Tigrou, sors de là !

Tigrou le gratifia d'un miaou ennuyé, boudant la croquette.

Poly pesta, mais il n'y avait plus une minute à perdre. Il chercha la clé de la cave, s'engouffra dans l'escalier plongé dans le noir, tâtonna pour fermer derrière lui.

Un peu de café se renversa sur les marches de béton. Il l'étala avec son pied.

Son cœur battait la chamade, et son front se couvrit de sueur. Il songea qu'il devait vraiment mettre la pédale douce avec la caféine.

Une fois parvenu en bas, il s'arrêta un moment pour tendre l'oreille, mais le silence imprégnait les lieux. Il soupira de soulagement.

Respirant plus calmement, il se dirigea vers son emplacement.

Il ouvrit ensuite les cinq mètres carrés de son refuge, contemplant un instant les photos de ses musiciens préférés, de son amie Estelle, et de sa sœur Chaya, qu'il avait postées au mur. Depuis combien de temps n'avait-il plus de leurs nouvelles ?

Soudain, il ressentit sa solitude avec une acuité inhabituelle.

Peut-être pourrait-il appeler Chaya ? Il allait s'exécuter quand il se souvint que Chaya travaillait au bar à cette heure-ci. Et Munny ? Munny se réveillait tôt le matin, vers cinq heures. Et puis, avec Munny, ils étaient moins proches. Quant à Kan… que pourrait-il bien lui confier, franchement ? Kan ne comprendrait pas ses états d'âme. Il lui dirait de boire un coup et de ne pas s'en faire…

Il se massa encore la nuque, hésita à tremper ses lèvres dans sa tasse, avant de succomber à la tentation. Le liquide noirâtre dégageait une odeur caoutchouteuse, mais l'âpreté familière, la caféine qui se diffusait dans son organisme le ragaillardirent. S'il s'était écouté, il aurait descendu la cafetière tout entière. Une tasse de plus, une tasse de moins, quelle différence ? Puis, d'un coup de baguette magique, la fatigue, la solitude, la tension nerveuse, les soucis s'évanouirent lorsque son regard tomba sur elle.

Elle était là, posée sur un coussin, son amie de toujours, son amante fidèle, celle qui le faisait rêver, supporter la vie, endurer son travail, ses contraintes, ses obligations, son train-train quotidien. Elle ne manquait jamais à l'appel, elle l'attendait tous les soirs.

Sa trompette.

Et comme à chaque fois, la magie opéra.

Il s'absorba dans le rituel avec un plaisir que rien d'autre n'arrivait à égaler.

D'abord, enfiler son vieux tee-shirt, souvenir de son année après le bac, lorsqu'il était parti en Angleterre étudier la musique en secret.

Ensuite, sélectionner le morceau qu'il voulait travailler pour cette séance, en plus de ceux qu'il connaissait déjà.

Enfin, saisir l'instrument et s'asseoir sur le coussin de méditation reconverti en siège pour musicien.

Son début de séance aussi était très ritualisé : inspirer pendant huit temps, puis expirer. Répéter sur quatre temps, deux temps et un temps. Étendre son diaphragme. Réchauffer l'instrument en soufflant de l'air dans le pavillon, et prendre la bonne position.

La séance proprement dite pouvait alors commencer. Les grands solos de trompette y passaient généralement, des connus et des moins connus. Des airs tels que Amazing Grâce, Blue Moon, greensleaves, The great pretender. Des morceaux de Dizzie Gilepsie, Louis Armonstrong, Miles Davies.

Et le son emplissait la cave, puissant, insistant, doux et nerveux.

Poly n'avait pas trouvé mieux pour se détendre et apaiser ses angoisses. Même ses douleurs cervicales disparurent comme par magie.

Une odeur d'after-shave bon marché s'échappait du tee-shirt. L'odeur du passé, mais un passé fait de musique, de soirées entre amis, de dîners à trois sous, et d'amours naissantes. La fragrance délicate du bonheur.

Ce soir, il joua longtemps. Suffisamment pour se perdre, pour s'oublier soi et tenir le reste du monde à distance.

Avec un peu de chance, il pourrait dormir normalement cette nuit.

Les températures avaient grimpé dans la cave. Trempé de sueur, les doigts fatigués, mais l'esprit parfaitement clair, il rassemblait ses partitions quand il perçut un grattement à la porte. Une souris, peut-être ?

Il tendit l'oreille, sa trompette encore en main.

— Bonsoir, Poly, c'est Lin.

Lin était sa deuxième voisine de palier, une étudiante chinoise dont il n'avait jamais fait vraiment connaissance. Seule personne de l'immeuble au courant pour la trompette, elle l'avait plusieurs fois invité à jouer devant tout le monde pour la fête des voisins. Ce qu'il s'était bien gardé de faire. Il lui en voulait un peu de le suivre partout dans l'immeuble comme un toutou, et n'avait jamais cherché à nouer des liens. Malgré tout, elle était très séduisante avec son air innocent, sa voix douce et sa chevelure brun-profond telle que la sienne. Quant aux pin's figurant des notes de musique qu'elle arborait sur son sac d'étudiante, il trouvait cela délicieusement rétro. Mais pas question de lui dire que la mode était passée depuis un quart de siècle. Mais peut-être pas en Chine ?

Il dissimula la trompette derrière lui et entrouvrit très légèrement la porte.

— Je vous ai apporté du porc aigre-doux. J'en ai cuisiné de trop grandes quantités, expliqua la jeune fille en tendant un plat emballé dans du papier aluminium.

Poly examina le sac de loin, n'osant refuser le présent, n'imaginant pas lui avouer qu'il était végétarien et que ses repas qu'elle lui offrait avec une telle gentillesse depuis six mois finissaient tous à la poubelle.

— Merci Lin.

La jeune fille hocha discrètement la tête, mais elle ne partait pas.

— Oui ?

— Il y a un monsieur qui doit passer demain, pour les souris.

— Oui, j'ai vu l'affiche.

— Et aussi un technicien, à cause d'un problème de plomberie.

— Ah ? D'accord.

Mais Lin ne faisait toujours pas mine de partir. Poly se sentit bête. Il entrouvrit un peu plus la porte, sa trompette toujours dissimulée derrière lui.

— Il va y avoir la fête de la musique, reprit Lin en se tordant le cou pour contempler le mystérieux instrument. Vous pouvez, vous *pourriez,* nous jouer quelque chose, juste dans l'immeuble pour euh… les voisins ?

Et voilà qu'elle recommençait avec ça !

— Je… je suis désolé, mais je ne crois pas que je serai libre ce jour-là. Et ça… la trompette, je suis débutant, je ne pratique que pour moi, uniquement. Et puis, la fête de la musique, c'est au mois de juin, non ? Nous ne sommes qu'en octobre !

— Bah, je voulais juste pour vous prévenir. Vous jouez très bien. Tout le monde le dit.

Horrifié, Poly détourna un instant le regard pour masquer son trouble, puis il ouvrit de grands yeux.

— Parce que tout le monde m'entend, dans l'immeuble ?

Mais Lin avait disparu.

3

Avant de regagner son appartement, Poly passa au courrier. Il inséra la clé dans la boîte aux lettres en bois et l'antique dispositif grinça un peu quand il releva le battant. Une plaque de vernis se détacha du panneau avant et se posa mollement sur le sol. Poly fronça les sourcils, songeant qu'il faudrait remplacer les boîtes, même si en tant que locataire, il n'avait que peu d'influence sur les décisions du syndic.

Il passa son chemin.

Il n'y avait rien de très intéressant, mis à part une lettre de la banque et une invitation pour un salon bio.

Il verrait cela plus tard.

Une vague odeur de viande grillée flottait dans l'air. Son estomac se rappela à lui : il n'avait pas encore dîné.

Avant d'aller se coucher, il devait également préparer son repas pour le déjeuner. La plupart des médecins du centre se restauraient dans les alentours, mais lui était végétarien, et les options non carnées peu nombreuses.

Il avait donc pris l'habitude de se confectionner un bouddha bol, le soir pour le lendemain.

Il entra dans sa cuisine, contempla un instant ses antiques bocaux, qui avaient appartenu à sa grand-mère, et qu'il avait remplis de céréales et légumineuses : sarrasin, riz thaï, haricots azukis. Rien qui le tentât, car il n'avait pas l'énergie de faire cuire quoi que ce soit.

Il fouilla dans le frigidaire presque vide, à l'exception d'un avocat, d'un morceau de concombre, et d'un demi-kaki. Il trancha tous ces éléments, et les disposa dans son bento japonais, avec quelques graines de courges et des noix de cajou. Il concocta ensuite une petite sauce à base de purée de sésame et de levure maltée, avec le jus d'une orange. Voilà qui devrait le sustenter, songea-t-il, satisfait de sa recette improvisée.

La femme de ménage passerait bientôt, alors il laissa un peu de bazar. C'était sa mère qui l'avait engagée, et il la soupçonnait de le surveiller discrètement par l'intermédiaire de Mona. Poly se fit réchauffer une soupe aux pois cassés en brique et griller du pain de seigle allemand, puis il s'installa à la table du salon.

Le salon à dominante noire et blanche croulait sous les objets et les bibelots, dont beaucoup venaient de son pays natal. Seul un petit coffre en bois marqueté relevait d'un art occidental.

Il avait appartenu à son père, et Poly ignorait comment il s'était retrouvé là. D'après Chaya, leurs parents avaient occupé l'appartement à la naissance de Poly, pour déménager rapidement ensuite. Jorany, qu'il avait interrogée à ce propos, restait évasive. Il n'avait pas insisté.

Dans un coin près de la fenêtre, un panier en osier contenait des accessoires, des friandises et des jouets pour chiens. Une laisse rouge à moitié rongée était posée sur le radiateur. La seule touche de couleur de la pièce.

Quelques photos, dans un cadre numérique disposé sur une étagère de la bibliothèque, montraient les membres les plus proches de la famille de Poly : ses parents, sa sœur Chaya et son compagnon Gaston, ses frères Munny et Kan, son neveu Gabriel. Le portrait de son père était particulièrement réussi, et Poly le contemplait souvent, surtout lorsqu'il se sentait faible et démuni. Keo avait représenté son modèle toute sa vie durant.

Il s'installa sur la grande table en marbre du salon. Les dents claquantes mécaniques que lui avait offertes un collègue pour son premier jour de travail semblaient le narguer à l'autre bout. Il se souvenait de ce premier jour, ce lundi de décembre où il s'était dit qu'il était né pour exercer la médecine. Ou plutôt, qu'il s'était *fait croire* qu'il aimerait son métier.

Aujourd'hui, il savait que c'était un mensonge. Mais un mensonge et une vie qu'il s'était infligé à lui-même, tout seul.

Pris d'une impulsion, il se leva et s'empara du jouet, en remonta le mécanisme. Les dents se mirent à claquer frénétiquement, puis s'approchèrent dangereusement du bord. Poly amorça un geste pour les retenir, mais les dents étaient trop près du bord. Elles tombèrent à terre dans un bruit mat. Le jouet vibra encore un peu. Puis, le silence revint, plus profond, plus angoissant.

Poly promena ensuite son doigt sur les ouvrages de la bibliothèque. Peut-être pourrait-il reprendre sa lecture demain matin, avant d'aller travailler ? Il hésita entre *Le livre tibétain de la vie et de la mort*, *Vivre en pleine conscience*, et *Esprit zen esprit neuf.*

La soupe refroidissait dans son bol. Il revint s'asseoir sans s'être décidé et plongea la cuiller dedans d'un air distrait. Une nausée le saisit par vagues, comme s'il venait de faire un gueuleton. Il repoussa la nourriture. Son cœur se mit à battre furieusement, et il sentait le sang pulser à ses tempes. Il savait qu'il ne souffrait de rien, car, affolé par ces symptômes aussi bizarres qu'inquiétants, il avait passé récemment un électrocardiogramme chez un confrère. Tout était parfaitement normal. Le praticien lui avait juste suggéré de se calmer avec la caféine.

Il se leva pour insérer un CD dans le lecteur. Sa collection de CD comprenait plusieurs centaines d'albums, avec une dominante jazz. Il choisit un grand classique, *The Köln Concert*, un concert entièrement improvisé par Keith Jarrett en 1975, à l'Opéra de Cologne.

Il s'enfonça dans le coussin du canapé. Ferma les yeux. La nausée se calma un peu, mais il n'avait vraiment pas faim.

Il se leva pour jeter le bol de soupe à la poubelle, et émietta le pain noir. Si la femme de ménage rapportait à sa mère qu'il ne mangeait pas, Jorany allait s'inquiéter.

Il disposa ensuite les miettes sur une assiette, pour les oiseaux. Et tant pis si c'était interdit.

Ses pensées le ramenaient sans cesse à l'argent, et aux placements qu'il avait réalisés, sur les conseils de Charlie, son ami banquier. Ses connaissances des marchés financiers étaient limitées, aussi comptait-il beaucoup sur Charlie. Son ami lui avait déjà fait gagner des sommes rondelettes. Les dividendes lui avaient permis de dégager un apport conséquent pour entamer la construction de la grande maison familiale au Cambodge. Il décida d'appeler Charlie le lendemain à la première heure pour lui fixer un rendez-vous le soir même. Réagir avec promptitude s'imposait, car il avait entendu dire que les cours menaçaient de baisser sérieusement, et il n'avait aucun autre moyen de payer les travaux.

Si sa cousine Arun se retrouvait à la rue, il ne se le pardonnerait jamais.

L'immense bâtisse était destinée à sa grande famille restée au pays, avec ses cousins et neveux dont il gardait un souvenir ému, mais également à ses frères et sœurs quand ils partaient tous là-bas pour les congés d'été.

Kan adorait passer ses vacances au Cambodge et, malgré ses plaintes continuelles (il croulait toujours sous des tonnes de boulot), il dégageait toujours du temps pour s'y rendre.

Lui aussi était submergé de boulot, mais il ne prenait presque jamais de congés. Kan devait avoir une méthode d'organisation bien meilleure que la sienne.

Il songeait à réserver les billets d'avion pour Kan et sa mère, quand la fatigue lui tomba dessus.

Il éteignit la musique et gagna sa chambre.

Il se déshabilla prestement et s'enroula nu dans la couette sur son futon en bambou.

Le sommeil se fit attendre. Emprunta un long détour. Finit par se perdre en chemin.

Minuit s'afficha sur son réveil, puis une heure, deux heures, trois heures du matin. La journée du lendemain risquait d'être très pénible s'il ne dormait pas quelques heures. Le balai dansant des phares de voiture illuminait le plafond de sa chambre. Il avait oublié de fermer les volets. Mais qui pouvait bien prendre sa voiture à cette heure-ci ?

Agacé, il chercha la tablette de tranquillisants sur sa table de nuit et avala deux comprimés qu'il fit descendre avec une gorgée de café froid, vestiges de sa tasse matinale.

Quand le réveil sonna à 7 heures, il lui sembla n'avoir dormi que dix minutes.

Chapitre 2

Après avoir rangé son casque sans fil et quitté à regret la trompette envoûtante d'Ibrahim Maalouf, Poly poussa la lourde porte en cuivre du centre de santé où il travaillait.

L'odeur caractéristique de clou de girofle le saisit à la gorge dès qu'il pénétra dans le hall d'accueil. Il aurait dû y être accoutumé, depuis le temps, mais la molécule d'eugénol que dégageait le cabinet dentaire malmenait toujours son estomac.

Peut-être parce que celui-ci ne contenait qu'un kiwi et plusieurs tasses de café – et encore, il n'était pas passé au troquet en bas de chez lui où il bouquinait chaque matin en sirotant plusieurs expressos.

Un autre café s'imposait donc.

Il s'approcha de Zarina l'hôtesse d'accueil, et se souvint qu'il devait absolument joindre Charlie, son ami qui s'occupait de son portefeuille d'actions. Charlie partait de chez lui à 8 h 45, et ne répondait plus au téléphone jusqu'à sa pause déjeuner. Or, il devait le voir au plus vite.

Poly consulta sa montre : 8 h 35.

Pas le temps pour un café.

La salle d'attente était déjà bondée. Une jeune femme laissa sa place à un homme plus âgé. Poly reconnut l'un de ses patients, un certain Frederiksen, mais les yeux rivés sur l'horloge de son téléphone, il préféra se montrer discret et passer son chemin. N'empêche qu'il y avait du monde aujourd'hui. Se débrouiller pour s'absenter ce soir, sans parler de vendredi, allait représenter un véritable défi.

Mais il avait fait une promesse à son neveu, et il se devait de la tenir.

— Bonjour, Zarina, est-ce qu'il y a des messages pour moi ?

Le centre était depuis peu envahi de diverses compositions, toutes rapportées par la rhumatologue, dont le mari était professeur d'Ikebana, l'art floral japonais.

Le spécimen posé sur le comptoir de l'accueil dissimulait en partie l'expression de Zarina, mais Poly remarqua les yeux rouges et les cheveux en pétard de l'hôtesse corpulente. Tout paraissait adipeux chez Zarina, même ses paupières et ses oreilles. Ce matin-là, elle semblait près d'exploser.

— Pas de message, souffla la grosse femme, en écartant une branche de cerisier pour vriller ses yeux las dans ceux de son patron. Par contre, on a un monde dingue. Vous ne quitterez pas le centre avant au moins vingt et une heures ce soir. En plus, il manque le Dr Brault, elle a prévenu qu'elle ne viendrait que plus tard. Et puis regardez-moi ces nouveaux bouquets, elle en a même posé sur la table de jeux réservée aux enfants !

Zarina pointa son index vers ladite table, et rajouta :

— Et comme si ça ne suffisait pas, quelqu'un s'amuse à écraser ses mégots de cigarettes dans les pots. On ignore de qui il s'agit. Le Dr Périn est furieuse et d'une humeur massacrante. Malgré tout, elle a encore rapporté au moins trois compositions. On ne sait plus où les caser. Avec l'espace de radiologie qui ouvre bientôt, ça fait vraiment mauvais genre. Moi, je les ficherais bien à la poubelle, et si vous voulez mon avis, Docteur…

Poly consulta encore une fois l'heure sur son téléphone.

— Bon, bon, la coupa-t-il, je lui parlerai au Dr Périn, et nous trouverons une solution à cet envahissement végétal. Le temps me manque, là, alors transmettez-moi vite fait la liste de mes patients, je dois passer un coup de fil urgent !

Zarina hocha la tête, et se retourna pour saisir une mince feuille qu'elle tendit à Poly.

Déjà 8 h 43.

— Personne suivante ! fit Zarina d'une voix mi-agressive mi-ennuyée.

C'est le moment que choisit le Dr Nesrine Périn pour

apparaître, du haut de son mètre quatre-vingt, atteint de haute lutte par ses dix centimètres de talons aiguilles qui la faisaient grimacer à chaque pas, et qui laissaient de petits cercles sur le lino usé du centre. Les agents d'entretien se plaignaient de ces marques difficiles à effacer, mais la rhumatologue irradiait d'une autorité naturelle qui écrasait tout sur son passage.

Même ses collègues.

— C'est toi qui plantes des cigarettes dans les compositions de mon mari ? accusa-t-elle en s'adressant à Poly.

— Je ne fume pas ! Je dois tél…

— Et vous Zarina, vous fumez ?

— Certainement pas, Docteur ! Se révolta l'hôtesse.

L'autre bougonna quelque chose et retira le mégot incriminé du bout de ses longs doigts teints en rouge vif, le jeta à la poubelle et partit comme elle était venue, de sa démarche boitillante.

— Il faut que je… intervint Poly en consultant sa montre, les yeux horrifiés.

8 h 50. Charlie devait déjà être au volant.

Poly se frotta les paupières. Il les sentait lourdes et grippées. Un effet du manque de sommeil.

— Elle est gonflée, tout de même ! Nous n'avons qu'un fumeur au centre. L'assistante dentaire du Dr Tournevoix, mais c'est une pauvre fille stressée dont la mère se drogue et le frère croupit en prison. C'est pas une vandale !

Poly avait tourné les talons. Son premier patient de la journée, un quinquagénaire d'origine danoise du nom d'Oskar S. Frederiksen qui perdait toutes ses dents les unes après les autres, se levait déjà pour le suivre. Il lui fit signe de se rasseoir, ce qui arracha au bonhomme un soupir d'exaspération. La matinée s'annonçait tumultueuse…

Enfin parvenu dans son cabinet, Poly passa son coup de fil tant attendu. Comme il se l'imaginait, il tomba sur le répondeur de Charlie. Inutile de laisser un message, son ami ne les écoutait jamais.

Découragé, il s'assit à son bureau et se prit la tête dans les mains.

Quelle était la conduite à tenir, à présent ? Consulter lui-même les marchés financiers et essayer d'y comprendre quelque chose ?

Un petit café s'imposait vraiment. Il s'apprêtait à se rendre à la machine, quand l'image de la salle d'attente et de tous ces gens mécontents lui revint en mémoire.

Il soupira et s'empara de la liste de ses patients.

— Monsieur ? Docteur ? dit son assistante qu'il n'avait pas vue entrer. Monsieur Frederiksen fait tout un raffut dans la salle d'attente. Il est très pressé, apparemment.

— Faites-le venir. Non, pas tout de suite ! Juste une seconde !

Le nom de Charlie venait de s'afficher sur son téléphone. Poly décrocha immédiatement, le cœur battant.

— Charlie ?

— Ouais. Je n'ai qu'une minute à t'accorder.

— Moi aussi. Est-ce que tu es libre, ce soir après le boulot ?

— Je comprends que tu veuilles me parler. Il faut absolument qu'on se voie, et vite !

Poly fronça les sourcils. Que sous-entendait cette déclaration ? Son estomac se contracta douloureusement.

— Je peux dégager le créneau de 18 h, dit Charlie. Après, je devrai traverser tout Paname pour un autre rencard. Au Next, ça te va ?

— Au Next à 18 h, parfait, répondit Poly avec soulagement, tout en détaillant la liste de ses patients de la journée. Celui de 18 h n'allait pas se montrer très arrangeant. Mais il espérait tout de même trouver un moyen de s'éclipser entre 17 h 45 et 18 h 30.

La seule solution envisageable consistait à refiler les deux rendez-vous de ce créneau à Olive Brault, une des autres dentistes du centre.

Et pour ce faire, il devait se renseigner auprès de Karine Bouttet, la nutritionniste.

— C'est un scandale ! s'exclama une voix masculine depuis le couloir.

Une voix qui se transforma en corps, puis en patient, quand Oskar S. Frederiksen s'installa d'autorité dans le fauteuil du cabinet dentaire.

— J'ai bien expliqué à votre hôtesse que je devais passer en premier, afin de me présenter à l'heure à un entretien d'embauche ! J'ai mal làààà ! fit le sieur Frederiksen en enfournant un index à la propreté douteuse au fond de sa bouche – ce qui avait le mérite de lui couper la chique, constata Poly en appréciant la trouée de silence créée par cet interlude digitobuccal.

— Voyons cela.

Poly entreprit d'arracher la dent branlante qui contribuait à l'humeur vindicative de son patient, et se trouva même remercié chaleureusement par ce dernier.

— Je suis navré de m'être emporté pour tout à l'heure, s'excusa-t-il. Je n'y tenais pas trop à ce job, de toute façon. Je me fais vieux. Les dents, c'est plus important, pas vrai Docteur ?

— Oui, bien sûr, Monsieur Frederiksen, votre bouche assure votre survie, à condition d'avoir de quoi la remplir. De ce fait, un emploi me paraît secondairement aussi important qu'une bonne dentition, mais… désolé, je dois m'éclipser quelques minutes…

Oskar S. Frederiksen le contempla un instant d'un air perplexe, mais Poly disparut dans le couloir avant de proférer d'autres idioties.

Il avait bien conscience de se montrer maladroit avec ses patients et même ses collègues, mais il s'était taillé une réputation de praticien intègre, de sorte qu'on lui passait ses excentricités.

Une fois le patient hors du cabinet, il se faufila dans le couloir jusqu'à la porte de Karine Bouttet, une grande amie d'Olive Brault.

Il toqua trois petits coups secs et entra sur l'invitation de la nutritionniste.

— Bonjour, Karine, je suis un peu pressé. Il faut absolument que je parle à Olive. À quelle heure commence-t-elle sa consultation ?

— Son fils a attrapé une sorte de virus, alors elle arrivera plus tard que d'habitude.

La fenêtre était ouverte en grand et une odeur étrange flottait dans la pièce.

— Tu sais que je suis invitée dans une émission à la télé, avec d'autres thérapeutes, pour présenter mon bouquin *Manger, c'est pas sorcier* ?

— Oui, oui.

Des piles de livres occupaient les trois quarts du bureau. Certains étaient posés à l'envers et montraient un portrait de Karine Bouttet, souriante et apprêtée. La nutritionniste était la plus ancienne praticienne du centre, et jamais Poly ne l'avait vue quitter ses jupes plissées qui descendaient sur ses hanches trop maigres. De fait, Poly remarqua qu'elle s'était fendue d'un trait d'eye-liner sur les paupières et d'un rouge à lèvres carmin profond. Il se retint de détailler le reste de sa tenue.

Les deux collègues observèrent un moment de silence. Puis la nutritionniste se pencha légèrement en avant et s'exclama avec véhémence, les bras croisés sur sa poitrine plate :

— C'est tout l'effet que ça te fait ?

— Heu, toutes mes félicitations. Tu me préviens quand Olive arrivera ?

L'autre soupira.

— OK.

— Désolé, Karine, il faut que je me sauve.

Alors qu'il repassait par la salle d'attente pour s'occuper de son deuxième patient – une fillette de huit ans, ce qui présageait une séance compliquée avec force larmes et cris – le Dr Brault fit miraculeusement son apparition.

— Je te cherchais Olive ! Est-ce qu'on peut parler une minute ? s'exclama Poly, qui n'en revenait pas de sa chance.

Peut-être que cette journée allait se remettre sur les rails, finalement ?

— Bonjour quand même, dit la dentiste d'une voix morne.

Poly la contempla un instant. Olive Brault était une belle femme de quarante ans, mais ses traits perpétuellement tirés témoignaient d'une vie familiale mouvementée, une de ces vies où le sommeil manque, et où les petits et les grands pépins du quotidien ne laissent pas le temps de souffler.

— Désolé. C'est le stress, ici, avec tout ce monde, et j'ai des soucis perso, expliqua Poly.

— Tout le monde a des soucis, tu sais.

Poly se sentait pris en faute d'auto-apitoiement, sensation qui s'amplifia quand sa collègue rajouta :

— Une épidémie de gastro sévit à la crèche, mon fils de trois ans est malade, et la nounou que j'ai engagée doit rattraper des cours à la fac pour espérer valider son année. Elle ne peut donc pas s'occuper de Jules le soir.

— Je suis désolé de te demander cela, mais j'ai un rendez-vous hyper-important ce soir justement, et j'ai pensé que tu pouvais peut-être prendre en charge deux ou trois de mes patients. Je reviendrai immédiatement après mon rencard !

La femme secoua la tête.

— Impossible, je te l'ai dit. Pas de nounou pour ce soir.

— Et ta grande fille ? Tu ne pourrais pas lui confier la garde de son frère ?

— Lena participe à une compétition de GRS. Quant à mon mari – avant que tu me poses la question – il est parti à Lisbonne, pour un séminaire. Maintenant, il faut que je te laisse !

Poly était atterré. Il pensa envoyer un SMS à Charlie pour reporter, mais cette perspective le remplissait d'effroi. Il se creusa la tête en quête d'une autre idée.

Restait Guillaume Tournevoix.

Cette idée ne l'enchantait guère, mais il ne voyait pas de solution alternative. Sinon, il serait obligé d'annuler ses rendez-vous, chose qui le répugnait au plus haut point. Le centre était bien connu pour la fiabilité de ses médecins et avec la salle de radiologie qui allait ouvrir, il ne fallait pas faillir à cette réputation.

Poly devait repasser par l'accueil pour trouver le Dr Tournevoix. Il pria pour qu'aucun patient ne vienne à sa rencontre, mais une femme très remontée le stoppa tout net dans sa course folle.

— Docteur, demanda la mère de sa deuxième patiente. Nous sommes là depuis plus d'une heure, ma fille risque de louper l'école, et moi je vais être en retard à mon travail !

Tout le monde se retourna vers Poly et ce dernier se mit à transpirer abondamment.

Zarina le fusillait du regard.

— Une minute, rien qu'une petite minute, négocia le praticien alors qu'un brouhaha agacé s'élevait de la salle d'attente.

Alors que Poly s'éclipsait en vitesse, il perçut le mécontentement général à travers des bribes de conversations : « … pas à l'heure », « … changer de centre », « avis négatif sur leur site, croyez-moi ! »

Guillaume Tournevoix était déjà en consultation quand Poly déboula dans le cabinet, dont la porte restait perpétuellement ouverte.

— Il se passe quoi, dans la salle d'attente ? Fit le médecin en suspendant sa fraise.

Le grésillement désagréable de la roulette obligeait à élever la voix.

— Ils… il y a du retard !

— Tu veux dire que TU as du retard ! Qu'est-ce que tu trafiques à toquer à toutes les portes ? Je suis au courant, tu sais. Les patients sont à manier avec précaution. Ils vous font et vous défont une carrière à coups d'étoiles sur Internet !

— Je m'en rends bien compte, je suis désolé.

Le dentiste s'était remis à la tâche, et le bruit de son instrument de torture laissait peu de place à une conversation.

— Je finis avec ce patient et je t'accorde une minute ! Pas

une de plus.

Poly s'assit sagement derrière le bureau de Guillaume Tournevoix, peu désireux de retourner dans la salle d'attente avant d'avoir parlé avec ce dernier.

— Bon, qu'est-ce que tu veux ? soupira le Dr Tournevoix, alors que son patient se levait du fauteuil avec un soulagement manifeste.

Poly présenta sa requête d'une voix tremblante. Et il rajouta qu'il souhaiterait partir plus tôt également certains vendredis.

— C'est d'accord pour ce soir. Mais pas pour vendredi. Moi-même je dois partir avant l'heure habituelle ce jour-là. Tu vas devoir non seulement rattraper les trois consultations d'aujourd'hui, mais aussi prendre en charge mes patients de vendredi soir.

Poly ne savait pas s'il devait se réjouir ou se désespérer.

Comment allait-il expliquer à son frère qu'il lui était impossible d'emmener son neveu à la piscine, comme il le lui avait promis ?

2

— J'ai enfin réussi à me libérer ! Désolé pour le retard.

Charlie Peterson consulta sa coûteuse montre Breitling et fronça ses sourcils soigneusement épilés avant de s'exclamer.

— Cinq minutes de retard, Poly, je devrais survivre. Tu prendras quoi ?

Charlie avait deux fois l'âge de Poly, et les déjeuners d'affaires avaient depuis longtemps mis en péril son tour de taille et son taux de cholestérol sanguin. Les deux amis s'étaient rencontrés dans un vernissage – Charlie pour investir dans l'art, Poly pour se changer les idées – et leur relation s'était cimentée au fil des mois.

« Votre amitié ne durera pas dans le temps, l'avait averti Chaya. Vos centres d'intérêt sont trop différents. Un des deux finira par mettre les distances, tu verras. »

Chaya faisait généralement montre d'une grande sagesse, mais sur ce sujet, elle se trompait.

— Un cocktail de fruits, répondit Poly en se hissant sur un tabouret de bar.

Il se frotta encore la nuque et promena son regard sur la salle. Le Next abritait les éternels habitués de l'Happy Hour. C'était un établissement tout en longueur, chichement éclairé par des lampes vertes fluo. Des affiches placardées sur les grandes vitres faisaient de la publicité pour les derniers concerts à la mode : Bertrand Belin, Touré Kunda, le festival Africolor. La musique à dominante techno n'était pas poussée à plein volume, à cette heure-ci, mais il fallait déjà un peu forcer la voix pour se faire entendre. La salle était bondée.

Somer, le barman, lui prépara sa boisson de son habituel air las et dépourvu d'humour. Il semblait avoir dans les trente ans, et il portait son éternel Bosalino un peu de travers sur sa tête. Ses avant-bras dénudés laissaient apparaître d'horribles tatouages rouge et vert. Poly n'avait jamais réussi à deviner ce qu'ils représentaient réellement. La Galaxie, peut-être.

Poly étouffait. Il libéra les deux boutons du col de sa chemise et se regarda un instant dans le miroir derrière le comptoir. Des cernes bleuâtres entouraient ses yeux exsangues. Et depuis quand arborait-il cette ride au milieu du front ? Quelques poils de sa moustache et de sa barbe avaient poussé au cours de la semaine.

— Tu as dû recevoir un courrier de ta banque, commença Charlie, qui avait commandé un verre de vin blanc et des tapas.

Poly se redressa sur le tabouret et cessa de respirer. Il se rappela l'enveloppe de la banque récupérée la veille et son intention de « l'ouvrir plus tard ».

— Mince, j'ai oublié !

Soudain, tous les yeux convergèrent vers deux jeunes femmes qui venaient de faire leur entrée. Poly avait déjà aperçu la blonde une ou deux fois. Celle-ci lui lança un petit sourire.

— Je suis désolé, déplora Charlie tout en jouant avec le pied de son verre. L'une des deux entreprises où tu avais placé ton argent a déposé le bilan. Il ne reste rien. Quant à l'autre, eh bien j'ai revendu à perte. J'ai réussi à récupérer quelques centaines d'euros.

Face à une telle nouvelle, la plupart des gens auraient hurlé, vitupéré ou se seraient fâchés.

Pas Poly. Il se contenta d'un vague « D'accord ».

La blonde le regardait toujours.

— Le nouveau marché est très volatil en ce moment. J'ai fait ce que j'ai pu.

Cette récente réalité financière bouleversait les projets de Poly. Il se voyait contraint de renoncer à ses projets de maison au Cambodge. Il ne pourrait pas non plus aider sa cousine. Ni même, peut-être, envoyer sa mère prendre sa retraite là-bas.

Une chape de culpabilité s'abattit sur lui. Des images atroces de jeune accouchée à la rue avec son bébé apparurent dans son esprit troublé.

Il disposait tout juste de quoi payer le billet d'avion de sa mère. Et éventuellement de l'accompagner là-bas.

Comment avouer à sa famille qu'il était ruiné ?

Le souffle court, Poly se leva. Ses jambes tremblantes le soutenaient à peine.

— Excuse-moi, balbutia-t-il.

Il se dirigea en titubant vers les toilettes. On aurait pu le croire ivre. De petites étoiles argentées dansaient devant ses yeux. Une affiche placardée sur la porte des toilettes proclamait : « Le doute ma bite ». Il sentait tous les regards braqués sur lui. Est-ce que la blonde le regardait et se moquait de lui ? Il contempla de nouveau l'affiche, incapable de bouger, et rougit violemment.

Enfin, il réussit à mobiliser son bras. Il poussa la porte.

Il s'aspergea le visage d'eau fraîche et se trouva un peu mieux. Est-ce qu'ils avaient l'eau courante, au moins dans la maison ? Ou devaient-ils aller la puiser à des kilomètres ?

— Malgré cela, tout n'est pas perdu, Poly. Poly, ça va ? demanda Charlie en commandant un second verre de vin.

Poly s'était rassis sur son tabouret, le col de sa chemise

trempé et le visage jaune pisse sous les néons fluo. Il se fit violence pour ne pas se retourner vers les deux jeunes femmes.

— Oui. Tu disais ? couina-t-il.

Sa voix ne voulait pas sortir normalement. Il regarda autour de lui, et la cave se mit à tourner encore, rendant irréel le reflet violet des compartiments à alcools, les autres clients et même Charlie.

Un serveur apportait un hamburger à un quadragénaire baraqué qui s'était installé au comptoir, et l'odeur de viande grillée lui souleva le cœur. Il se rappela alors que, submergé de travail, il n'avait pas eu le temps de manger son bouddha bol.

Il se frotta les yeux vigoureusement et prit une profonde inspiration. Sa nuque, raide comme une barre de fer, se mit à craquer.

— Tiens, bois ça, lui ordonna Charlie en poussant son propre verre devant lui. Ça va te requinquer.

Machinalement, Poly s'empara du verre à pied légèrement opaque, et il ingurgita d'un trait tout son contenu.

— Mais c'est de l'alcool ! s'exclama-t-il en le reposant violemment sur le comptoir.

L'autre haussa les épaules.

— Évidemment ! C'est du vin blanc.

— Je ne bois pas d'alcool, ma religion me l'interdit, tu le sais bien !

— Calme-toi ! Allez, même chez nous les prêtres boivent le vin de messe. Il doit bien exister une dérogation spéciale, dans la religion bouddhiste, non ?

— Eh bien non, figure-toi.

— OK, je n'insiste pas. Je t'expliquais qu'il y avait tout de même un peu d'espoir concernant tes actions. Tu disposes de deux autres valeurs. Très performantes. Je te recommande de te renseigner sur ce que tu possèdes dessus auprès de ton banquier. Celle sur le Nouveau Marché est vraiment très prometteuse, aussi je te conseille de la garder, on ne sait jamais. Pour du plus long terme. Pour le moment, elle est au plus bas elle aussi.

— Attends une seconde.

Poly glissa la main dans sa sacoche à la recherche de ses papiers. Il attrapa quelques croquettes au passage, qu'il lâcha sur le comptoir, devant l'air dégoûté de Somer. Ouvrit son portefeuille. La photo d'un vieil homme s'en échappa et tournoya avant de se poser sur le sol. Poly se pencha pour la ramasser, puis il exhiba fièrement une carte de visite.

— Voilà ! s'exclama-t-il, le numéro de mon conseiller financier ! Je l'appellerai demain.

Bizarrement, il se sentait un peu mieux. L'alcool, peut-être.

— Nom d'un chien, Poly, tu gardes encore la photo de ton paternel dans ton portefeuille ?

Poly se mit à rougir, comme un gamin pris en faute, mais l'autre avait déjà enchaîné :

— Bon, je n'ai plus beaucoup de temps. Mon grand fils arrive du Japon avec sa femme. Ils viennent dîner dans deux heures et j'ai aussi pour mission d'assurer un rendez-vous d'affaires dans le quinzième. Je te laisse payer, hein ?

— Ils ne logent pas chez vous ?

— Non, ils préfèrent dormir à l'hôtel. Ma femme ne s'entend pas très bien avec sa belle-fille. Le coup classique. Tu verras, quand tu auras des enfants. Tu en veux, au moins, des enfants ?

— Je ne sais pas. Je n'ai pas vraiment le temps.

— Pourtant, les filles te dévorent des yeux. La blondinette, à la table derrière, par exemple !

— Quand même, ton fils, tu ne le vois pas souvent…

— Bah, il a quitté la maison, il vit sa vie. Bon, tu me tiens au courant pour tes actions ?

— Ça marche.

— Tu devrais manger quelque chose, Poly. Et prendre une douche bien chaude.

— D'accord.

— Eh, au fait, qu'est-ce que tu fiches avec ces croquettes ? Ton clébard est mort, non ?

Poly ferma un instant les yeux, et dans un souffle, lâcha :

— Je sais.

3

Il était 19 heures. Encore assez tôt pour s'arrêter au magasin bio, et garnir un peu son réfrigérateur.

La météo de ce mois d'octobre s'était montrée clémente jusqu'à présent, mais ce soir, un petit vent frais annonçait la véritable fin de l'été. Poly foula un épais tapis rouge orangé. Les feuilles avaient conspiré, dirait-on, pour se détacher des arbres toutes en même temps. Il lui semblait que le matin, le bitume immaculé régnait encore en maître sur les rues du quartier.

Poly habitait près de la gare de l'Est, et sur sa route, il croisait de nombreux commerçants. Mais une certaine boutique suscitait à chaque fois sa convoitise. Il s'arrêtait devant matin et soir.

Une fois de plus, il pila devant la boutique d'électroménager de luxe. Une cafetière en acier titane noir, avec moulin intégré occupait la moitié de la vitrine. Le prix n'était pas affiché, mais vu la quantité d'options indiquées sur le descriptif, elle devait valoir au moins cinq cents euros. Il se promit qu'un jour, il se l'offrirait, mais pour le moment, il devait se concentrer sur la situation de la maison et à se renseigner sur ses finances, comme le lui avait conseillé Charlie.

À regret, il s'arracha à la contemplation de la machine à expressos – qui vous concoctait également du thé, du cappuccino et du chocolat chaud, le rêve ! – et passa au magasin d'à côté pour acheter en vitesse de la spiruline, des graines de luzerne, de la farine de pois chiche, des petits pains, des pommes de terres, et une bûche de chèvre.

Ce soir, il se préparerait un hamburger végétarien.

Finalement, Olive et Guillaume s'étaient partagé ses patients, et Zarina l'avait appelé pour lui signifier qu'il n'avait pas besoin de revenir après son rendez-vous à l'extérieur. Apparemment, Olive avait sollicité une autre baby-sitter en urgence et l'avait libéré « à condition qu'il rattrape ses heures ».

Le vent avait forci, puis il se mit à pleuvoir. Poly releva le col de son blouson, ramena sa capuche sur son casque et s'apprêtait psychologiquement à passer devant un certain magasin.

Juste avant, il croisa une boutique de confection féminine et s'extasia devant une jolie écharpe qui rappelait un peu les krama de son pays d'origine et qui plairait à sa mère. Sa mère adorerait le grand foulard en soie en vitrine. Il paraissait robuste et chaud. Il allait pénétrer dans la boutique avant de se souvenir qu'il était ruiné. Son cœur se serra – et la fatigue de cette journée interminable lui tomba dessus. Il soupira longuement et reprit son chemin.

L'image de Charlie revint le hanter. Il frémissait encore d'avoir perdu tout son argent. Peut-être son ami s'était-il trompé ? L'impatience le faisait se hâter à présent, car il se demandait ce que contenait le courrier de la banque. Heureusement qu'il avait un travail et qu'il percevait un bon salaire… En cumulant plus d'heures, il serait peut-être en mesure de financer la construction de la maison. Malheureusement, il ne s'en sortirait pas sans une meilleure hygiène de vie, il en avait bien conscience…

En plus, l'heure de joindre Kan au téléphone approchait, ce qui ne laissait pas de lui créer un stress supplémentaire. À qui pourrait-il confier la garde de son neveu vendredi soir ? Il envisagea d'abord de faire appel à la mère légitime de l'enfant, à condition qu'elle annule sa journée shopping, mais cette idée lui répugnait, car il avait donné sa parole et il n'aimait pas bouleverser les plans des uns et des autres. L'épouse de Kan travaillait dur elle aussi, elle avait bien droit à un peu de détente avec ses copines.

Un couple passa près de lui et faillit l'éborgner avec son parapluie. La femme riait à gorge déployée. La pluie s'immisçait dans le cou de Poly, qui commença à frissonner.

Il songea à appeler Chaya ou Estelle. Ses pensées s'égaraient, et l'image de sa cousine Arun vint de nouveau le visiter. La dernière fois qu'ils s'étaient vus, ils étaient encore adolescents. Sa cousine vouait une véritable passion à la photographie et n'avait pas arrêté de le faire poser pour elle, ce qui le mettait toujours très mal à l'aise. Il n'appréciait guère son physique, et encore moins être le centre de l'attention. Aujourd'hui, Arun exerçait le métier d'hôtesse de l'air, mais venait de perdre son emploi, pour une raison qu'il ignorait. Il savait juste qu'elle était tombée enceinte et le père de l'enfant l'avait quittée, cette ordure. Il n'avait aucun respect pour les hommes qui abandonnent ainsi leur compagne – enceinte, de surcroît. Son propre père, Keo, n'aurait jamais laissé tomber les siens, même s'il n'avait pas été en mesure de payer des études à tout le monde, et même s'il semblait rongé d'un mal secret. Jusqu'à mourir du cancer.

Aider sa cousine était sa priorité. Peut-être que d'autres membres de la famille seraient prêts à l'accueillir ? Ou bien quitter la grande maison pour libérer une chambre pour la future maman ? Vu les circonstances, quelques sacrifices s'imposaient.

La musique de Molly Johnson égaya un peu son pas. Il remit à fredonner les paroles qui résonnaient étrangement en lui : « You're like a melody/That follows me/ And when you go/I still hear music constantly »

L'animalerie se profilait à l'horizon. Une femme avec un cocker observait la vitrine où de petites étagères modulaires étaient exposées. Le vendeur avait expliqué à Poly que les étagères se fixaient sur les meubles et servaient de terrains de jeux pour les chats.

Il estima l'âge du cocker à trois ou quatre mois. Le chiot ne cessait de mordiller sa laisse et de gambader autour de sa maîtresse qui se trouva rapidement saucissonnée. Poly sentit son cœur fondre : il adorait les cockers.

On distinguait de la lumière dans la boutique.

Poly continua son chemin, en augmentant le volume du casque. Il s'obligea à ne pas tourner la tête, une fois parvenu à hauteur de l'animalerie.

Ça y est, il était passé. Il souffla de soulagement. Soudain, il sentit qu'on lui tapait sur l'épaule. Il se retourna.

— Hey, voilà bien une minute que je vous appelle et que je vous cours après !

Poly eut un rictus d'excuse, tout en désignant son casque du doigt. Mais l'autre n'avait pas fini. Il serait très impoli de garder son casque sur ses oreilles. Poly l'enleva.

— On a reçu de nouvelles friandises pour chiens. Et de très jolies peluches. Venez donc jeter un coup d'œil, déclara le vendeur en affichant un sourire généreux.

Au moins, songea Poly, il prenait soin de ses dents. Elles éclataient d'une blancheur rarement observée parmi ses patients.

Poly prit une profonde respiration. Il sentait la colère le gagner. Cet homme s'imaginait qu'il avait toujours le chien qu'il lui avait vendu quelques mois plus tôt. La réalité était bien plus pathétique.

Néanmoins, il suivit l'homme dans la boutique.

A peine la porte passée, un florilège de sons et d'odeurs envahit ses sens. Des oiseaux multicolores pépiaient en chœur, tandis que des chiots de toutes tailles et de toutes races se serraient dans des cages bien trop étroites pour eux.

Un garçonnet frappait à la vitre d'une portée de chatons. Il y avait également des aquariums, et l'odeur caractéristique de la paille souillée montait des cages des lapins et des petits animaux de compagnie : souris, gerbilles, octodons. Un vague parfum à l'orchidée masquait difficilement ces odeurs âcres et persistantes.

Le vendeur s'acheminait vers les éventaires où des jouets bariolés promettaient d'« occuper votre chiot quand vous le laissez à la maison », ou de « lui procurer une hygiène dentaire irréprochable ».

Le vendeur souriait toujours, et aujourd'hui, il était apparemment en veine de confidences. Peut-être parce que Poly était un client régulier.

— Nous avons perdu un dog français ce matin. Sa mère l'a tué.

— Quelle horreur ! s'indigna Poly. Pourquoi a-t-elle fait une chose pareille ?

L'autre était en train de fourrager dans un tas de cartons.

— Où est-ce qu'ils sont rangés ? Ça arrive quelquefois quand dans une portée il y a un petit trop faible. La mère le sacrifie parce que dans la nature, il ne survivrait pas. Ah, le voilà !

Poly réprima un frisson. Il se demandait qui sa mère aurait tué dans la « portée » des enfants Suhana. Lui, probablement, à moins que son père soit intervenu. Jorany avait clairement une préférence pour Kan, de plus Kan était le plus costaud. Elle adorait aussi Munny et Chaya, à condition qu'ils ne viennent pas lui rendre visite les mains vides. Mais lui… Était-il le plus faible ? Vaste question…

— Celui-là plaira certainement à votre chien. Les King Charles en raffolent !, continuait le vendeur en extirpant une corde à mâcher.

Dans un coin plus sombre, un minuscule King Charles poussait de petits cris plaintifs.

Poly s'approcha. Il sentait qu'il était sur le point de craquer pour un nouveau chien. Mais il pensa à Sanka, son pauvre petit chien qu'il avait perdu, et s'obligea à passer son chemin. Pas question d'acheter quoi que ce soit dans cette boutique d'escrocs. Enfin presque… il ressortit tout de même avec la corde à mâcher, un éléphant en peluche et une balle.

Il consulta sa montre : trop tard pour faire un saut au refuge de son arrondissement et en faire don. Encore heureux qu'il ait réussi à refuser les croquettes bio.

Une fois dehors, il remit son casque sur ses oreilles. C'était l'heure de « Jazzafip », une émission radiophonique consacrée au jazz. Il chemina jusque chez lui, accompagné par Hugh Coltman, Stan Getz et le frissonnant *Saloua* d'Erik Truffaz.

Alors qu'il achevait la montée de l'escalier – l'ascenseur était en panne –, son téléphone entonna l'air de *La La Land*.

— Estelle ?

— Salut Poly. Heureuse de t'entendre. Depuis tout ce

temps !

— Comme tu dis. Attends, je m'installe, je viens d'arriver chez moi.

Poly déposa ses emplettes dans la cuisine. Il se débarrassa ensuite de ses chaussures sans même dénouer les lacets et s'enfonça dans le canapé du salon.

— Je suis à toi, Estelle. Comment vas-tu ? Je pensais à toi justement. Je m'apprêtais à t'appeler !

— Je vais bien. Écoute, je n'ai pas beaucoup de temps… J'ai réservé des places pour Eric Truffaz lundi soir. Est-ce que tu veux m'accompagner ?

— Ouah, je ne savais pas qu'il passait en ce moment ! Hélas, il m'est impossible de me libérer à cette date ! J'ai du travail à rattraper. Et puis ma mère prend sa retraite au pays, je suis un peu occupé.

Tout de même, Erik Truffaz, songea-t-il avec un immense sentiment de frustration. Décidément, il y avait quelque chose qui clochait chez lui. Il gagnait de l'argent (car même s'il n'avait plus rien à la banque, il avait un métier), il était célibataire sans enfant, et ne profitait pas de la vie. Et en plus il jouait de la trompette en secret, comme s'il s'adonnait à une activité prohibée. Ce n'est pas comme s'il imprimait des faux billets dans sa cave, tout de même !

— Ça avance, les travaux ? reprit Estelle.
— Doucement.

— J'ai hâte pour vous tous que la construction de cette maison soit achevée ! Quel projet grandiose, vraiment Poly, tu assures ! Bon, même si la dernière fois on s'est un peu disputés à ce sujet…

Poly avait envie de tout lui avouer, de lui expliquer que les travaux pour la maison étaient au point mort. Mais sa gorge se noua et il garda un silence pesant. Il se rappelait leur petit désaccord : Estelle lui reprochait d'endosser seul cet immense projet, de le financer sans que ses frères et sœurs mettent la main à la poche. Il lui avait rétorqué que c'était le vœu de leur père, et qu'en tant qu'aîné, il avait certaines responsabilités. Elle lui avait souligné que cette époque était révolue depuis longtemps, et que ces histoires de fils aîné ne tenaient pas debout.

— Je suis désolé pour Eric Truffaz, je ne peux vraiment pas me libérer.

— OK, mais tu ne vas pas t'en tirer comme ça ! Il faut qu'on se voie.

— Avec joie. Dès que j'aurai un moment.

Il entendit un gros soupir au bout de la ligne.

— Évidemment, Poly.

4

Son portable affichait 21 h 30 et il n'avait pas encore dîné.

Il était monté chez lui vers 20 h avec l'intention de préparer son hamburger, mais il avait d'abord ouvert la lettre de la banque. Charlie ne s'était pas trompé. La vente à perte de ses actions lui avait rapporté 900 euros. Il avait perdu énormément d'argent.

Il savait qu'il aurait dû manger et se coucher tôt pour rattraper le sommeil en retard, mais il avait peur de ne pas réussir à dormir. Peut-être qu'un de ses livres sur le bouddhisme l'aiderait ? Ou bien une séance de méditation ?

Il avait opté pour la méditation. Assis sur son coussin, il avait fermé les yeux, mais ses pensées tournaient tellement vite dans son esprit qu'il ne tint que quelques minutes.

Il lança un regard coupable vers la photo de Keo. Son père méditait une à deux heures par jour, et accomplissait une retraite chaque été. En France ou au Cambodge. Au crépuscule de sa vie, alors qu'il était rongé et affaibli par son cancer, il trouvait encore le moyen de pratiquer.

Finalement, vers 20 h 30, Poly avait trouvé refuge à la cave, se promettant de ne jouer qu'une petite demi-heure. Il n'avait pas appelé Kan, et n'avait plus envie d'y penser. Au lieu de quoi il s'amusait avec sa trompette. C'était une forme de fuite, mais rien ne lui procurait autant de plaisir. Il était épuisé, et seule la musique emportait la torpeur. La musique emportait tout : les soucis, la fatigue, le chagrin, l'ennui, le désespoir.

Alors qu'il était enfermé là-dedans depuis une bonne heure, dans un moment de pause où il cherchait une partition, des applaudissements retentirent tout près de son box.

Qui donc pouvait bien l'avoir entendu ?

Il songea immédiatement à Lin, et constata avec un certain trouble qu'il n'en était pas perturbé. Qu'il était presque content !

Sauf que ce n'était pas elle. D'ailleurs Lin était bien trop discrète et polie pour se comporter de la sorte.

Il y eut du bruit dans le couloir de la cave. Quelqu'un approchait. Poly sentait la frustration et la colère le gagner. Il entrouvrit la porte du box.

Un homme – non pas un homme, en vérité, mais un type tellement grand qu'il devait appartenir à une autre espèce – apparut face à lui.

— Excusez-moi si je fais un peu de ramdams, expliqua Poly. Mais à cette heure-ci, en général, la cave est déserte.

Poly était sorti de son box, obligé de lever la tête pour s'adresser à cette force de la nature. La douleur irradia dans sa nuque. Il grimaça.

— Bien sûr, mais je n'appellerai pas cela du bruit. C'est tout bonnement époustouflant ! Votre jeu est magnifique, extrêmement maîtrisé !

Comme Poly ne répondait pas, le géant pivota sur lui-même et se baissa pour attraper une grosse sacoche de cuir.

— Excusez-moi, je ne me suis pas présenté, dit-il en tendant une main à la mesure de sa stature : grande et puissante. André Pierlot.

Poly saisit la main qu'on lui offrait, mais la retira bien vite. Ce type était capable de la lui broyer, et c'en serait fini de la trompette.

Le dénommé Pierlot désigna son sac.

— Je représente la société qui s'occupe des souris. Votre voisin de palier était absent quand je suis passé vers 18 h – tout comme vous d'ailleurs. Je suis revenu exprès pour vous donner les pièges.

— Oui, mon voisin travaille de nuit. Heu… je n'ai pas vu de souris chez moi.

André Pierlot sourit avant de reprendre la parole.

— Pas encore… mais il est indispensable de traiter tout l'immeuble. Bref… Il y a un gros matou qui se balade dans tous les étages et j'ai pour consigne de ne pas laisser les pièges sur les paillassons. Votre voisine, une jeune asiatique, m'a appris que je vous trouverais là.

Durant cette longue diatribe, Poly eut tout le temps d'observer l'homme. Ses avant-bras aux manches retroussées faisaient apparaître des tatouages de marin, et il portait à l'oreille gauche une petite boucle en argent en forme de clé de sol. Ses dents étaient tachées par le tabac, et il dégageait une discrète odeur de feu de bois. Il arborait une belle chevelure ondulée qui lui descendait un peu dans le cou. Vu son âge, ce vestige de la jeunesse devait lui attirer de nombreuses conquêtes.

— Votre trompette, c'est une Getzen ? reprit l'inconnu, qui ne se démontait pas face au silence du musicien. Sacrée bécane que vous avez là. Où vous produisez-vous ?

— Nulle part. Je suis dentiste. Je joue pour le plaisir.

L'autre fronça ses épais sourcils noirs.

— Vous avez le niveau pour vous produire sur scène en amateur !

— Excusez-moi, mais je vais aller me coucher, à présent, l'interrompit Poly en rangeant sa trompette dans sa sacoche.

— Hey ! Je ne voulais pas vous froisser ! Voilà bien une heure que je vous écoute. Je m'y connais en musique et je vous le répète, vous êtes extrêmement doué et vous voir seul dans cette cave, quel gâchis !

— Je n'ai pas le temps de jouer ailleurs. Maintenant, si vous voulez bien me laisser passer !

Poly n'avait pas l'intention de se montrer impoli, mais il n'appréciait guère être envahi de la sorte. Il remonta prestement l'escalier de la cave. Arrivé en haut, il se retourna avec précaution. C'était bien le genre de type à le suivre jusque chez lui.

Et puis quoi, encore ?

Poly tendit une dernière fois l'oreille.

— Hey ! Et vos pièges à souris ?

Poly haussa les épaules et disparut pour se claquemurer chez lui.

Chapitre 3

1

Il n'avait pas pu se sustenter de son café matinal. La machine a expressos de tante Darie avait émis un drôle de sifflement, et de la vapeur s'était échappée par le joint. Il avait failli se brûler encore une fois, alors il avait démonté le haut de l'antique dispositif, pour constater que le joint était fendu. Irrémédiablement mort. Il se demandait où il allait bien pouvoir s'en procurer un autre. Pas sûr qu'ils aient continué la fabrication.

Il s'était ensuite assis en tailleur sur son zafu, avait allumé un bâton d'encens, et commencé sa séance de méditation.

Il n'avait pas tenu trois minutes.

Sa sœur Chaya cumulait les heures de coussin. Lui les secondes. Qu'est-ce qui clochait chez lui ?

Il se dit qu'il se rattraperait ce soir, une fois qu'il aurait bu quelques cafés… tout en sachant pertinemment qu'après une journée de boulot, c'était un vœu pieux.

Le bâton d'encens lui déclencha une violente quinte de toux : il l'éteignit du bout des doigts et ventila la pièce, puis il sortit de chez lui rapidement.

Avec une heure d'avance, il avait largement le temps pour un café dans l'établissement en bas de chez lui. Réveillé à 3 h du matin, l'esprit troublé et incapable de débrancher son cerveau, il n'avait pas réussi à se rendormir. Vers 4 h, il avait avalé un de ces petits cachets blancs destinés à le détendre, mais le sommeil avait continué de le fuir. Au petit matin, il s'était retrouvé recroquevillé dans un coin de son lit trop grand. Il méritait bien un peu de réconfort, et il appréciait de se rendre dans ce café quand la solitude lui pesait. Son ex, Jeanne ne l'avait jamais aimé. Au moins une liberté qu'il avait reconquise, se consola-t-il en soupirant.

Penser à Jeanne le ramena à sa situation présente et à Lin. Et aussi à la blonde du Next. Et de nouveau à Jeanne et à l'échec de leur relation. De *toutes* ses relations. La vie de couple avait quelque chose d'intangible, d'inaccessible. Une saveur qui lui faisait défaut, une compétence secrète qu'il n'avait pas dans son arsenal.

Malgré tout, juste avant de quitter son immeuble, il s'était fait violence pour retourner à la cave chercher les pièges à souris. Il les poserait plus tard, car son appartement semblait totalement dépourvu de toute présence inopportune. Machinalement, il avait glissé la main dans la boîte aux lettres, même si le facteur ne passait qu'à 11 heures. Il fut très intrigué d'y trouver deux courriers, qu'il décida d'ouvrir chez Léon. Il en profiterait également pour joindre son frère Kan. Il ne pouvait guère repousser davantage cet appel…

Il pensait à tout cela avec une douloureuse acuité tout en cheminant vers son café préféré.

Sa mauvaise humeur avait atteint un niveau où toute motivation le désertait. Les problèmes des collègues engendraient une telle lassitude… La nutritionniste en manque de reconnaissance, la rhumatologue et ses accusations déplacées, et toutes ces histoires avec les mégots de cigarettes dans les compositions d'Ikebana. Compostions, qui, soit dit en passant, n'avaient pas leur place dans un centre de santé.

Il était bien obligé d'assurer sa consultation, pourtant. À présent, « Il ne pouvait compter que sur son salaire. » Cette phrase tournait en boucle dans son cerveau, comme un mantra.

Tout en arrivant à proximité du café, Poly sortit la carte de son conseiller bancaire. Il jeta un coup d'œil à sa montre-bracelet : 7 h 45. Un peu tôt pour appeler. Il rangea le bout de carton dans sa poche.

Un aboiement nourri suivi de bondissements de joie l'accueillit. C'était le berger belge de l'établissement.

— Doucement, Jack ! Doucement !

Poly sourit et s'accroupit pour gratter le canidé entre les oreilles. L'animal lui répondit par quelques vigoureux coups de langue. Poly avait lu quelque chose à ce sujet : quand un chien vous léchait le visage, il considérait que vous faisiez partie de sa famille.

Jack adorait se balader en toute liberté dans le quartier. Il profitait des allées et venues des clients pour se faufiler à l'extérieur. Il rentrait de la même façon. La police fermait les yeux, car le commissaire était un habitué de l'établissement, et il aimait les animaux.

— Tiens, mon beau.

Poly tira de sa poche une friandise et le chien la saisit délicatement entre ses crocs, la posa à terre, la flaira longuement, puis la croqua.

L'établissement de Léon avait le charme de ces brasseries traditionnelles qui servaient des assiettes à partager, de la nourriture et des produits du terroir, le tout bio. À une heure aussi matinale – et en raison des rafales de vent plutôt fraîches – la terrasse demeurait vide, à l'exception d'un très jeune homme que Poly avait déjà croisé. Ses longs cheveux blonds tombaient au carré sur ses mâchoires proéminentes, et il n'avait pas enlevé son bomber, dans lequel il semblait flotter légèrement. Son visage un peu creux abritait deux yeux couleur huître qui vous fixaient intensément. Un lycéen, à en juger par la nature de ses occupations : la lecture d'un Annabac, qu'il compulsait avec lenteur, tout en remuant les lèvres en silence.

Poly s'installa en laissant une table de libre entre lui et le jeune homme.

Jack toujours collé à lui, Poly lui lança la corde à mâcher achetée la veille et salua Léon, le patron. Le chien se mit immédiatement à courir derrière le jouet et revint le poser aux pieds de Poly.

— Jack, arrête d'embêter Poly ! Un expresso, comme d'habitude ? demanda Léon.

L'homme venait de fêter les dix ans de son bar-brasserie

dimanche dernier, et n'avait ouvert ce jour-là que pour les habitués. Poly, qui n'était pas libre, avait dû décliner l'invitation.

Le tenancier, qui semblait vouer un culte à sa tignasse indisciplinée, s'ingéniait à s'huiler les cheveux chaque jour, comme l'exigeait la mode après la dernière guerre. Un peigne pendait continuellement de la poche poitrine de sa chemise.

— Il ne me gêne pas, t'inquiète. Un double, s'il te plaît.

Poly était fasciné par son jeune voisin, et ne pouvait s'empêcher de lui lancer de petits coups d'œil discrets. Parfois, il aimerait encore se consacrer aux études, ne pas se soucier de l'avenir. Même s'il n'avait pas eu à proprement parler la vocation pour devenir dentiste, ces années passées le nez dans les livres lui manquaient.

Mais la période de sa vie qui le plongeait dans des affres de nostalgie, c'était celle qui avait suivi le baccalauréat, quand il était parti un an en Angleterre, pour étudier la musique. Officiellement, il s'était exilé là-bas pour intégrer une prépa de médecine. Ses parents avaient financé son logement, sa nourriture, ses frais de scolarité.

Sauf qu'il avait pris l'argent et s'était payé des cours de trompette. Personne dans la famille n'avait eu vent de son secret.

Il avait tout adoré cette année-là : voyager, parler une autre langue, rencontrer des musiciens, et jouer de la trompette dix à douze heures par jour.

Il frémit en songeant à son insouciance passée. Aujourd'hui, si la situation se représentait, il doutait en être encore capable.

Il n'empêche que cette année-là l'avait comblé d'un bonheur qu'il n'avait jamais plus retrouvé. Quand il était rentré, il avait mis les bouchées doubles pour ne pas rater le concours de médecine. À la fin de son cursus, il avait rencontré Jeanne. Leur relation n'avait pas duré six mois.

Le chien avait délaissé la corde à mâcher et revenait le voir, quémandant une autre friandise. Comment résister à ces yeux qui vous couvraient d'une reconnaissance absolue pour deux malheureuses croquettes ? Il aimerait tant reprendre un animal de compagnie ! Mais après son expérience avec Sanka, son enthousiasme avait sérieusement refroidi. Il se souvint quand il l'avait ramené à la maison, tout bébé. La jalousie mal placée de Jeanne. Les moqueries de Kan, face à son petit King Charles tout mignon. Kan qui possédait un dog du Tibet, un énorme chien peu affectueux.

Le double expresso arriva. Poly fouilla dans son sac à la recherche de son courrier. La première enveloppe n'était pas cachetée. Son nom était inscrit dessus en lettres manuscrites. Étrange…

La seconde ne portait aucune inscription. Il commença par celle-ci.

À l'intérieur, il découvrit le prospectus d'une école de musique américaine, la très célèbre Juilliard School, qui invitait les aspirants trompettistes à se présenter à une audition.

L'autre enveloppe contenait un message griffonné à la va-vite d'un certain… André Pierlot, le type aux souris qui l'avait surpris à jouer à la cave.

« Cette audition est ouverte à tous, disait Pierlot. J'ai pensé que cela pourrait vous intéresser. Vous avez presque le niveau. Appelez-moi à ce numéro (suivait un numéro de téléphone portable), et je vous communiquerai toutes les informations nécessaires. »

Poly fit jouer sa mâchoire de droite à gauche. Il n'avait certainement pas le niveau pour intégrer cette école renommée dans le monde entier…

Il rangea les enveloppes et décida de parler à son conseiller financier.

L'homme lui expliqua que la valeur sur laquelle il avait pris des actions avait brutalement chuté, et qu'il ne lui restait donc presque plus d'argent.

— Soit vous les vendez et vous récupérez un peu dessus, soit vous attendez que ça remonte, et ça va finir par remonter, croyez-moi. Vous retrouverez votre capital de départ et même plus d'ici quelques années. Quant à votre action sur le Nouveau Marché, elle ne vous rapporte pas d'argent. Enfin, pas encore. Inutile de la revendre, celle-là. Considérez-la comme un billet de loto…

Poly opéra un rapide calcul : en liquidant ses actions, il obtiendrait la somme nécessaire pour les trois billets d'avion.

Il songea un instant à la cafetière qu'il voyait chaque jour dans sa belle vitrine… et se força à penser à autre chose. Un joint tout neuf pour la Bialetti de tata Darie ferait l'affaire.

Quant à l'audition, autant oublier…

L'heure du coup de fil tant redouté était arrivée, il ne pouvait plus le repousser. Il chercha le numéro de son frère dans son répertoire et lança l'appel, le cœur battant, et les mains moites.

Kan décrocha à la première sonnerie.

Poly lui expliqua avec le plus d'assurance possible qu'il ne pourrait pas garder son neveu vendredi soir.

Une petite voix lointaine demanda à Kan avec qui il discutait. Sa mère.

— Je suis chez maman, confirma Kan. Il faut absolument que tu te libères pour vendredi !

— Je sais, je suis dé….

— Pas la peine de prendre ta voix de victime. Trouve plutôt une solution !

Un froufroutement résonna dans le combiné, et Poly devina que Jorany venait apporter son grain de sel. Il serra les dents, prêt à encaisser la suite du sermon.

Mais il n'entendit que des bribes de conversation. Puis sa mère s'empara du téléphone.

— Je pourrai le garder, proposa-t-elle, mais pas toute la nuit. Je suis fatiguée et je dors tard le matin en ce moment. Je ne peux pas me lever aux aurores pour m'occuper de lui. Ce petit tyran me réclame ses céréales à six heures du matin !

Poly réfléchit une minute.

— Poly ?

De nouveau la voix terrorisante de Kan…

— Je viendrai le chercher après mon travail, décida Poly. Il dormira chez moi et je l'emmènerai à la piscine le lendemain, pour notre séance habituelle.

— Mouais, j'aime pas trop que mon fiston se couche si tard !
Mais puisque Môssieur a décidé de passer sa soirée à draguer
dans les bars…

— Je ne serai pas dans un bar, c'est pour le trav…

Mais Kan avait déjà raccroché.

Poly souffla de soulagement et son regard se posa sur le
prospectus de l'audition.

Tout de même, la Juilliard School…

2

La journée avait été éreintante. La salle d'attente ne
désemplissait pas, et entre les hurlements des enfants,
l'énervement des adultes, et les collègues à cran, il éprouva un
immense soulagement quand elle prit fin. Il pouvait enfin
s'adonner à fond à sa passion. Enfin, il avait tout de même
commencé à rattraper ses heures…

Au vrai, cette précipitation lui faisait éprouver une certaine
honte, comme si son existence se résumait à ce morceau de
cuivre, son espace vital à ces quatre murs dans un sous-sol
humide, son bonheur à sept petits ronds posés sur des lignes.
Mais le cuivre chantait la joie, les murs exsudaient la sérénité,
les ronds proposaient des millions de variations possibles,
faisant surgir de ses doigts l'ordre au milieu du chaos.

L'espace n'offrait pas le confort d'une pièce normale, et
cette odeur de renfermé et de moisi déclenchait ses
éternuements, mais au moins il n'était pas contraint d'employer
une de ces sourdines d'appartement qui rendaient un son trop
sec.

Il jouait donc comme chaque soir, lorsqu'en se penchant
pour attraper son chiffon pour argenture, un bruit étrange, une
sorte d'explosion retentit à proximité. Poly ouvrit la porte. Une
mince rigole d'eau brunâtre était en train de se former devant les

box fermés. L'inondation se propageait déjà à sa cave de terre battue. Il n'eut d'autre choix que de quitter les lieux, sa trompette dans une main, ses partitions de l'autre.

Il pataugea ainsi le temps de gagner l'escalier. Pestant contre ce coup du destin qui l'empêcherait de jouer à la cave pendant il ignorait combien de temps, Poly ôta ses boots de cuir. Ses bas de pantalons étaient également trempés, mais heureusement, l'instrument n'avait pas subi de dommages. Quant aux partitions, il les connaissait par cœur. Il suffirait de les faire sécher sur l'étendoir à linge, en veillant à les retirer avant l'arrivée de la femme de ménage, qui ne manquerait pas de lui poser des questions. Et de tout raconter à sa mère.

Le chat du voisin l'attendait sur la première marche de l'escalier, tout plein de miaulements indignés, mais Poly, pour une fois, ne détenait aucune confiserie dans ses poches.

— Plus tard, Tigrou, plus tard.

Alors qu'il commençait à grimper ses cinq étages, tâtonnant dans le noir à la recherche de l'interrupteur, il sentit une présence derrière lui.

— Monsieur Suhana !

Poly se retourna. Il resta un instant interdit, ses partitions et ses chaussures gouttant sur le sol en émettant de petits *floc floc floc,* quand la lumière s'alluma dans son esprit.

— Vous m'avez causé une de ces peurs !

— Je suis désolé, je ne voulais pas… je repassais dans l'immeuble, toujours pour cette histoire de souris.

— Je n'ai pas encore relevé mes pièges, Monsieur….

— Pierlot. Mais appelez-moi André, je vous en prie.

Poly fit claquer sa langue en examinant son interlocuteur.

— Vous aussi vous êtes trempé ! dit-il en désignant les sneakers fatigués du géant.

— Ben oui, on dirait bien qu'il y a un problème à la cave. D'après l'affichette dans l'entrée…

— Oui, le plombier. Apparemment il n'est pas passé.

Poly hésita quelques secondes, puis il ajouta :

— Bon ne restons pas plantés là, venez donc vous sécher !

— C'est que je ne peux pas.

Poly ne voulait pas se montrer impoli, mais au fond cela l'arrangeait bien.

Il allait disparaître en marmonnant un vague bonsoir quand l'autre ajouta :

— J'ai un chien, voyez-vous. Un vieux cocker adorable, mais que je ne peux pas le laisser dans ma voiture plus longtemps. Il va finir par aboyer et embêter tout le quartier. Et comme il se fait tard…

À la mention du chien, le visage ravagé de fatigue de Poly s'éclaira.

— Il fallait le dire plus tôt ! Allez donc chercher ce vieux pépère. Je loge au cinquième.

Poly se frappa le front.

— Mais vous le savez déjà !

André Pierlot dévisagea Poly une seconde, perplexe.

— J'adore les chiens, ajouta Poly, un peu platement.

— OK. Je vais chercher Artus, alors.

— Joli bol que vous avez là ! Je n'en avais jamais vu d'aussi grand ! s'extasia André Pierlot en prenant place sur le canapé vert sapin usé jusqu'à la corde. Mais vous n'avez pas posé vos pièges à souris, si je ne me trompe ?

— C'est un bol chantant tibétain, expliqua Poly en ôtant ses chaussettes mouillées. Un objet de culte dans la tradition bouddhiste. Les pièges… j'ai oublié de les installer. En fait, je n'ai pas vu de souris chez moi…

— Elles sont plus intelligentes qu'il n'y paraît ! Croyez-moi, il faut traiter tout l'immeuble ! Laissez-moi m'en occuper… vous permettez ?

— Bah, si ça vous fait plaisir…

Poly alla chercher les pièges et le spécialiste les disposa aux endroits stratégiques : cuisine, placards sous l'évier, plans de travail.

— C'est le paradis des chiens, chez vous ! s'exclama encore Pierlot en revenant dans le salon et en désignant l'amas de croquettes, confiseries et accessoires pour chien.

— Mettez-vous à l'aise, je vous en prie. Je vais vous chercher une serviette, vous êtes trempé ! Et des chaussons.

Artus s'était assis près de son maître, qui le caressa machinalement sous la tête.

— Et votre animal, où est-il ?

Poly haussa les épaules.

Les deux hommes se séchèrent sommairement, puis Poly partit à la cuisine chercher un plat en grès rectangulaire recouvert de papier aluminium.

— Avez-vous dîné, Mons… André ? Ça vous dirait, un plat de nouilles au poulet ?

En arrivant devant chez lui, Poly avait découvert une nouvelle offrande de Lin sur le paillasson.

Il ôta le papier aluminium.

André Pierlot jeta un coup d'œil au plat.

— C'est pas trop mon truc, la bouffe exotique, dit-il. Mais je vous avoue que je meurs de faim !

— Moi non plus à vrai dire. On peut se mitonner des pâtes… normales.

— Je ne veux pas vous déranger, répondit Pierlot.

Poly se frotta le menton, puis il se baissa pour caresser le coker, le plat de Lin toujours dans son autre main. Le chien flaira le plat en remuant la queue.

— Bah, de toute façon j'allais m'en cuisiner pour moi… et puis Artus pourrait se régaler avec le plat chinois ?

Pierlot regarda Poly, son chien, puis il adressa un grand sourire à son hôte.

— Si cela ne vous dérange pas…

— On dirait que ça lui plaît, conclut Poly en posant le plat au sol.

Artus ne se fit pas prier, et pendant un moment, les deux

hommes regardèrent le chien engloutir le plat.

— Bon, je vais lancer les pâtes.

Au même moment, la sonnette retentit dans l'entrée.

Étouffant un juron, Poly pivota vers l'entrée.

— Lin !

— Bonjour, Poly quelque chose a explosé et la cave est inondée. Je voulais m'assurer que vous… que tu vas bien. Comme tu es souvent… à la cave, tout ça…

— Tout est OK, ne t'inquiète pas. Ça me fait… c'est chouette de te voir, bafouilla Poly en rosissant. Tu veux entrer un moment ?

À l'instant où Poly prononçait cette phrase, il savait qu'il avait commis une énorme gaffe.

La jeune femme entra et gagna le salon d'une démarche souple. Le spectacle du chien en train de manger son plat lui arracha un cri de surprise.

— Je… je suis désolé, tenta Poly, qui ne savait pas quoi dire d'autre.

— C'est pas bon, tu n'aimes pas ?

— Si si, c'est sûrement délicieux, mais je… je n'aime pas trop la nourriture chinoise, je suis désolé.

Mais Lin avait déjà tourné les talons. Son parfum hespéridé et discret flotta un instant dans la pièce, puis disparut à son tour.

— Je ne voulais pas la vexer… Elle ne m'a pas laissé le temps de lui expliquer que je suis végétarien ! Bon, je retourne préparer les pâtes.

Après avoir plongé les pâtes dans l'eau bouillante, Poly revint avec des bières qu'il gardait dans son réfrigérateur pour les invités. Celles-ci se trouvaient dans les claies depuis plusieurs mois… Est-ce qu'elles étaient encore buvables ?

André Pierlot décapsula une cannette d'un geste expert avala une première gorgée.

— Ça va ? C'est… bon ?

— Excellent ! Vous n'en prenez pas ? répondit Pierlot en essuyant d'un revers de main la mousse qui s'était formée sur sa lèvre supérieure.

— Je ne bois jamais d'alcool. C'est contraire à ma religion.

— Eh bien… végétarien et abstinent… car pas très doué avec les femmes, apparemment !

Le visage de Poly s'empourpra. L'autre partit d'un grand éclat de rire.

— Je ne voulais pas vous plonger dans l'embarras. Mais la petite Chinoise, elle vous aime bien.

— Vous croyez ?

— J'en suis sûr !

— Moi aussi je l'aime bien, je crois. Et j'ai remarqué qu'elle adorait les animaux. Il y a quelques mois, elle avait la garde de plusieurs chiens. Des bêtes blessées. À chaque fois différentes, je ne pense pas qu'elles lui appartenaient. Elle gagnait peut-être un peu d'argent en tant que dog-sitter, quelque chose comme ça…

— Hum, probablement…

Puis, sans transition :

— Vous avez réfléchi pour la Juilliard ?

— Il faut que j'aille surveiller les pâtes.

Poly voulait gagner du temps. Le type ne le lâcherait pas avec la Juilliard. Même si l'idée de passer le concours avait quelque chose de séduisant. Il pourrait ne se consacrer qu'à cela, d'ailleurs : préparer le concours et s'arrêter là. Pourquoi pas ? se dit-il, le cœur rempli de joie.

Quand il revint dans le salon, Artus dormait profondément. Son maître avait inséré ses longues jambes sous la table du salon et croisé ses mains sur son ventre un peu proéminent. Il semblait relaxé et très à l'aise, comme s'il était déjà venu à de nombreuses reprises. Poly songea que c'était la première personne qu'il invitait chez lui depuis sa séparation avec Jeanne. Cet homme qu'il ne connaissait pas dégageait quelque chose de rassurant et de solide et pour la première fois depuis des jours, il se sentit bien.

— Les pâtes arrivent. Je vais chercher de l'eau pour votre

chien.

Poly s'empara d'une gamelle dans son petit magasin personnel et la remplit d'eau fraîche. Artus dormait toujours après son festin de nourriture chinoise. Il lui caressa la tête et posa le récipient au sol. La fourrure de l'animal était soyeuse et chaude.

— Vous devez croire en vos chances, affirma Pierlot en se redressant. Le concours est éloigné dans le temps, et votre niveau est déjà excellent. Vous ne pouvez pas continuer à jouer dans votre cave ! Vous gâchez votre talent ! Le monde regorge de dentistes, mais pas d'artistes. Or, le monde a bien besoin d'artistes !

— De toute façon, la cave est inondée. Et je ne peux pas dégager du temps pour les répétitions. Je croule sous les contraintes, les responsabilités !

— Je ne vois ni femme ni enfant à charge, dans cette maison ! s'écria Pierlot.

Poly grimaça. Cette perspective de concours lui parut soudain une gageure, un défi impossible à relever. Tout son enthousiasme le quitta d'un coup.

— Écoutez, je ne crois pas que ce soit une bonne idée. Je ne suis pas en mesure de payer le voyage à New York, et les frais pour des cours particuliers. Ma situation financière n'est pas brillante. De plus, je dois m'absenter, j'ai prévu de me rendre bientôt au Cambodge avec ma mère et mon frère.

— Pouah ! Balivernes que tout cela ! Vous pourriez vous arranger avec votre famille. Ils peuvent comprendre que votre passion pour la musique vous prend un peu de temps, non ?

Poly baissa le menton, fixa ses pieds.

— En fait, ils n'en savent rien.

— Vous voulez dire que vous jouez de la trompette en secret ? Mais pourquoi donc ?

Poly attendait cette question depuis un moment, mais il n'avait aucune réponse satisfaisante à donner. Il dit dans un souffle :

— Ma famille n'approuverait pas.

Pierlot conserva un silence expectatif, puis il reprit :

— Écoutez, vous n'auriez rien à débourser pour les cours. Une très bonne amie à moi, un excellent professeur de musique à la retraite, vous fera bosser à l'œil. Et vous pourriez acheter une sourdine pour répéter chez vous.

— Je déteste les sourdines d'appartement ! Vraiment, je n'ai jamais pu m'y habituer.

— Dans ce cas, installez-vous chez moi ! Je vis presque à la campagne, vous ne gênerez pas les voisins.

— C'est très gentil à vous, mais je ne puis accepter ! On se connaît à peine. Non, je ne peux pas vous imposer ma présence, oublions cela. Et puis, vous avez sûrement des obligations vous aussi, peut-être une famille, une conjointe ?

L'autre haussa les épaules et porta son regard vers la fenêtre avant de le ramener sur Poly.

— J'ai quitté ma Bretagne natale et ma famille à l'âge de dix-huit ans, après la mort de mon père. Je suis venu à Paris, où j'ai enchaîné les petits boulots en même temps que je donnais des concerts. J'ai longtemps pratiqué le saxophone. Au début, j'envoyais de l'argent à ma mère, puis elle s'est mise à travailler pour la première fois de sa vie, en investissant dans une mercerie. La boutique s'est révélée très lucrative, alors elle a ouvert des succursales dans toute la France. Ma mère se débrouille donc très bien sans moi.

Sinon, j'ai une fille. Adulte. Elle vit à Copenhague avec son mari et mes petits-fils, trois blondinets qui ne parlent pas un mot de français. Mon gendre ne m'apprécie guère, il exerce la profession très bourgeoise et assommante de banquier et me considère comme un saltimbanque parasite de la société. Étant donné la distance, on se voit une fois par an.

Du côté des amours, je suis divorcé. Ma femme m'a quitté il y a deux ans. Depuis, pas de petite copine régulière.

Mon frère, Antony, s'est exilé aux États-Unis. Comme moi, il a étudié la musique, sauf que lui, il en tire sa subsistance. J'ai bien tenté ma chance, avec mon trio de jazz, mais on n'a pas remporté un immense succès. Mon frère n'a pas trouvé la gloire et la fortune non plus, mais il gagne sa vie correctement. Bref… Il devrait me rendre visite prochainement pour un séjour de quelques semaines, mais cela nous laisse du temps. Donc, pour résumer, je n'ai pas de famille à charge, et vous pouvez venir répéter chez moi autant qu'il vous plaira !

Après cette longue diatribe, André Pierlot reporta son regard vers la fenêtre.

— Vous entendez chanter le vent ? dit-il en pointant un doigt. En vieillissant, je me rends compte que la musique est partout. Dans la pulsation du cœur, dans le rythme des marées, dans le tourbillon de l'eau qui s'écoule à travers la bonde.

— Les pâtes doivent être cuites, décréta Poly en se levant.

3

2 jours plus tard…

De nouveau, il s'était levé du pied gauche, la tête embrumée. Il n'avait pas eu le temps d'acheter un joint pour la cafetière. Et de nouveau, il avait zappé sa séance de méditation. Il avait donc pris une douche en vitesse avant d'aller chez Léon.

Dans la boutique d'électroménager, la cafetière de ses rêves brillait de mille feux. Cette fois, le prix était affiché : 1999 euros. Le vendeur avait rajouté un descriptif supplémentaire : la complexe machine de luxe proposait de vous concocter jusqu'à vingt-cinq boissons différentes. Des chaudes et des froides, avec un bac à glaçons. Équipée de la technologie bluetooth, elle se programmait à distance via une application, afin de personnaliser les boissons et de les lancer depuis une tablette ou un smartphone

Poly se dit avec frustration qu'il devrait patienter un bon bout de temps avant de pouvoir se l'offrir.

Il se dirigeait lentement vers le café, fouillant une épaisse moquette de feuilles rousses. Les températures étaient encore clémentes, mais ce matin-là, il avait ressorti sa doudoune orange garnie de duvet d'oie. Il souffrait d'une frilosité aussi nouvelle qu'inhabituelle. Il avait noué un krama ocre autour de son cou qui l'élançait de plus belle. En plus de ces désagréments, ses mains s'étaient mises à trembler, ce qui constituait une véritable calamité dans son métier. D'après Zarina, à cause de ce phénomène, certains de ses patients avaient annulé leur rendez-vous pour se tourner vers d'autres praticiens du centre.

Il était arrivé chez Léon. Jack apparut comme par enchantement, offrant sa tête à la caresse. Poly se pencha et flatta la bête, avant de se redresser, une main plaquée sur le bas-ventre. Une nouvelle douleur étrange qui s'était déclarée la veille.

Avec incongruité, il se souvint que la femme de ménage venait aujourd'hui. Heureusement, il n'avait pas laissé traîner ses partitions ni ses blisters vides d'anxiolytiques. Juste le couvert supplémentaire de Pierlot. Il gageait que sa mère en aurait vent.

Le jeune homme qui révisait son bac s'était déjà installé en terrasse, comme chaque jour. Ils se saluèrent d'un mouvement de tête. Poly entra se mettre au chaud.

Le café diffusait un air de Zulfu Luvanely, et la musique agit sur lui comme un baume. Il s'enfonça dans une banquette et ferma les yeux. Ses pensées le ramenèrent à son étrange visiteur de l'avant-veille. Il avait retourné le problème dans tous les sens : trouver du temps pour se préparer au concours de la Juilliard relevait de l'utopie. Il faudrait qu'il puisse se passer de travailler et même si les cours étaient gratuits, entre son neveu, le déménagement de sa mère et sa pratique spirituelle qu'il avait honteusement négligée, il ne disposait que de vingt-quatre heures par jour.

Il allongea ses jambes sous la banquette, une main plaquée sur son ventre douloureux. Penser ainsi sans arrêt à sa famille ne lui réussissait pas du tout. Il contempla ses mains : elles tremblaient toujours. Trop fatigué pour lutter, il avala un bout du cachet blanc.

Le cuisinier qui venait d'entrer lui adressa un petit salut.

Un instant, il s'abandonna à l'idée qu'il donnait un concert : il s'imaginait en train de se produire devant une salle comble, il sentait le poids de son instrument dans sa main, le jeu des pistons et l'exquise musique qui sortait de sa trompette. Il pouvait ressentir l'excitation qui le portait et le faisait se dépasser, et, au final, le plaisir immense qu'il éprouvait en s'exhibant ainsi devant des centaines de personnes.

— Ça va pas, doc ?

Poly sursauta légèrement, rouvrit les yeux et tenta de sourire, ce qui lui conféra un air bizarre.

— C'est rien, Léon, juste un peu de fatigue.

— Tiens, tu les reconnais ? ajouta le cafetier en levant l'index.

Poly opina.

— Le trio EST ?

— C'est ça. Mon cuistot adore le jazz. Dès qu'il arrive, il change de playlist.

Le trio EST formait un groupe de jazz suédois. Poly avait assisté à l'un de ses concerts en 2007, juste avant le décès son meneur Esbjörn Svensson, survenu en 2008. L'ex-petit ami d'Estelle avait obtenu des places.

— Moi aussi je les adore.

La voix venait de la table à côté, celle du lycéen. Apparemment, le jeune homme s'était lui aussi réfugié à l'intérieur, sans que Poly s'en fût rendu compte. En tout cas, c'était la première fois qu'il engageait la conversation.

— Ils sont vraiment très doués ! Renchérit Poly. Avez-vous déjà assisté à l'un de leurs concerts ?

— Hélas non, et ressortir, ce n'est pas pour tout de suite, expliqua le jeune homme en désignant son Annabac ouvert. J'ai du retard à rattraper si je veux décrocher mon bac et intégrer une prépa.

Et, au grand étonnement de Poly, l'autre poursuivit ses confidences.

— Je n'ai que 17 ans. Mais j'ai déconné toute l'année. Je m'appelle Jean-Louis, enchanté. Ce n'est pas la première fois que je vous vois.

Poly saisit la main qu'on lui tendait.

— Vos parents doivent être tout de même fiers de vous ! Je vous observe en train de bûcher tous les matins dans ce bar. Vous m'avez l'air du genre sérieux.

L'autre éclata de rire.

— Si vous saviez… Mes parents ? Je les ai quittés il y a trois mois. J'ai demandé mon émancipation. Mon père ne m'écoute jamais, quant à ma mère, elle s'abrutit devant la télé toute la journée, quand elle n'essaie pas de se suicider ! J'ai une sœur, mais ça fait belle lurette qu'elle a fichu le camp de la maison. Elle est ingénieur, à Nantes. Cet endroit est au calme, parfait pour réviser. Je partage une coloc avec deux autres personnes. Je viens ici pour éviter les tentations : les jeux vidéo, les petites copines, les soirées.

— Vous me paraissez très mûr pour votre âge. Je vous souhaite beaucoup de succès, mais je sais que vous allez vous en sortir haut la main ! L'essentiel, dans la vie, c'est de choisir un chemin et d'aller au bout de ses engagements. Je vous laisse réviser.

— Merci !

Poly consulta sa montre : il avait encore le temps de réserver ses billets d'avion. Puis il songea à appeler sa cousine. Quelque chose le perturbait, au sujet de la maison. Une intuition lui soufflait qu'il se passait des choses au pays dont il n'avait pas connaissance. Il se décida à appeler d'abord Arun.

Celle-ci décrocha à la deuxième sonnerie.

— Qui est-ce ? dit-elle d'une voix un peu étouffée.

— Arun?

Un silence.

— Arun? C'est Poly, ton cousin de Paris !

— Poly ! Ça alors ! Comment vas-tu ?

— Au poil, mentit Poly. Et toi ?

Poly reçut d'abord un gros soupir en guise de réponse. Puis, après un long moment de silence, Arun se laissa aller aux confidences.

— Je ne vais pas très bien, en toute franchise. Je vais bientôt avoir un bébé et j'ai perdu mon travail. Une histoire hallucinante. J'ai ouvert un procès. Je te raconterai, quand on se verra. Ma mère m'a dit que tu allais venir au pays pour installer tante Jorany ?

— Oui, et pour être tout à fait sincère moi aussi, j'ai l'impression qu'il se passe des choses pas claires, dans cette maison. Peut-être sais-tu quelque chose à ce sujet ?

— …

— Arun?

— Désolée, Poly, mais ma mère Darie traîne dans le coin, et ici les murs ont des oreilles. Est-ce que je peux te recontacter plus tard ? Quand je serai seule ?

— Évidemment. Mais c'est moi qui paierai la communication. Tu n'as qu'à laisser sonner et raccrocher, je te rappellerai aussitôt si je suis libre.

— Merci, mon cousin, tu es toujours aussi gentil. À bientôt, alors !

Poly se sentit encore plus perplexe qu'avant. Ses mains s'étaient remises à trembler et une vague nausée l'envahit. Des spasmes douloureux lui vrillaient les intestins. Comment allait-il pouvoir travailler aujourd'hui ?

Pour l'heure, il devenait urgent de réserver des billets d'avion et un moyen d'envoyer les cantines de sa mère. Il sortit son ordinateur portable. Il lui restait trente minutes avant de prendre son poste.

Il consulta quelques sites, mais les billets étaient vraiment chers. Il songea un instant à s'abstenir de réserver pour Kan, mais son frère ne lui pardonnerait pas. En revanche, il pouvait expédier les cantines de sa mère par voie maritime, ce qui baisserait les coûts de fret. Le délai d'acheminement s'étirait sur six semaines, contre cinq jours par avion. Jorany lui en voudrait certainement, mais avait-il le choix ?

Quoi qu'il en soit, il allait devoir parler à sa famille : il n'avait plus les fonds nécessaires à la construction de la maison.

Cette pensée engendra de nouveaux spasmes intestinaux, et il se mit à transpirer, alors que la température n'excédait pas les dix-neuf degrés.

Il songea un instant à se faire porter pâle, juste pour une journée, le temps de récupérer, de dormir un peu. Il imaginait déjà la tête de ses collègues… cette option n'était pas envisageable.

Poly paya les billets d'avion avec ses derniers deniers, et s'achemina lentement vers le centre de santé.

Il se dirait plus tard que s'il était rentré chez lui au lieu d'aller travailler, sa vie n'aurait peut-être pas subi un bouleversement aussi radical.

Chapitre 4

1

La matinée s'écoulait avec une lenteur exaspérante, et Poly se sentait de plus en plus mal. Ses mains tremblaient de plus belle, et il craignait que ses patients le remarquent. À son arrivée, vers 8 h 20, il avait croisé les collègues réunis autour du distributeur de boissons, et tout le monde s'était tu quand il s'était approché. Il n'aimait pas cela.

De plus, ses crampes abdominales ne lui laissaient aucun répit : il subissait comme des coups de poignard à chacun de ses gestes. Comme tout le reste de la semaine, il n'avait avalé que du café au petit déjeuner, ce qui n'arrangeait pas sa situation.

La nourriture le rebutait. Il n'avait aucune appétence pour les aliments, même les fruits.

Il s'octroya une pause à la machine à café, avant de se réfugier à l'extérieur pour ne pas croiser les collègues.

Sa courte conversation avec sa cousine le perturbait. Il sentait qu'on lui cachait réellement des choses, ce n'était pas une vue de l'esprit. Sa mère, sa tante Darie, son frère Kan. Ces conversations de Kan en cambodgien lui revinrent en mémoire. Avec qui s'entretenait-il ainsi ? Forcément avec quelqu'un resté au pays... Il avait plus confiance en Chaya et Munny, mais comment être sûr qu'ils ne manigançaient pas des plans secrets dans son dos, eux aussi ?

Une petite pluie fine se mit à tomber. Le parc situé en face du centre se couvrit d'une brume légère et transparente. On aurait dit qu'une aura nimbait les arbres, et Poly se demandait s'il n'était pas en train de voir flou.

Comme il n'avait pas pris sa doudoune, il finit d'un trait son café froid et rentra se réfugier au chaud.

Il s'apprêtait à appeler son prochain patient, lorsque son téléphone vibra dans sa poche. Son frère Munny.

— Salut frangin ! Quoi de neuf ?

— Beaucoup de boulot. Et toi, toujours en déplacement, petit frère ?

Poly entendait la voix d'Amy Winehouse clamer en arrière-plan « I love you much/It's not enough You love blow and I love puff ». Munny était un ultra-fan de la chanteuse décédée.

— Justement, je viens de rentrer. Attends une seconde, je baisse Amy.

Suivirent un bruit de frottement, puis de nouveau la voix grave de Munny.

— J'aimerais bien qu'on se voie tous les trois, avec Chaya. J'ai quelque chose d'important à vous annoncer ! On pourrait aller au bois, dimanche, si vous voulez ? La nature est belle en cette saison.

— OK. Euh, moi aussi, je… je dois vous mettre au courant de certaines choses.

— Ah oui ? Ce sont des bonnes nouvelles, au moins ?

— Je t'expliquerai.

Voilà, Poly en avait déjà trop dit. Il serait bien obligé de tout raconter à ses frères et sœurs.

— Très bien. Je m'occupe de prévenir Chaya ou tu préfères t'en charger ?

— Je te laisse l'appeler. Je dois raccrocher, je suis au taf.

Mais Munny se comportait comme ces personnes qui n'avaient que peu de considération pour les besoins des autres. Il se mit donc à babiller dans le téléphone, comme il le faisait souvent pour parler de son travail, de ses apprentis et de ses fournisseurs. Il était impossible de l'arrêter quand il était parti sur ce terrain-là.

Poly sentait qu'il perdait patience. Les doigts crispés sur l'appareil, il cherchait un moyen d'abréger la conversation. Nul doute que s'il avait interrogé son frère sur sa situation sentimentale, Munny serait devenu coi. Car il ne se livrait pas facilement. À moins que cette soudaine envie de le voir, lui et Chaya, ne cache un grand bouleversement familial ? S'apprêtait-il à révéler qu'il allait se mettre en ménage avec l'homme qu'il aimait depuis des années en secret ? Et quitter Paola, sa soi-disant petite copine régulière ? Personne n'était dupe, leur mère mise à part.

— Il faut que je te laisse, Munny, je travaille, répéta Poly d'une voix un peu plus forte.

— Ah oui, c'est vrai, tu me l'as dit. On se voit dimanche, au train de 9 h 7 si je ne te rappelle pas.

Alors qu'il s'apprêtait à retourner au centre, un nouveau spasme le faucha. Il se plia en deux, le souffle court, terrassé par la douleur. La tête lui tournait. Il rentra précipitamment dans son cabinet et avala un grand verre d'eau avant de s'affaler dans le fauteuil destiné aux patients. Il se sentit un peu mieux.

Il aurait facilement pu s'endormir. Cette journée était une vraie torture. Et elle n'était pas près de se terminer, puisqu'il devait encore passer chez Jorany pour récupérer son neveu. Et demain samedi, l'emmener à la piscine, pour l'une de ses horribles séances de natation qu'ils détestaient tous les deux.

Il accueillit deux nouveaux patients, jusqu'à ce que le stress resserre son étau. Se concentrer devint rapidement impossible. Il ne cessait de penser à Arun, à la maison, aux cachotteries de Kan et à cette histoire de Juilliard School.

Soudain, alors qu'il se rendait dans la salle d'attente, la tête lui tourna, son cœur s'emballa, sa poitrine se comprima. Il avait l'impression qu'il avait une crise cardiaque, que sa dernière heure avait sonné. Il prit la fuite, comme s'il avait un prédateur à ses trousses.

Puis il s'assit à même le trottoir.

De loin, il aperçut Zarina qui approchait.

— Ça ne va pas, docteur ? Je vous ai vu partir en courant…

— Je… non.

— Restez là, je vais chercher de l'aide ! Fit la secrétaire en déguerpissant.

Elle réapparut bien vite avec Dr Nesrine Périn, la rhumatologue.

— Qu'est-ce qui t'arrive, Poly ? Tu as mangé ce matin ?

Dr Nesrine Périn adressa un petit signe à Zarina.

— Attrapons-le par les épaules. Poly, tu peux te lever ?

Les deux femmes soutinrent Poly jusqu'au centre.

— Je vais te chercher un verre d'eau, dit Karine Bouttet, alertée par l'attroupement. Zarina, prenez-lui quelque chose de sucré à la machine. Nom d'un chien, tu es maigre comme un clou, Poly ! Et tu es tout rouge, tu as de la fièvre ?

— Je peux le faire, répliqua Poly en se levant et en fouillant dans ses poches à la recherche de petite monnaie.

— Tu ne bouges pas !

Mais Poly avait déjà amorcé quelques pas en direction du distributeur.

Arrivé à mi-chemin, ses jambes se dérobèrent.

Poly s'écroula dans la salle d'attente, sous les yeux effarés des patients.

L'assistante du second dentiste, une jeune femme prénommée Albertine, poussa un cri.

Nesrine Périn accourut aussi vite que possible du haut de ses talons aiguilles, bientôt suivie de Zarina qui avait acheté une barre chocolatée au distributeur et du Dr Tournevoix, alerté par « tout ce raffut dans le couloir ».

Le Dr Tournevoix était un sexagénaire à l'épaisse tignasse blanche, qui s'enorgueillissait de ses multiples conquêtes féminines. Il était inscrit sur un réseau social de rencontres « en live », et après un divorce douloureux, il avait décidé de profiter de son physique avantageux pour rattraper « des années de désespoir conjugal », comme il aimait à le répéter. Ce fut lui qui prit véritablement les choses en mains.

— Zarina, appelez les secours. Albertine, apportez-nous une chaise !

Aussitôt dit aussitôt fait. On allongea Poly sur le sol de la salle d'attente, et la chaise servit à lui surélever les pieds. Une méthode employée en cas de malaise vagal, et bien connue des sportifs.

Les médecins rassurèrent les patients inquiets, dont certains proposèrent leur aide.

Poly ferma les yeux quelques minutes. La fraîcheur du lino sur sa joue brûlante le soulagea un peu.

La sirène des pompiers retentissait déjà dans le lointain, et deux minutes plus tard, deux grands gaillards surgirent dans le couloir.

Poly tenta encore de marcher, mais il n'en était pas question.

Les ambulanciers le transportèrent dans une chaise roulante jusqu'aux urgences de l'hôpital Saint-Antoine.

2

— Je n'arrive plus à quitter mon lit. Ni à sortir de chez moi.

Poly hocha la tête, soucieux de manifester son empathie. Il était entré à l'hôpital vers 14 h, et son portable indiquait 20 h. Cela lui avait laissé le temps de parler à quelques personnes.

Le quinquagénaire en face de lui, un prénommé Joseph, était pelotonné dans un brancard. Il semblait avoir abdiqué. Abdiqué de la vie, des relations humaines et de la richesse des expériences quotidiennes.

Alors que Poly s'apprêtait à lui prodiguer un conseil, un cri sauvage leur parvint près des portes, où hurlait un individu attaché à un lit.

— Laissez-moi tranquille ! Je veux partir ! Mais détachez-moi ! Suzy, t'es où ? Bon Dieu !

Une scène relativement banale aux urgences. Poly jeta un énième coup d'œil à sa montre, puis reporta son attention sur Joseph.

— Mais vos enfants, votre fille dont vous m'avez parlé, elle ne vient pas vous voir, de temps en temps ?

— Ma fille, c'est silence radio. Elle se fend d'un coup de fil deux fois par an, et encore, ça dépend des années. Mais je l'observe en secret. Elle travaille dans une sandwicherie à la Gare de Lyon, alors je la contemple entre les rails. Elle ne m'a jamais repéré. Enfin, ça, ça se produisait quand je pouvais sortir de chez moi.

L'homme s'arrêta de parler un instant, hésitant à poursuivre. D'une voix plus basse, il continua :

— Je m'inquiète pour elle. Elle fréquente un type peu recommandable, qui tient une boutique d'outils pour les professionnels du bois. Il a constamment une sorte de ciseau pointu accroché à la ceinture.

Poly en avait plus qu'assez des urgences. De nouveau, il consulta sa montre. Il songea qu'il devrait être sorti d'ici une heure maximum s'il voulait récupérer son neveu chez sa mère sans éveiller les soupçons. Il ne tenait pas à alerter la famille sur ses ennuis de santé, surtout pas Kan. Kan ne manquerait pas de lui rappeler qu'il était toujours le petit garçon malade dont devait en permanence s'occuper sa maman. De plus, il détestait les hôpitaux : il avait passé des mois au chevet de son père victime d'un cancer, et le voir décliner de jour en jour avait constitué la pire épreuve de sa vie. Jusqu'à la toute fin, quand Keo lui avait murmuré au creux de l'oreille : « En tant qu'aîné, c'est toi le chef de clan. Ta mission, à présent, consiste à veiller sur ta mère, ainsi que sur tes frères et sœurs. Qu'ils ne manquent jamais de rien ».

Et il avait promis.

Poly ferma un instant les yeux. Quand il les rouvrit, il découvrit le médecin qui l'avait pris en charge à son arrivée aux urgences.

— Comment vous sentez-vous ?

— Ça va.

Le médecin lui apprit qu'il devait encore passer un électrocardiogramme, ce qui repousserait sa sortie d'au moins une heure. Poly se sentait mieux, physiquement, mais il rêvait d'un café et ses mains tremblaient toujours.

Les urgences étaient remplies à craquer, comme toujours

dans cet hôpital. Un homme menotté à la chemise maculée de sang était surveillé par deux policiers. Une odeur de sueur et d'alcool prenait à la gorge. Les néons blafards faisaient ressortir la souffrance, la misère et la mort.

Poly ferma un instant les yeux, puis reporta son attention sur Joseph quand une femme se présenta devant lui, et, désignant une chaise roulante, demanda :

— C'est libre ? Il n'a plus de chaises disponibles dans tout le service !

— Oui, mais je ne suis pas sûr que…

— Si on me dit quelque chose, je partirai. Mais là, je suis trop crevée ! Je m'appelle Suzy, rajouta-t-elle en s'affalant dans le fauteuil.

Poly l'observa quelques secondes, tandis que Joseph semblait s'être assoupi.

La femme avait la trentaine, et beaucoup trop de cernes sous les yeux pour une fille de son âge.

Une voix masculine retentit de nouveau derrière une cloison.

— Suzy ! Connasse ! Viens par ici ! Détache-moi, bordel de merde !

La nouvelle arrivée se leva précipitamment et disparut.

Les jurons reprirent de plus belle, et la pauvre femme réapparut, en larmes.

— Personne n'est obligé de supporter cela ! s'exclama Joseph, l'air parfaitement réveillé, à présent. C'est votre petit ami ?

— Mon mari. Désolée, il faut vraiment que j'aille le calmer.

Poly et Joseph échangèrent un regard entendu, mais ne se permirent aucune remarque.

À moins que si.

Ils perçurent des « Grognasse de mes deux », des « détache-moi sale conne » et autres expressions fleuries.

Quand Suzy revint, son visage était encore plus décomposé. Elle avait de magnifiques yeux couleur glacier tellement clairs qu'ils semblaient vous illuminer et une chevelure qu'on avait envie de caresser tant elle paraissait soyeuse.

Mais à cet instant, ses yeux ne regardaient que le sol, et ses cheveux lui servaient à dissimuler le rictus de détresse qui tordait ses lèvres.

— Restez ici, lui conseilla Joseph. Vous ne faites que l'énerver un peu plus.

— D'habitude, j'arrive à le calmer. Enfin, pas tout le temps, je l'avoue.

— Est-ce qu'il vous bat ?

Poly sursauta. Il eut honte pour Joseph : ce genre de remarque était parfaitement déplacée.

La jeune femme ne répondit pas.

— Oui, il vous brutalise ! J'en étais sûr ! conclut Joseph. Vous devriez le quitter !

— Mais c'est mon mari !

— Alors vous devriez divorcer !

— Peut-être qu'ils pourraient entreprendre une thérapie de couple ? Tenta timidement Poly.

— Pfffft ! Vous a-t-il déjà frappée ? Repartit Joseph.

La jeune femme hésita, puis avoua que oui.

— Nous avons un fils, un ado de quatorze ans.

Elle paraît si jeune, se dit Poly. Puis, comme si la mère de famille lisait dans ses pensées :

— Nous l'avons eu très jeunes. Je connais Rasmy depuis mes quinze ans. Nous nous sommes mariés à vingt. Je croyais que ça allait s'arranger. Il y a un an, je suis partie au Cambodge, une opportunité professionnelle. J'ai vécu seule dans une petite maison, que je louais pour deux cents dollars par mois, vous imaginez, deux cents dollars pour une maison rien qu'à moi, avec un potager, et plusieurs pièces ! J'y suis restée huit mois. Pendant ce temps, notre fils s'était rapproché de son père. Depuis mon retour, Rasmy a cessé d'emmener Khali à ses compétitions de volley, et mon fils m'en veut à mort.

— Vous voyez, dit Joseph d'un ton triomphant ! Quand vous êtes séparée de votre mari, tout va bien pour vous trois !

— Vous avez raison, tout est ma faute, murmura Suzy en se cachant le visage dans les mains.

Poly fusilla du regard son voisin clinophile.

— Allons, allons, c'est complètement faux, dit-il. Vous ne devriez pas vous sentir responsable. Mais peut-être qu'une théra…

— Monsieur Suhana ?

Poly se leva d'un bond. Il était parfaitement remis à présent, et souhaitait quitter l'hôpital. Il consulta sa montre : 20 h 30. Il devait absolument appeler sa mère.

L'infirmier arriva à sa hauteur, un gros dossier sous le bras. Poly fronça les sourcils.

— Suivez-moi.

Poly lui emboîta le pas, et ils se retrouvèrent dans une pièce remplie d'instruments médicaux.

— Enlevez votre tee-shirt, que je vous pose les électrodes pour l'ECG.

— Est-ce que ça prendra encore longtemps ?

— Il faut d'abord que le médecin analyse vos résultats. Et pour l'heure, expliqua l'infirmier en gloussant, il se trouve quelque part ailleurs dans l'hôpital !

Poly étouffa un juron et ôta son pull et sa chemise. Il devait absolument s'en aller avant que son neveu s'endorme.

Une fois l'examen passé, il retrouva ses nouveaux amis des urgences. On entendait toujours hurler le mari de Suzy dans tout le service, et Joseph s'employait à consoler son épouse malmenée.

— Je dois téléphoner, dit Poly, et me prendre un café à une machine. Celle des urgences est en panne. Vous voulez quelque chose ?

— Puis-je me joindre à vous ? demanda timidement Suzy.

Poly ne s'attendait pas à une telle requête. Cela le contrariait. Il avait besoin de s'isoler pour parler à sa mère. Pourtant, il hocha la tête.

— Pas de problème.

Ils déambulaient dans les couloirs depuis cinq minutes, lorsqu'ils localisèrent un distributeur de boissons.

Poly inséra quelques pièces, puis le gobelet apparut, suivi par un jet noirâtre et brûlant. Il avança prudemment sa main. Il tremblait tellement qu'il renversa du liquide chaud sur ses chaussures.

— Tu ne devrais peut-être pas boire de café, remarqua Suzy.

Tiens, nota Poly, on est passé au tutoiement. Et, alors qu'il ne s'y attendait pas du tout :

— Est-ce que tu as une petite amie ?

Poly rosit légèrement. Il prit une gorgée du brouet pour se donner une contenance et se brûla le palais, déglutit et sentit le liquide lui enflammer l'œsophage. Il observa la jeune femme à la dérobée et la trouva plutôt séduisante malgré ses cernes.

— À vrai dire, pas en ce moment.

— Vous me paraissez sympathiques, toi et ton ami Joseph. On pourrait peut-être se revoir ?

Poly faillit répliquer que Joseph n'était pas son ami, mais l'autre avait déjà dégainé son téléphone portable pour lui donner son numéro. Poly interrompit son geste en levant une main devant lui.

— Excuse-moi, il faut absolument que je passe un coup de fil. C'est urgent.

Poly fit quelques pas et appela sa mère.

— Salut mon fils. Tu es encore à l'hôpital ?

— Oui, mais je vais bientôt partir.

— C'est pas la peine. Kan est venu récupérer Gaby.

— Merde !

— Pas de souci, mon fils, je te couvre. J'ai dit à Kan que tu avais été retenu au travail. Que tu passeras chez lui demain matin pour emmener Gaby à la piscine, comme d'habitude !

— OK, à demain alors. Merci.

Après avoir raccroché, Poly s'apprêtait à rejoindre Suzy, mais elle avait disparu.

Quand il retourna aux urgences, il la trouva dans la salle

d'attente. Au moment où il croisait son regard, elle tourna la tête.

Pas doué avec les femmes… c'était peu dire !

Après encore une heure et demie de patience, le médecin le reçut dans son bureau. C'était un interne petit et potelé, qui ne cessait de tapoter ses dossiers du bout de son stylo, ce qui exaspérait ses collègues… et ses patients.

— Nous n'avons rien trouvé de spécial, *tap tap tap,* si ce n'est une forte concentration d'anxiolytiques dans votre sang, *tap tap tap tap* et des carences, en fer notamment. Votre ECG est normal. *tap tap.* Avez-vous des soucis, en ce moment ?

— Oui, des gros soucis. Mais je ne me drogue pas, fit Poly, sur la défensive.

tap tap tap.

— Vous avez fait ce qui ressemble à une attaque de panique. Je vous ai préparé un arrêt de travail d'une semaine. Et une ordonnance pour des compléments de fer.

— Une semaine ! Mais je ne peux pas me le permettre !

— Vous préférez revenir aux urgences dans deux jours ? *tap tap tap.* Vous devez vous reposer, manger convenablement – de la nourriture carnée, car vous nous avez dit suivre un régime végétarien, ce qui complique vos affaires – et vous sevrer progressivement du Xanax. Ah, et puis vous calmer avec les excitants ! *tap tap tap tap tap tap*

Le médecin se leva, pour signifier que l'entrevue était terminée.

Poly était furieux. Il n'était pas en mesure de se mettre en arrêt une semaine, ses collègues ne lui pardonneraient jamais. Et il n'avait plus d'argent. Il comptait sur ses heures supplémentaires pour voir venir et relancer les travaux de la maison au Cambodge. Heureusement que son généraliste lui fournissait tout le Xanax dont il avait besoin… Mais faire faux bond à ses collègues, c'était inconcevable.

Il se dirigeait vers la sortie, quand il se rappela que Joseph lui avait demandé de ses nouvelles. Il espérait que Suzy était partie. La scène de tout à l'heure l'avait embarrassé au plus haut point… Il fit un crochet par la salle d'attente, mais l'homme avait disparu.

Ainsi que Suzy.

On n'entendait plus sa brute de mari hurler dans tout le service.

L'humanité était à pleurer.

Il se hâta de quitter l'hôpital.

3

A part Tigrou qui se prélassait dans la poussette du rez-de-chaussée, il ne croisa personne dans l'immeuble. Tant mieux.

Une nouvelle affichette avec du gros scotch brun était placardée sur la seconde porte d'entrée. Les résidents étaient invités à vider leur cave et à ventiler les lieux.

Poly se dit qu'il s'en occuperait plus tard.

L'ascenseur était en panne. Il grimpa les cinq étages et se faufila dans le salon. Les mains tremblantes, il appela Kan pour s'excuser d'avoir annulé la piscine avec Gabriel, mais il tomba sur son répondeur. Il ne laissa pas de message. Son frère le recontactait en général dans les minutes qui suivaient. Il attendit, le cœur battant. Qu'allait-il bien pouvoir fournir comme excuse ? Sa mère avait parlé d'un souci au boulot, mais il ne souhaitait pas mentir. Ses principes l'en empêchaient.

Il contempla la photo de son père. Jamais Keo n'aurait accepté de mensonges de sa part. Or, il s'était déjà rendu coupable d'un énorme mensonge, quand il avait vécu pendant un an dans le péché, après son baccalauréat.

Il se leva pour se préparer un café, puis se souvint du joint fichu. Se rasseyant avec résignation, il promena son regard sur la pièce. S'il devait passer une semaine là-dedans, il pourrait peut-être en profiter pour mettre un peu d'ordre… Mais les vieux meubles de famille ne lui inspiraient que du dégoût. Il considéra un moment le papier peint et le trouva hideux. Il s'approcha de son autel, ôta ses chaussures et se positionna sur le coussin de méditation… pour se relever aussitôt. À quoi bon ? La pratique ne l'aidait guère…

Sa trompette reposait sur une chaise. Cette vision le rasséréna. Où avait-il rangé la sourdine d'appartement ?

Il fouilla une grande armoire en sapin, sans mettre la main dessus. Il était sûr qu'elle ne se trouvait pas à la cave.

Il chercha dans un placard de sa chambre et finit par l'extirper de son tiroir sous le lit.

Tout excité, il assembla la sourdine et la trompette et souffla.

Le son lui arracha un rictus de déconvenue. Il souffla encore, avec pour résultat un couinement peu esthétique, une torture pour les oreilles.

Il reposa la trompette sur la chaise.

Se sentit soudain terriblement seul.

Il déambula un moment dans son petit appartement, à se fustiger tellement il était malheureux. En passant devant l'entrée, il perçut des pas dans le couloir, puis une porte qui claquait. Lin !

Et s'il allait lui faire un petit coucou ?

Cette idée lui plaisait, d'autant plus qu'il se sentait mal suite à l'épisode du plat de nouilles dévoré par Artus. Il devait absolument solliciter son pardon, et qui sait, devenir plus proche de la jeune femme. Elle était loin de le laisser indifférent – il devait cesser de se mentir à ce sujet.

Tout excité à cette perspective, il s'affaira dans sa chambre pour dégoter une tenue propre et passa sous la douche, heureux de se débarrasser des odeurs de l'hôpital.

Une fois apprêté à son goût – et au goût de Lin, espérait-il – il rangea le salon, disposa les coussins sur le canapé et fit brûler un bâtonnet d'encens à la vanille.

Il ne prit pas la peine de fermer sa porte à clé, car il comptait bien inviter la jeune fille chez lui.

Il frappa ensuite à sa porte. Un peu nerveux, il réarrangea sa mise et tendit l'oreille. Des rires lui parvenaient de l'intérieur.

— Qu'est-ce que c'est ? entendit-il derrière la porte.

Une voix. Une voix grave, qui sonna le glas de ses entreprises de séduction.

Il y eut un bruit de serrure, et un jeune homme blond, très grand, très beau, s'encadra dans le chambranle et le regarda d'un air interrogatif.

Il ne portait qu'une serviette autour de la taille. Son torse large et musclé se bomba légèrement, en position de force.

Message reçu.

— Je… désolé, bredouilla Poly. Je ne voulais pas vous déranger.

La porte se referma aussi sec.

Et voilà. Le résultat de son comportement à l'égard de Lin. D'abord en colère, Poly réalisa que la jeune fille avait bien mérité quelqu'un dans sa vie. Un autre que lui.

Son moral dégringola.

Il était en train de regagner son logement lorsque Tigrou se faufila entre ses jambes et courut jusqu'à la douche.

L'animal lapa à toute vitesse les quelques flaques résiduelles dans le bac.

— Ton maître ne te donne même plus à boire, à présent ? Glapit Poly avec colère.

Il versa un peu d'eau dans une gamelle et le chat déshydraté continua à s'abreuver.

— On devrait les enfermer, des gens comme lui !

Poly s'apprêtait à rendre Tigrou à son propriétaire et lui dire sa façon de penser, lorsqu'il se rappela qu'il devait vider sa cave pour la faire sécher.

Il empoigna ses clés et s'engouffra dans l'escalier. Tigrou le suivit jusqu'au troisième, puis il s'assit sur le paillasson d'une des portes.

Poly dévala les étages restants.

Vider entièrement la cave représentait une impossibilité totale. Il se contenta de remonter à son appartement son appareil photo, son pose-partitions, ses partitions et quelques DVD de concerts. Pour le reste, il s'en fichait. Personne n'irait voler ses quelques frusques amassées au fil des ans.

Il laissa la porte ouverte en grand et attaqua la montée des cinq étages.

Retour à la case départ, se dit-il. Et maintenant ?

Il contempla un instant sa trompette, puis se faufila dans sa chambre, attrapa un sac de voyage au-dessus de l'armoire.

Il remplit le sac de vêtements et de sous-vêtements, puis il ajouta un sac de croquettes pour chiens à son équipement.

Il s'empara de son téléphone, fit défiler les numéros, pressa la touche d'appel.

— Monsieur Pierlot ? Il se fait tard, je vous dérange ?

— Mais non, ça va. Et vous-même ?

— En fait, pour être tout à fait honnête, ce n'est pas le paradis. Je me retrouve en arrêt de travail. Vous m'aviez dit vivre à la campagne. Il m'en coûte énormément de vous demander cela, mais vous m'hébergeriez pour la nuit ?

Un silence.

Poly regarda encore sa trompette.

— Avec joie ! Vous avez dîné ?

— Pas vraiment.

— Je prépare quelque chose, dans ce cas. Je vous donne mon adresse et l'itinéraire pour venir.

Poly écouta les instructions, puis il empoigna son sac et sortit.

Il s'apprêtait à dévaler les cinq étages, quand il se figea sur place.

— Et merde ! s'exclama-t-il.

Il se tint un instant devant l'escalier, les yeux fixes, les sourcils froncés.

Puis il pivota sur lui-même, rouvrit le porte de son logement, et gagna le salon.

D'un geste vif, il s'empara de sa trompette, la rangea dans sa sacoche et l'emporta avec lui.

4

C'était de la pure folie, mais il en mourait d'envie.

Quand il arriva à destination, sa décision était prise.

Pierlot vint le chercher dans sa vieille guimbarde à la gare de Creil, puis ils firent le trajet en silence jusque chez lui, presque à la sortie de la ville. Les températures étaient relativement douces, ce soir, le temps était sec et peu venteux. La voiture d'André Pierlot sentait le chien mouillé et le tabac froid.

Poly ouvrit les fenêtres. Artus en profita pour passer la tête au travers, abandonnant de longues traînées de bave sur la carrosserie. Apparemment, son maître n'en avait cure.

Pierlot se gara devant une petite maison tout en pierres à étage, avec un jardin potager soigneusement entretenu. Sur la gauche, on distinguait un empilement de bûches dans une resserre en tôle ondulée.

— Ce sont des courges butternuts, que vous avez là ? demanda Poly en traversant le carré de légumes.

— Des butternuts, des potimarrons, ça donne bien par ici. Si seulement je pouvais faire pousser de belles tomates ! Mais le sol est trop pauvre. Venez, je vais vous montrer votre chambre.

— Tenez, c'est pour Artus, dit Poly en sortant le paquet de croquettes.

— Comme c'est gentil ! Merci beaucoup. Qu'avez-vous fait de votre toutou ? Vous ne me l'avez pas dit !

— Bah, je ne l'ai plus. Je vous expliquerai.

Pierlot fit visiter la maison à Poly. Le salon ne comprenait que le strict nécessaire, mais un beau piano droit laqué noir ajoutait du cachet à la pièce. Ils montèrent à l'étage et Pierlot le précéda dans une petite chambre dont chaque centimètre de mur était envahi par des posters. Une généreuse collection de boys band des années 90 tapissait le mur au-dessus du lit, et un immense collage d'affiches rétro surplombait un simple bureau d'étudiant.

— Ma fille, expliqua laconiquement Pierlot. Je n'ai pas refait la chambre quand elle a quitté la maison.

Pierlot sembla un instant perdu dans ses pensées. Puis il s'ébroua comme un vieux chien et dit :

— J'ai préparé une quiche. Je vous attends en bas. La salle de bain est sur la droite.

Poly s'installa rapidement, puis il redescendit au salon. Il n'avait pas trouvé de prise dans la salle de bain pour sa brosse à dents électrique, mais à part ça, la maison lui plaisait bien.

Un douillet feu de cheminée acheva de le remettre de bonne humeur. Il en avait presque oublié l'épisode avec Lin.

— Je m'apprêtais à faire cuire des saucisses sur la braise. Mais comme vous m'avez dit être végétarien, j'ai également préparé une quiche à la courge. Vous consommez des œufs, au moins ?

— Oui, des œufs et du lait. Même si je n'aime guère le lait, à part celui de chèvre ou de brebis. Je mange aussi des yaourts et du fromage.

— Alors, continua Pierlot en disposant quatre chipolatas sur une grille. Que vous est-il arrivé au travail ? Que s'est-il passé ?

Poly n'en était pas très fier, mais il sentait qu'il pouvait en parler librement avec Pierlot. Il se lança :

— J'ai fait ce qui évoque fortement une attaque de panique. Cela ressemble à une crise cardiaque, mais le phénomène est purement mental. Je me suis à moitié évanoui devant mes patients et toute la clique des collègues !

Pierlot fronça les sourcils.

— Vous savez ce que je pense ?

— Non, dites-le-moi.

Pierlot enleva une bûche du foyer et disposa la grille sur les braises. Il prit appui d'une main sur le sol pour se relever.

— Vous êtes quelqu'un de très malheureux. Je l'ai senti tout de suite, quand je vous ai vu jouer de la trompette dans votre minuscule cave.

— Justement… Je suis aussi venu vous l'annoncer.

Pierlot, qui ne s'était pas encore remis debout, s'arrêta à mi-course.

— Oui ?

Poly prit une profonde inspiration.

— J'ai décidé de préparer le concours. Pour l'audition de la Juilliard.

— Nom d'un chien ! Je suis tellement content pour vous ! En voilà une bonne nouvelle ! Il faut fêter ça ! Je n'ai pas de champagne, mais il me reste une ou deux bouteilles de rouge, et…

Poly leva la main pour calmer les ardeurs de son nouvel ami.

— Je ne bois pas d'alcool !

— Ah oui, la religion, j'avais oublié. Vous m'accompagnerez au coca. Attendez-moi, je reviens. Vous voulez bien vous occuper de retourner les saucisses ? Nous allons passer à table et parlerons de ce concours après.

Poly s'approcha du feu. La viande en train de griller lui donnait généralement des haut-le-cœur, mais les saucisses de Pierlot dégageaient une odeur pas si désagréable. Apparemment, la viande cuite au feu de bois sentait moins mauvais que celle préparée à la poêle. Il retourna la grille, et du gras tomba dans les braises. Il sentait l'eau lui venir à la bouche. Artus se leva de son panier attiré lui aussi par cette alléchante odeur.

Pierlot réapparut avec sa bouteille de vin et alors qu'il entreprenait de l'ouvrir, une fumée noirâtre envahit la pièce.

— Mince ! La quiche ! Je l'avais oubliée !

L'homme disparut dans la cuisine et revint avec son plat. La quiche avait brûlé aux trois quarts.

Pierlot prit un air désolé.

— On peut peut-être récupérer une part. Mais ça ne fait pas grand-chose à manger. Excusez-moi de vous le dire, ajouta Pierlot en désignant Poly de l'index, mais vous êtes maigre comme un coucou. Si vous voulez devenir musicien professionnel, il va falloir vous renforcer physiquement. On ne le sait pas, généralement, mais la musique, c'est aussi une affaire de constitution. Bon, je dois bien avoir un bout de fromage qui traîne, et…

— Ne vous embêtez pas.

Ils se mirent à table, Artus au pied de son maître. Pierlot découpa la quiche avant d'apporter les saucisses.

Poly mâchonna sa part en silence. Elle avait un goût indéfinissable. Sans être proprement parler carbonisé, le morceau récupéré sentait la fumée.

Pierlot mangeait lentement et sans prononcer le moindre mot, juste en émettant de petits bruits de satisfaction. De temps en temps, il distribuait de petits bouts de saucisse à son chien, sous la table. Poly comprenait qu'il ne puisse pas parler en même temps. L'homme prenait un véritable plaisir à déguster son plat, comme si c'était la chose la plus importante de la journée. À la moitié de son repas, il s'arrêta, la fourchette suspendue, et pointa cette dernière vers l'assiette de Poly.

— Vous ne mangez pas ! C'est donc si mauvais que ça ?

Poly s'apprêtait à le démentir, pour ne pas froisser son hôte, mais quelque chose le poussa à dire la vérité :

— Pour être tout à fait franc… c'est infect.

— Je suis désolé. Vous êtes sûr que vous ne voulez pas de saucisses ?

— Sûr et certain, merci. Je ne suis pas un gros mangeur, de toute façon. À moins que… est-ce que par hasard, vous avez conservé les pépins ?

— Les pépins ?

— Oui, de la courge.

— Pas aujourd'hui, car j'étais un peu pressé, mais j'ai tout un sachet des autres récoltes. Je les garde pour ma voisine, Marina. Elle ne comprend pas que je les jette à la poubelle. Manger des pépins de courge, vous imaginez ? Je ne suis pas un piaf !

Poly sourit et se pencha au-dessus de la table.

— Vous n'avez pas d'épices, je suppose ?

— Écoutez-moi, l'intello-bobo-de-Paris, je suis peut-être un vieux campagnard fruste et sans instruction, mais je sais deux ou trois choses en matière de cuisine. Et puis, il s'avère qu'une de mes ex adorait les épices. Allez voir sous l'évier ! Les graines de courge se trouvent dans le premier placard au-dessus des plaques de cuisson.

André Pierlot se reconcentra sur son repas. Apparemment, il n'aimait pas être dérangé durant cette opération capitale.

Poly repéra facilement les graines dans un petit sachet brun. Il se pencha pour ouvrir le placard du bas et recula d'un bond : une souris morte prise dans une tapette le fixait de ses yeux exorbités.

Avec une grimace de dégoût, Poly inséra sa main tout au fond. Sa paume se colla à une toile d'araignée, mais il tint bon et trouva ce qu'il cherchait derrière la tapette.

Il parcourut rapidement la cuisine du regard : aucune cafetière à l'horizon. Il avisa une boîte de chicorée, près du micro-ondes, et poussa un soupir de dépit.

Il décida qu'il partirait de bonne heure le lendemain. Son hôte le recevait avec beaucoup d'égards, certes, mais il n'était pas chez lui et ne voulait pas abuser. Et puis, il devait bien se l'avouer : il avait terriblement besoin d'un bon café. Après, il se rendrait chez Kan récupérer Gaby avant de filer à la piscine. C'était la dernière chose dont il avait envie, mais une promesse était une promesse.

Il trouva facilement les ustensiles de cuisine, ainsi que de l'huile. Ne restait plus qu'à faire rissoler les pépins dans une poêle avec un peu de paprika. L'épice était périmée depuis deux ans, mais tant pis. Il rajouta du sel et transféra le tout dans un petit plat marocain.

— Et voilà ! Dit-il en présentant son plat à Pierlot.

Artus vint coller sa truffe au-dessus des graines, puis il disparut dans son panier.

— Ça se mange comment ?

— Avec les doigts, comme des cacahuètes.

Pierlot arborait une expression indéchiffrable, mais il plongea tout de même ses gros doigts dans les graines.

— Ma foi, ce n'est pas mauvais. Mais je viens de finir de dîner. Peut-être qu'à l'apéro, je les apprécierais davantage.

— Probablement.

Pierlot se leva et piocha une cigarette dans sa poche de poitrine.

— J'imagine que vous ne fumez pas non plus ?

S'il savait pour le Xanax, se dit Poly.

— Non, mais la fumée ne me dérange pas.

Pierlot grogna de satisfaction et invita Poly à s'asseoir au salon.

Le feu de cheminée s'était éteint. L'odeur laissée par la combustion du bois avait quelque chose de régressif. Poly aurait pu s'endormir sur le canapé.

— Alors vous me disiez vouloir préparer le concours ?

— Oui, mais attention, c'est juste comme ça. Pas question d'aller plus loin. C'est pour… savoir ce que je vaux.

— Vous avez un bon niveau, mais devenir meilleur encore sera votre mission. Et dégager du temps pour les leçons et les répétitions. Je vais vous adresser à mon amie Juliette Longchambon. Elle dispense ses cours près de Bastille, dans le 11e.

— Je ne peux pas répéter chez moi. Et je n'ai pas les moyens de me payer des cours de musique.

— Vous pourriez vous installer ici. Quant à Juliette… elle vous formera gratuitement. Elle a… une sorte de dette envers moi.

— Mais… et mon travail ? Et puis, votre Juliette Longchambon, elle réside à Paris.

Pierlot réfléchit.

— Qu'est-ce que vous avez comme sourdine ?

— Une sourdine bon marché, je dois l'avouer.

— Il en existe de plus performantes. Juliette vous conseillera. Vous pourriez rester la semaine chez vous, et venir travailler votre instrument ici le week-end, par exemple ?

— C'est que… je pensais faire des heures supplémentaires le samedi…

Pierlot s'humecta les lèvres et tapota sa cigarette contre le cendrier.

— Écoutez, je n'irai pas par quatre chemins. Bosser dur est un impératif, si vous voulez réussir le concours. Cela implique des heures de répétitions. Et des sacrifices. Si vous n'êtes pas prêt à consentir à cela, vous pouvez oublier.

Poly ferma un instant les yeux. Il était si épuisé qu'il n'arrivait plus à réfléchir.

— On en reparlera une autre fois, conclut Pierlot. Il se fait tard, vous devriez aller dormir.

Chapitre 5

1

Horrifié, Poly se leva d'un bond.

Le réveil digital posé sur sa table de chevet indiquait 10 h.

Il avait dormi dix heures d'affilée !

Son premier réflexe fut de se rendre dans la cuisine pour se préparer un expresso, mais il se souvint qu'il avait trouvé refuge chez Pierlot. Peut-être trouverait-il un café ouvert dans les alentours ? Il n'en avait pas vu en arrivant la veille. Or, il ne pourrait pas fonctionner normalement sans sa dose de caféine matinale.

Il enfila son pantalon en vitesse, se passa les doigts dans les cheveux pour les lisser, et se brossa les dents. Un peu d'eau froide sur le visage suffirait en guise d'ablutions : il se laverait à la piscine. Pour l'heure, il devait absolument regagner Paris. Kan serait furieux s'il n'accompagnait pas Gabriel à sa séance de natation. Autant dire que sa session de méditation matinale n'était plus une priorité.

Poly se massa les tempes avec nervosité. Comment faire pour passer chez Léon et emmener son neveu à la piscine tout en même temps ?

— Ah, vous voilà ! s'exclama Pierlot en l'accueillant dans le salon. Je n'ai pas de café, j'espère que ça ne vous dérange pas trop ? Ma femme a laissé une boîte de Ricoré, et aussi des tisanes.

Cela faisait combien de temps que Pierlot était divorcé ? Deux ans, se rappela Poly.

— N... on merci, je dois filer, mon frère m'attend.

Pierlot fronça les sourcils. Après quelques secondes de silence, il déclara :

— Si vous allez sur Paname, je peux peut-être vous obtenir un rendez-vous avec Juliette dans la foulée ? Qu'en pensez-vous ? Elle pourra vous voir et réaliser une première évaluation. Je vous raccompagne à la gare.

Poly mit un moment à se souvenir que la dénommée Juliette était la prof de musique. Il avait vraiment besoin d'un café !

— Pas la peine, je vais marcher, je connais le chemin.

— Vous êtes sûr ? Ça fait une trotte quand même ! Et vous n'avez pas pris de petit déjeuner !

— Je mangerai plus tard. Avec mon smartphone, je devrais pouvoir me débrouiller pour trouver la gare.

— Bon, comme vous voudrez... mais n'oubliez pas votre instrument !

— Ah oui !

Une fois parvenu devant la gare, Poly s'empressa de chercher une machine à café. Malheureusement, la station en était dépourvue. Il repéra un petit troquet derrière le parking. Poly jeta coup d'œil au tableau des départs. Le TER pour Paris arrivait. Le suivant était annoncé une heure plus tard. Tant pis. Il acheta son billet à une borne et patienta sur le quai. Un long train de marchandises déboula à toute vitesse, faisant trembler les vitres de la gare, puis le TER entra en gare peu de temps après.

Alors qu'il cherchait une place dans le wagon presque désert, Poly réfléchit à son dilemme. Peut-être qu'il pourrait se débarrasser de la corvée de piscine tout de suite, et passer tout son temps au café ensuite ? Mais il lui fallait aussi se rendre au centre, qui fermait à 13 h, pour déposer son arrêt de travail. Plus tôt il s'exécuterait, plus vite il serait remplacé.

En revanche, s'il passait d'abord au café et au centre dans la foulée, il pourrait consacrer son après-midi à son neveu. Quant à Juliette... cette idée de rencontrer la prof de trompette commençait à le stresser. Et s'il n'avait vraiment pas le niveau ? Et comment dégager du temps pour répéter ? Ses responsabilités familiales avaient la priorité, après tout… D'un autre côté, le concours n'aurait lieu que l'année prochaine.

Il se décida pour le café.

Il appela chez son frère, mais Kan n'était pas là. Clémence, sa femme, lui répondit que normalement Gaby devait se rendre au karting aujourd'hui. Son horrible chien aboyait tout près du combiné.

Poly allait céder et renoncer à ses plans, quand Clémentine le mit en attente avant de revenir et de lui apprendre qu'elle avait parlé à son fils : Gabriel préférait aller à la piscine. Il pouvait donc venir chercher son neveu en début d'après-midi.

Poly souffla de soulagement alors qu'il prenait place dans le train. Tout allait s'arranger, finalement. Gabriel, comme tous les gourmands, comptait sûrement sur le fait qu'il l'emmènerait manger une pâtisserie pour le goûter.

Il songea à appeler sa cousine Arun, se rappela leur dernière conversation, étrange et énigmatique. Il devait tirer cela au clair. Mais il préférait se réfugier dans un endroit calme pour téléphoner aussi loin. Le train faisait un raffut de tous les diables, et la réception avec le Cambodge était très mauvaise.

Poly ajusta son casque sur ses oreilles et se laissa aller sur la banquette, les jambes croisées. Le paysage plat et décharné s'étirait par la fenêtre. Il pensa de nouveau à Lin. Sa douceur, sa patience, et l'indignité de son propre comportement à l'égard de la jeune femme. Il se promit de se rattraper. Il songea au gars avec qui elle entretenait une relation, et une bouffée de jalousie lui comprima les poumons. Que lui arrivait-il ? Il n'avait jamais considéré Lin comme une petite amie potentielle. Et alors même qu'elle n'était pas disponible, il ne voyait plus qu'elle. L'esprit de contradiction, se dit-il en s'enfonçant davantage dans la banquette.

Il s'abandonna au son de Ramsey Lewis. Une douce torpeur l'envahit.

2

Une double dose d'expresso et dix heures de sommeil suffirent à le croire remis d'aplomb. Même ses intestins avaient calmé leurs désagréables contractions.

Poly s'était rendu chez Léon, qui l'accueillit avec un grand sourire et son éternel peigne dans la poche de poitrine. Jack dormait dans sa niche près de la caisse. Poly n'avait pas de croquettes sur lui, pour une fois.

Il était déjà plus de 11 h, et il devait encore passer quelques coups de téléphone.

Soudain devenu raisonnable, il commanda une tartine beurrée avec son troisième expresso. Comme d'habitude, la faim jouait les abonnées absentes, mais il devait se forcer. Après tout, l'adage ne disait-il pas que « l'appétit vient en mangeant » ?

Du bout des lèvres, il croqua dans sa tartine, et mâchonna lentement.

Avaler lui demandait un effort plus grand encore. Il reposa le pain dans la coupelle et repoussa le tout.

Léon s'approcha discrètement.

— Ça va pas, doc ? C'est pas bon ?

Poly sursauta légèrement, et tenta de sourire, ce qui lui conféra un air bizarre.

— T'inquiète pas Léon, j'ai un peu la nausée.

L'autre désigna la chaise inoccupée.

— Je peux ?

Poly hocha la tête.

— Tu as des soucis, en ce moment ?

Poly posa un regard étonné sur le patron du troquet. C'était bien la dernière personne à qui il aurait osé se confier. Il préféra garder ses distances.

— Non, non rien de sérieux, je t'assure.

— OK, alors tant mieux.

Mais Léon n'en avait pas fini : il avait sorti son peigne de sa poche de chemise et entrepris de se lisser les cheveux.

— Je me demandais…

Léon se tortilla sur sa chaise, comme un petit garçon timide.

— Oui ?

— Je connais ton amour pour les chiens, Poly, et Jack t'adore aussi…

— Oui, oui, et donc ?

— Je voulais savoir si tu pouvais me le garder, juste pendant un jour ou deux. Je dois fermer, en raison de ma mère. Elle ne va pas bien, elle a besoin de moi à l'hôpital. Jack ne peut pas rester tout seul dans mon appartement, il n'y est pas habitué.

Poly sentit son cœur tambouriner dans sa poitrine. Jack était toujours couché dans son panier, en train de mâchouiller une oreille de porc.

Que pouvait-il répondre à cela ? Il allait accepter, tout en songeant qu'il ne pouvait vraiment pas garder le chien chez lui, alors que lui-même devrait s'absenter. L'animal prendrait peur et ferait du bruit, voire des dégâts. D'un autre côté, si la mère de Léon était malade, il devait bien pouvoir apporter son aide… Mais en même temps, ce genre de dévouement pour tout et pour tous était en train de lui porter gravement préjudice, il en avait bien conscience.

D'une voix peu assurée, le visage légèrement empourpré, il s'entendit répondre :

— Je suis désolé, Léon, mais ça ne va pas être possible. J'adore ton chien, mais je croule sous les obligations en ce moment !

Léon lui coupa la parole.

— Pas de souci, je trouverai quelqu'un d'autre.

Poly était abasourdi.

— C'est vrai ? Tu ne m'en veux pas ?

— Pourquoi je t'en voudrais, Poly ? Tu as toujours une caresse et une friandise pour mon chien, un mot gentil pour tout le monde, les serveurs, les clients ! Si tous les gens étaient comme toi !

Trop ému pour répondre, Poly baissa les yeux.

Le patron détourna la tête pour saluer son cuisinier qui venait d'arriver. Poly en profita pour se redonner une contenance.

— Merci, Léon. J'espère que tu vas trouver quelqu'un pour Jack.

— Au pire, je le laisserai une heure dans la voiture, sur le parking de l'hôpital. Il n'en mourra pas !

Un client entra dans le café.

— Allez, le devoir m'appelle, s'exclama Léon en se mettant debout. Hé, Poly ? Tu veux un petit conseil amical ?

— Oui ?

— Tu devrais grignoter cette tartine. Tu fais peine à voir.

3

Il était déjà midi. Poly ne devait pas lambiner. Il finit son pain beurré, et téléphona à sa cousine.

— Salut, cousin, attends une minute.

Poly perçut des bruits de pas. Qui partaient et revenaient.

— J'ai juste fermé la porte.

— Où es-tu, exactement ?

— Chez une amie. On se partage une maisonnette. Enfin pour le moment. On a chacune notre chambre. C'est propre et fonctionnel.

Poly sentit la colère le gagner. Il s'obligea à compter jusqu'à dix avant de répondre.

— Poly ? Toujours en ligne ?

— Oui. Pourquoi ne loges-tu pas dans la maison familiale ?

Un soupir. Puis la voix de sa cousine, très basse, avec un tremblement qui trahissait sa détresse.

— Je me suis disputée avec ma mère. À cause de mon licenciement. Elle pense que si mon ex m'a quittée, la faute m'en revient, et elle m'accable de reproches. Elle m'a chassée de la maison pour refiler ma chambre à son neveu Rith et à l'épouse de celui-ci, Champei. Je peux rester ici encore quelque temps, mais je n'ai presque plus d'argent. J'attends mon procès contre mon ex avec impatience, car j'ai des chances de le gagner, d'après mon avocat, ce qui me permettra de retrouver du travail… Oh, Poly, il faut que tu saches certaines choses. Ton frère, Kan, il a une maîtresse : Pisey, l'employée de maison de Darie.

— L'employée de maison, dis-tu ? Ma tante a toujours Pisey à son service ? Je croyais Darie dans le besoin, d'après ce que m'a rapporté ma mère. Oh, mais je vois !

La vérité le frappa de plein fouet. Darie se payait une employée sur ses propres deniers, à lui, Poly.

D'une voix blanche, il poursuivit :

— Est-ce qu'il y a autre chose que tu veux me dire ?

— Eh bien… Kan s'est fait construire une pièce pour lui tout seul. Avec salle de bain privée, tout en marbre, et c'est là qu'il reçoit Pisey. Sa femme ignore tout de cette affaire.

— Bien sûr, Clémence n'a jamais mis les pieds au Cambodge. Elle déteste les voyages. Je comprends pourquoi Kan est fourré là-bas dès qu'il en a l'occasion. Et Darie laisse faire ?

— Darie a quitté la maison, avec Pisey toujours à son service. Elle… elle a financé un appartement qui tient lieu de cellule monastique pour les bonzes. Cela fait plusieurs mois qu'elle détourne l'argent destiné au chantier. Je voulais t'en avertir, la dernière fois. Elle s'est réservé une de ces cellules, soi-disant pour une retraite spirituelle, mais connaissant ma mère, elle s'est aménagé un espace rien que pour elle. Pour ne pas avoir à supporter les autres, dans la grande maison.

Poly encaissa cette nouvelle exaction familiale en silence. Il serra les poings et se redressa sur sa chaise.

— Et les autres ? Les cousins ?

— Ils vivent tous dans la maison. Normalement, il y aurait bien une chambre pour moi, mais je ne sais pas comment la récupérer.

— Laquelle ?

— Celle de ton frère. Après tout, il n'est là que quelques semaines par an.

Poly était consterné. Il se sentait trahi, manipulé et arnaqué. Il devait réagir.

— Merci Arun. Je te recontacte bientôt. Je vais voir ce que je peux trouver comme solution de mon côté.

4

Le temps s'était couvert, et une pluie fine et pénétrante embrumait les rues.

Poly resserra son blouson et enleva son casque audio – à regret, car il écoutait Karl Olandrsson, un trompettiste de grand talent – qu'il rangea soigneusement dans son petit sac à dos. Son instrument était bien à l'abri dans sa housse. Comme la prof de musique pouvait le convoquer à tout moment, il était obligé de se le trimballer toute la journée.

Étrangement, il n'avait plus mal au ventre. Peut-être que la tartine beurrée lui avait réussi. Rien d'étonnant à cela, en fait. Pendant son année en Angleterre, il s'était alimenté correctement et ses maux de ventre s'étaient calmés comme par magie.

Néanmoins, les soucis ne cessaient de l'accabler. Il avait brièvement réfléchi, et conclu qu'il devait trouver de l'argent pour installer Arun loin de la maison, dans un appartement ou une petite maison. Au cas où son frère Kan refuserait de lui laisser sa chambre…

La pluie s'intensifia. Poly n'avait ni capuche ni parapluie. Il détestait la pluie. Il prenait froid facilement. Durant une certaine période, il s'obligeait à sortir avec un parapluie, mais il l'oubliait dans les salles d'attente ou dans les transports en commun. Une conséquence de son tempérament rêveur…

Il repensa à Arun. Les billets d'avion l'avaient mis sur la

paille. Il comptait sur son salaire qui allait bientôt tomber, même si les trois quarts partaient dans des projets destinés à d'autres : la construction de la maison et son loyer à payer, bien sûr, mais aussi dans des dons au pays, pour aider certaines personnes. Il y avait également l'argent qu'il versait à Darie, pour compléter sa retraite, et les sommes à sa mère, pour les mêmes raisons.

Il pourrait toujours cumuler des heures supplémentaires, même si cela semblait incompatible avec la préparation du concours. Mais le sort de sa cousine et de son neveu à naître n'était-il pas plus important ?

Il songea à Pierlot. Pierlot l'avait mis en garde : il allait devoir consentir à des sacrifices. Il soupira. Pourquoi la vie était-elle si compliquée ?

Le plus simple consisterait à couper les vivres à Darie, pour redistribuer l'argent à Arun. Mais sa mère ne le tolérerait pas. Et Arun pourrait en payer les conséquences… Darie ne lui inspirait aucune confiance, et depuis qu'il avait appris à quoi elle destinait l'argent qu'il lui versait, du dégoût. Cette femme… il la détestait depuis toujours. Et c'était parfaitement réciproque. Elle et sa mère s'étaient farouchement opposées à sa relation avec Arun, par crainte qu'ils tombent amoureux l'un de l'autre, probablement. Pourtant, les mariages entre cousins n'étaient pas rares… Malgré tout, Darie lui avait offert à lui, Poly, deux présents, contrairement à ses autres frères et sœurs. Sa fichue cafetière et son bol chantant tibétain.

Il trouvait un peu étrange le comportement de cette femme. Il la respectait, pourtant, en tant que sœur de sa mère. Et Jorany ne tarissait pas d'éloges en sa faveur. Comme quoi elle avait eu une vie difficile, des choix à faire. Poly n'en savait pas plus, au demeurant.

En approchant du centre, la pluie cessa complètement.

Il aurait bien besoin de parler de ses soucis à quelqu'un, mais il avait des scrupules. Chaya pourrait peut-être l'aider. Chaya l'adorait et le protégeait. Sa petite sœur avait le même caractère que leur père Kéo, mais en moins rigide. Comme lui, elle avait certains principes – ne pas mentir, pratiquer la religion – mais n'hésitait pas à les contourner quand ses proches étaient menacés.

Cela dit, il n'osait pas lui faire part de ses problèmes actuels. Il réfléchit en contemplant le ciel qui s'éclairait. À qui d'autre pourrait-il en parler ? La réponse s'imposa avec évidence : Estelle. Sa meilleure amie. Qu'il avait négligée ces dernières semaines.

Porté par son élan, il lui envoya un SMS pour prendre de ses nouvelles.

5

Il était déjà treize heures dix quand il frappa à la porte de Karine Bouttet. Après un détour par la pharmacie et l'achat d'un sandwich à l'edamame et aux olives noires qu'il avait englouti en marchant, Poly s'était dirigé vers le centre. Il espérait bien croiser un de ses collègues à qui transmettre son arrêt de travail. Il aurait pu attendre le lundi suivant et contacter le pôle administratif, mais il préférait s'en remettre directement aux collègues, par souci d'organisation. Peut-être que d'ici la fin du week-end, ils lui auraient déjà trouvé un remplaçant.

Karine Bouttet vint elle-même lui ouvrir la porte de son cabinet.

Comme la dernière fois, la fenêtre était grande ouverte, et les bruits de la rue envahissaient la pièce.

— J'espère que je ne te dérange pas ?

— Non, vas-y, entre, Poly. Mais si tu viens me parler encore de ces histoires d'ikebana, je…

— Non, non, ne t'inquiète pas, ça n'a rien à voir.

La nutritionniste vrilla son regard dans celui de son visiteur, fixa avec une curiosité mal dissimulée l'étui contenant la trompette, puis elle disparut derrière son bureau recouvert de deux grosses piles de livres.

Ses livres.

Plusieurs exemplaires des *Cahiers de nutrition et de diététique* étaient négligemment empilés sur une petite table basse, à côté d'une imprimante laser dernier cri. Le pèse-personne par bio impédancemérie annonçait la couleur.

Poly ne repéra aucun bouquet d'Ikebana chez sa collègue, alors que son propre cabinet en était envahi. Manifestement, cette femme avait une autorité naturelle dont lui-même était dépourvu.

Karin Bouttet désigna un siège à Poly, et l'observa en silence.

— Tu n'aurais pas maigri, par hasard ? Tu veux te peser ?

— Non, merci, ça ira.

La nutritionniste grogna et continua sur le même thème, peu disposée à lâcher le morceau.

— Tu m'inquiètes, Poly. Tu nous inquiètes tous. Qu'ont-ils posé comme diagnostic, à l'hosto ?

Poly ébaucha un vague geste de la main, destiné à minimiser ses problèmes de santé.

— Pas grand-chose. Une crise d'angoisse.

— C'est tout ? Ils n'ont pas réalisé un bilan sanguin ? Tu es végétarien, je crois ?

— Oui, je manque un peu de fer, mais comme je te le disais, rien de grave ne m'est arrivé. Pas de quoi s'affoler !

— Il y a tout un chapitre dans mon livre, sur ce sujet, mais comme tu ne l'as pas lu, tu n'as pas eu les infos.

Poly ne releva pas la pique. Il s'attendait plus ou moins à ce genre de discours de la part de sa collègue. D'après ce qu'il en savait, aucun des médecins du centre n'avait lu son fichu bouquin. Ce qui agaçait la femme au plus haut point.

— Quoi qu'il en soit, le toubib des urgences m'a prescrit un arrêt de travail.

— Ah mince. Pour combien de temps ?

— Une semaine.

Poly sortit le papier du médecin.

— Si tu pouvais prévenir Tournevoix, durant le week-end, j'ai remarqué que vous êtes plus… proches. Je n'ai pas son numéro. Il trouvera sûrement à me remplacer au pied levé.

La femme fit une moue ennuyée. Pensive, elle entortillait une mèche de ses cheveux roux, et posa ses coudes sur le bureau.

— Tu sais qu'à la direction, ils cherchent à embaucher ? Le centre va encore s'agrandir. En plus du service radiologie. Les collègues ne te l'ont pas dit, mais ils estiment que tu ne travailles pas assez, que tu manques d'ambition. Ils considèrent que tu accomplis un travail honorable, mais que tu n'es pas assez impliqué. Ils n'apprécient guère que tu te prennes pour le patron parce que tu es très demandé. Cette arrogance mal placée leur hérisse le poil.

Poly se redressa sur sa chaise.

— Mais je travaille presque soixante heures par semaine ! s'emporta-t-il.

Kristine Bouttet haussa les épaules. Elle désigna son cabinet du bras.

— Regarde-moi. Encore sur place, un samedi à treize heures ! Et j'ai des enfants.

Poly s'abstint de lui rétorquer que ses deux fils avaient dépassé la vingtaine.

— Et ce malgré le peu de considération dont je suis l'objet. Alors que c'est moi, après toi, qui ramène le plus de patients au centre. Grâce à mon livre. Nesrine essaie de se faire remarquer avec ses compositions d'Ikebana, mais elle ne m'arrive pas à la cheville… en dépit de ses hauts talons !, ajouta la nutritionniste en gloussant. En plus, son couple bat de l'aile, à ce que j'ai pu glaner comme infos.

Peu disposé à entendre les ragots des collègues, Poly décida d'abréger. Il avait encore son neveu à aller chercher, et il devait repasser par chez lui pour prendre quelques affaires.

— Écoute, Karine, je suis un peu pressé, là. Je suis venu te demander si tu pouvais transmettre mon arrêt de travail au plus vite et calmer les collègues… Je sais que tu as beaucoup d'influence !

Brosser la nutritionniste dans le sens du poil ne pouvait pas faire de mal…

— Et qu'est-ce que j'obtiens, en échange ?

Poly avait envisagé une telle question, mais n'avait pas pensé à ce qu'il pouvait lui répondre.

Son regard se porta sur la pile de bouquins.

— Je m'engage à lire ton livre et à en parler autour de moi.

— Formidable ! Attends, je vais t'en dédicacer un exemplaire.

La nutritionniste s'empara d'un coûteux stylo plume Caran d'Ache gravé à ses initiales, et griffonna quelques mots sur la page de garde, à grand renfort d'amples mouvements de bras.

— Voilàààààà !

Poly fourra le bouquin dans son sac, en se demandant avec consternation dans quoi il s'était encore embarqué. Pourtant, il n'en montra rien, et dit simplement :

— Je te revaudrai ça, Karine, merci beaucoup !

— Pourras-tu prendre un selfie avec mon livre, et le poster sur ton Insta ?

Poly fronça les sourcils.

— Je n'ai pas de compte Instagram !

— Ah bon ? Alors, envoie-moi la photo, je la publierai moi-même !

Poly allait franchir la porte quand il se retourna.

— Je suppose qu'il est trop tard pour réserver des heures sup ?

— Il faut voir ça avec Zarina, c'est elle qui gère les agendas. Mais elle ne revient que lundi.

Soudain, l'air de City of Star s'éleva de sa poche.

— Zut, j'ai un appel !

Le téléphone collé à l'oreille, Poly adressa un signe à sa collègue pour lui signifier qu'il prenait congé.

Au-dehors, le trottoir était désert.

— Hello, frangin, dit Kan.

Poly rassembla tout son courage : c'était le moment de parler d'Arun et de la chambre squattée par son frère.

— Kan ! Comment vas-tu ?

— Pas la peine de prendre la température. Tu n'es pas venu chercher mon fils, ton neveu, hier soir !

Un aboiement grave et sonore retentit dans le combiné.

— Narco ! La ferme !

— Je suis désolé, j'ai eu un contretemps. Mais je serai là en début d'après-midi. Et j'ai une bonne nouvelle ! répondit Poly d'un ton faussement enjoué.

Poly laissa un silence planer, pour appuyer ses dires, espérant de cette façon calmer son frère.

— Vas-y, crache le morceau. Attends une seconde ! Tu vas te taire, Narco ! Sale bête ! Couché !

Son frère n'était pas dans un de ses bons jours. Poly se racla la gorge.

— J'ai réservé nos trois billets d'avion !

— Ah ? OK.

Poly soupira de soulagement. Kan semblait plus réceptif. Ne restait plus qu'à lui toucher un mot au sujet de la chambre. Mais son frère avait déjà enchaîné :

— On en parlera après la piscine. Il faut qu'on s'organise pour récupérer les cantines de maman, quand l'avion les déposera. Il faudra probablement louer une voiture, et prévoir plusieurs voyages. Au fait, tu n'es plus venu nous aider à l'appartement, il y a encore plein d'affaires à emballer !

Poly n'avait plus une goutte de salive dans la bouche. Quand il essaya de déglutir, quelque chose se coinça dans sa gorge. Comment expliquer à Kan que les bagages de Jorany n'arriveraient que six semaines plus tard ? Quant à venir aider cette dernière à vider son appartement, il n'avait vraiment plus le temps. Débordé par les événements, il sentit toute combativité l'abandonner.

Le cœur battant, il couina un vague « d'accord, à ce soir ».

Chapitre 6

1

Il devait absolument trouver un moyen de négocier avec son frère. L'affronter franchement, ne pas tenir compte de ses paroles blessantes, encaisser son manque de considération pour les autres. Et son insupportable condescendance. Arun méritait qu'il consente à cet effort. Après tout, c'était lui qui finançait la maison. Il avait son mot à dire, en tant qu'aîné.

En tant que chef de clan.

Mais pour le moment, il ne savait pas comment accomplir ce désir légitime. Ce dont il était sûr, c'était que si Kan et le reste de la famille apprenait qu'il préparait le concours de la Juilliard, ils lui riraient au nez. Le rabaisseraient plus bas que terre.

Il n'aurait plus aucune marge de manœuvre.

Il serait ostracisé comme jamais.

Pour commencer, Kan ne devait pas voir la trompette Or, il risquait de le croiser en raccompagnant Gabriel après la piscine. La seule solution consistait à rentrer chez lui cacher l'instrument, puis le récupérer juste après, en prévision de sa rencontre avec Juliette Longchambon. Pierlot lui avait téléphoné pour lui dire que le rendez-vous avec la prof de musique était fixé à 18 h. Ce qui lui laissait une plage de temps suffisante pour mettre son plan à exécution.

Quant à Gabriel, impossible de lui en parler non plus. Il s'empresserait de tout raconter à son père.

Mais d'abord, la piscine.

Gabriel marchait derrière, traînant les pieds et ses palmes flambant neuves.

Le gamin avait une allure de premier de la classe, comme toujours : il portait une veste rayée sur une chemise à carreaux, et un bermuda en Denim, bien trop léger pour la saison.

Les températures avaient chuté de plusieurs degrés depuis la veille. Poly sentait ses doigts s'engourdir et ses oreilles glacées avaient viré au rouge écrevisse.

Ils étaient presque arrivés.

Un chantier d'élagage déployait une activité sonore et envahissante en plein milieu du trottoir. Les spécialistes, tout saucissonnés de harnais de cuir, de mousquetons cliquetants et d'impressionnantes tronçonneuses, pratiquaient une étrange danse synchronisée tout en haut d'immenses platanes.

— Qu'est-ce qu'ils font, tonton ?

— Ils coupent les branches des arbres, mon grand.

— Brrrr… je n'aimerais pas me trouver à leur place, conclut Gabriel en contournant le chantier avec précaution.

— À vrai dire, mon non plus… j'ai le vertige. Dépêche-toi, Gab, je dois repasser à mon appartement avant de te raccompagner chez tes parents !

— Mais pourquoi ?

— T'occupes. On file à la piscine, on ne traîne pas, et on aura peut-être le temps de déguster un gâteau dans le nouveau salon de thé végane qui vient d'ouvrir près de la piscine.

La mention de la pâtisserie sembla ranimer la ferveur sportive du gamin. Il rattrapa Poly et glissa sa petite main dans celle de son oncle.

Poly serra avec affection cette menotte chaude et confiante. Son neveu n'accomplissait guère de prouesses dans le bassin, mais ce n'était pas un mauvais bougre. Par un heureux hasard, il n'avait pas hérité du caractère retors de son père.

De sa main restée libre, Gabriel tendit un doigt vers l'instrument de son oncle.

— C'est quoi, ça ?

— C'est rien. T'occupes. Tu as emporté ton pince-nez, cette fois ?

Gabriel oubliait souvent cet objet. Un prétexte supplémentaire pour ne pas mettre la tête sous l'eau.

Le gamin poussa un soupir las.

— Tonton, je veux pas y aller ! Je dé-tes-te la piscine !

— Je sais mon grand. Mais pour ton père, c'est important que tu apprennes à nager !

— Mais je suis nul.

— Pfff ! Arrête tes bêtises. Tu vas y arriver !

Nouveau soupir.

— Du nerf, on y est presque ! Plus vite tu te prépares, plus vite on sort manger un gâteau !

L'adulte et l'enfant se présentèrent à l'entrée, saluant l'agent de sécurité qu'ils connaissaient bien. La piscine était déjà ouverte, et dispensait généreusement ses senteurs chlorées.

Gabriel se pinça le nez avec dégoût.

Le grand hall tout carrelé, avec son escalier en pierre brute, semblait suinter par tous les pores de sa mosaïque tant les températures étaient élevées. Dans le coin détente du hall, un couple de trentenaires avec un bébé achetait un bonnet de latex au distributeur tandis qu'un agent d'entretien, nonchalant et blasé, descendait l'escalier avec son seau et sa serpillière grise.

L'accueil était tenu par une femme entre deux âges. Toute grise, elle aussi, elle hantait les lieux de sa présence figée depuis des lustres. Son sourire automatique peinait à laisser passer les mots.

— Deux entrées ?

Comme à chaque fois, Poly répondait aimablement :

— Une pour adulte, une autre pour moins de douze ans.

Sauf que cette fois, il rajouta :

— Est-ce que vous pourriez me garder mon paquet (il désigna la trompette dans son étui), je ne pense pas qu'il rentre dans les casiers de la piscine !

La femme écarquilla les yeux, et se souleva légèrement sur son siège, pour amener l'étui dans son champ de vision.

— Ah, je suis désolée, mais nous n'avons pas le droit de garder de gros bagages à l'accueil !

— Il ne s'agit pas d'un simple bagage, répondit poliment le musicien.

— Je comprends bien, Monsieur, mais cela reste un objet

très volumineux, et la direction…

— C'est l'affaire d'une demi-heure ! Allez, soyez sympa, quoi !

— C'est contraire au règlement, je suis vraiment navrée !

— Écoutez, je viens ici tous les samedis avec mon neveu. Vous me connaissez, je ne suis pas un terroriste ! Il ne s'agit que d'une trompette !

Devant le silence désapprobateur de la femme, Poly perdit complètement patience. Il brandit les poings et cogna contre la vitre.

À présent, l'hôtesse affolée regardait de tous côtés, probablement à la recherche du vigile. La file qui s'était formée derrière avait considérablement grossi. Poly se retourna.

— Mais dites-lui, vous autres, qu'on ne reste qu'une demi-heure !

— Monsieur !

L'agent de sécurité arrivait derrière Poly. L'homme, un gaillard d'un mètre quatre-vingt-dix, s'interposa entre Poly et la caissière, comme si son client récalcitrant avait la capacité de briser le verre de sécurité.

— Vous devez partir, maintenant, dit-il. Les gens attendent !

D'une brève pression sur son coude, l'agent invitait l'adulte et l'enfant à quitter les lieux sur-le-champ.

Poly se dégagea. La température avait encore grimpé.

— Je ne bougerai pas d'ici !

— Soyez raisonnable, ou j'appelle la police !

Mais Poly avait repris la tête de la file, face à la caisse. La foule commençait à s'agiter.

— Rentrez chez vous, avec votre gamin ! explosa une petite blonde avec une poussette.

— Oui, laissez-nous passer, vous bloquez tout le monde !

Le vigile avait saisi son téléphone pour appeler la police.

— Tonton, tu me fais peur ! Viens, on s'en va ! intervint Gabriel en tirant sur la manche de son oncle.

Poly desserra un peu les dents.

— Mais tu imagines la réaction de ton père, quand il apprendra qu'on a séché la piscine ?

Le gamin leva la tête, le visage concentré.

— J'ai une idée ! Bouge pas.

— Mais Gab…

Gabriel fila comme l'éclair. Il sauta les portillons d'accès et revint une minute après, un grand sourire aux lèvres et brandissant le sac plastique dans lequel il rangeait son maillot de bain.

— Et voilà, dit-il en montrant le contenu du sac.

De l'eau gouttait un peu sur le sol.

— Je l'ai mouillé au lavabo. La serviette, aussi. On aura qu'à dire à papa qu'on a fait comme d'habitude !

— Mais enfin, Gab ! C'est un mensonge ! Un gros mensonge !

— Et alors ? Toi non plus, tu ne voulais pas vraiment y aller, de toute façon ?

Le gamin marquait un point.

— OK, on fiche le camp d'ici !

Un soupir de soulagement collectif accompagna cette déclaration.

— Youpi ! On va prendre un goûter, maintenant ? Dit Gabriel en gambadant joyeusement.

2

— Je te préviens, avait négocié Poly en sortant de la piscine, on va au salon de thé vegan !

— Oh, je m'en fiche, où on va. Du moment qu'il y aura des gâteaux !

Mais le gamin dut vite déchanter.

Alors qu'ils étaient installés depuis dix minutes dans le *Café Charlotte* Gabriel chipotait avec sa pâtisserie sans gluten. Il avait opté pour un cookie aux pépites de chocolat, dont il avait laissé les trois quarts dans son assiette de porcelaine blanche.

— Je mangerais bien un pain au chocolat.

— Ils n'en vendent pas, Gab.

— On pourrait aller à la boulangerie ?

Le gamin regardait l'adulte avec une expression de désarroi gastronomique à fendre le cœur.

— Ton père a donné des instructions. C'est pour ta santé. Mange ton cookie vegan !

Le salon de thé était presque désert. Seule une vieille dame occupait les lieux, dans le coin le plus sombre. Elle dégustait un thé russe d'une main tremblante chargée de bagues et portait des chaussures à talons, une robe sans manches avec col en V qui laissait apparaître le vaste réseau de rides de son décolleté. Son pardessus crème, avec un col en fausse fourrure, était soigneusement plié sur le dossier de son fauteuil. Elle lançait de fréquents coups d'œil vers la porte.

La gérante ne quittait guère sa caisse, où un chat arthritique reposait près d'une lampe en métal doré et abat-jour blanc passé de mode.

La lumière peinait à entrer dans l'établissement, et les autres lampes à suspension ne dispensaient qu'une chiche clarté.

D'une manière générale, le propriétaire des lieux avait voulu recréer une ambiance vintage et l'effet était plutôt réussi. On se serait bien passé, cependant, d'une vague odeur de graisse et de poisson fermenté.

Il régnait un silence aussi épais que le vaste tapis gris anthracite qui séparait les deux rangées de tables.

Poly but délicatement une gorgée de café – un café bio équitable dont les grains étaient issus d'une coopérative où les membres étaient formés pour savoir diversifier leurs cultures, expliquait le descriptif sur la carte – tout en réfléchissant. Il y était allé un peu fort à la piscine. Mais quelle mouche l'avait donc piqué ?

Ne devait-il pas retourner sur place pour s'excuser ? Comment le personnel allait-il l'accueillir, la prochaine fois ?

Pourrait-il seulement y retourner ? Que dirait Kan s'ils ne pouvaient plus aller à la piscine ? Poly était si las de mentir. De plus, il devait régler un nouveau problème. Il se pencha vers son neveu.

— Gab, tu ne diras rien, je le sais, pour la piscine, mais tu vas devoir garder un autre secret.

Le garçonnet leva des yeux mornes sur son oncle. Tout comme lui, il semblait las et désabusé.

C'est alors qu'un client poussa la porte, interrompant le petit discours de Poly. Le vieillard, extrêmement élégant, portant cravate et chaussures vernies, les salua d'un mouvement de tête et s'en fut rejoindre sa dame.

— Tu vois, ça ? reprit Poly en désignant l'étui de la trompette.

Une lueur s'alluma dans les prunelles du gamin.

— Tu as dit que c'était une trompette, j'ai entendu tout à l'heure. Je peux la voir ?

— Non ! Écoute, il ne faut pas que tes parents soient au courant. Ce sera un secret entre toi et moi.

— Mais je veux voir ta trompette ! S'il te plaît !

— Gab ! Je ne peux pas te montrer l'instrument ici ! Que diraient les gens ? Ce n'est pas le bon endroit, dit Poly en jetant un coup d'œil effaré vers la table des petits vieux. Et parle moins fort !

Gabriel fit la moue, repoussant les miettes de son cookie sur les bords de son assiette.

— Et arrête de jouer avec ce cookie.

— Je garderai le secret que si tu me la montres !

Poly soupira.

— Une seconde, pas plus.

Poly dézippa l'étui et sortit l'instrument.

— Ouah ! Je peux souffler dedans ?

Pour ça, Poly était tranquille. Impossible pour un débutant de sortir un son de cet instrument avant plusieurs essais. Il lui tendit la trompette avec assurance.

Gabriel souffla et immédiatement, un son fort et aigu sortit de l'instrument. Le vieux couple sursauta.

Poly arracha la trompette des mains du gamin.

— Allez, ça suffit, maintenant, on s'en va ! Désolé, m'sieur dame, fit Poly en s'adressant au couple.

Mais, sans qu'il l'ait vue arriver, Gabriel choisit ce moment pour se laisser aller à une confidence à laquelle Poly ne s'attendait pas.

— Moi, je voulais faire de la danse. Ou du piano. J'ai demandé à papa, mais il m'a répondu que ce serait la piscine et le karting. Il a dit : « Tu veux ressembler à ton oncle Munny ? » Tu sais ce que ça veut dire, tonton ?

Poly ne le voyait que trop bien. Il sourit doucement et expliqua :

— Souvent, les hommes aiment les femmes, mais parfois il arrive que certains hommes aiment d'autres hommes. C'est pareil pour les femmes.

— Ah, tu veux dire que Munny est gay, c'est ça ?

— Mmh. C'est ça. Ne le répète pas à mamie Jorany, ça lui ferait de la peine.

— Mais pourquoi ?

Poly soupira de nouveau.

— Les choses sont parfois mal faites, dans la vie, Gab.

Une expression de perplexité voilait les yeux de l'enfant.

— Je ne vois pas pourquoi on en fait toute une histoire ! Je l'aime bien, moi, tonton Munny. Et j'aime bien ta trompette ! Tu m'apprendras ?

Devant l'air désarçonné de son oncle, Gabriel crut bon d'ajouter l'expression qui lui ouvrait souvent des portes :

— S'il te plaît !

— On verra Gab, on verra.

Gabriel se remit à jouer avec son cookie, les épaules basses.

Poly consulta sa montre : 16 h 25.

Il avait encore le temps de passer chez lui déposer la trompette avant de raccompagner son neveu et d'aller à son rendez-vous.

— Qu'est-ce que tu veux faire d'autre aujourd'hui, Gabriel ?

— La bibli ! Je veux emprunter des BD !

— Moins fort ! Gab !

Cela faisait souvent partie de leur rituel. Après la séance de natation, ils se rendaient souvent à la bibliothèque de quartier.

— D'accord, mais on ne traîne pas. Tu prends quelques BD vite fait et on fait un détour par chez moi. Après, je te raccompagne chez toi. J'ai un rendez-vous ce soir.

Le jeune garçon, mû par ce nouveau projet, se leva un peu trop brusquement.

L'assiette de porcelaine se fracassa au sol.

— Non, mais je rêve ! s'exclama Poly. Gab, tu es impossible !

Les petits vieux lui lancèrent un nouveau coup d'œil avant de s'approcher.

— Tu vois, tu déranges tout le monde ! Je vais nettoyer, proposa Poly à la gérante, qui partit en cuisine chercher une pelle et une brosse.

Il était vraiment temps qu'ils s'en aillent.

Le monsieur et sa dame les avaient à présent rejoints. Poly s'apprêtait à se confondre en excuses, lorsque l'homme dit en souriant :

— Je vais vous aider.

Avec une surprenante agilité eu égard à son âge, il réunit les débris de l'assiette dans la pelle, tout en devisant gaiement.

— Nous sommes des fanas de musique et de danse, expliqua-t-il. Ma femme et moi, nous nous rendons à un thé dansant, à Bastille.

— J'ai pratiqué la trompette quand j'étais jeune, renchérit la femme. Je vous ai entendu tout à l'heure. Quelle chance vous avez !

— C'était très mal vu, à l'époque, pour une femme, continua l'homme. Odile a dû se cacher. Puis abandonner. Son père lui a interdit quand elle a commencé à devenir très douée.

Après nous sous sommes rencontrés, puis mariés, il y a eu les enfants, et tout ça. Heureusement, les temps ont changé !

— Vous devez être si heureux ! Et… je voulais vous demander… rajouta la dénommée Odile en désignant l'étui de son index déformé par l'arthrose, vous me laisseriez, vous jouer quelque chose ?

Poly embrassa le salon du regard, croisa le regard de Gabriel plein d'espoir et haussa les épaules.

— Pourquoi pas ? Si tout le monde est d'accord.

Odile sourit et frappa dans ses mains comme une gamine. Poly lui tendit l'instrument.

— Ah, le morceau que je jouais bien, c'était quoi, déjà, Roger ?

— Le solo de Telemann ?

La femme hocha la tête, posa ses doigts noueux sur l'instrument et commença à souffler.

Elle s'interrompit rapidement, à bout de souffle.

— Désolée, je n'ai plus vingt ans !

— C'était très bien, ma chérie ! Pas vrai, monsieur ?

— Oui ! acquiesça vigoureusement Poly.

— Je vous la rends, capitula la femme. Ça m'a fait plaisir.

3

La bibliothèque était remplie de monde, et une certaine pénombre régnait. Ce qui n'empêchait pas Gabriel de dévorer une BD de Boule et Bill, dont il avait compilé plusieurs exemplaires sur une table basse, à portée de main. Poly avisa la pile branlante et lança à son neveu un regard désapprobateur. Il consulta sa montre et soupira.

— Je me prends un café au distributeur Gabriel, dépêche-toi un peu, après on rentre.

Poly s'acheminait vers l'espace détente de la bibliothèque

lorsqu'il découvrit une partition abandonnée sur un fauteuil.

Une méthode de piano.

Il la feuilleta avec attention.

Il n'y avait pas pensé, mais les bibliothèques municipales regorgeaient de nombreuses méthodes et partitions musicales. Vu ses moyens financiers limités, c'était une option qu'il ne devait pas négliger.

— Excusez-moi, dit une voix féminine. Je m'apprêtais à la ranger !

Poly se retourna.

Une jeune femme rousse, avec d'immenses yeux turquoise, le scrutait avec amusement. Elle avait les bras chargés de partitions, et ses ongles coupés très courts agrippaient sa grande besace vert olive remplie de CD.

Une pianiste, estima Poly.

— À moins que vous souhaitiez l'emprunter ? Mais, ajouta-t-elle en remarquant la trompette dans son étui, votre truc à vous ce serait plutôt les cuivres ?

Devant le mutisme de Poly, la jeune femme sembla un instant désarçonnée. Le silence qui s'ensuivit avait quelque chose d'inconfortable.

Poly s'excusa encore puis se présenta.

— Enchanté, madame, enfin mademoiselle…

Poly se sentit rougir. Quel empoté !

— Myriam. Myriam Houdin. Et je suis une demoiselle.

Myriam Houdin désigna le rayon partitions d'un mouvement de tête.

— C'est fou tout ce qu'ils proposent là-dedans ! Et je ne parle pas des CD et des DVD musicaux !

Poly en avait oublié son café. Le temps s'était figé. Cette jeune femme s'intéressait à lui, de manière inexplicable, mais tout à fait évidente. Son sourire, ses grands yeux qui cherchaient son regard, la proximité de son corps.

Elle ne ressemblait pas du tout à Lin, son visage était plus creux, avec une toute petite bouche, mais elle brillait de cette sorte de beauté qui se révélait par l'aisance de sa conversation et l'intelligence de son esprit.

— Oui, c'est ce que je me disais aussi ! Il y a de quoi faire.

Poly s'arracha à la contemplation de la jeune femme pour balayer la salle du regard.

— Vous attendez quelqu'un ?

— Non, pas du tout. Je surveille mon neveu d'un œil. Il doit être en train de bouquiner dans les grands poufs, au fond.

— Je peux peut-être vous aider ? Vous cherchez une partition ? Une méthode ?

Poly sourit, de plus en plus charmé par la musicienne.

— En fait… rien de particulier. Je fouine. En réalité, je prépare le concours de la Julliard School, à New York. Section trompette, ajouta-t-il avec une pointe d'orgueil.

— Ouah ! Comme ce doit être intéressant !

— Et… et vous ? Quelles sont vos entreprises musicales ?

Myriam Houdin se gratta la joue.

— Eh bien, j'ai toujours été passionnée par la musique. J'ai pris très jeune des cours de piano, mais une fois mon bac en poche, mes parents m'ont poussée vers des études de commerce. Tout ça pour finir agent immobilier. Un métier horrible ! ajouta-t-elle en riant légèrement. Et puis j'en ai eu ma claque. J'avais encore la vie devant moi, après tout ! J'ai démissionné, puis j'ai trouvé une annonce pour animer les après-midi des petits vieux, vous savez dans les Ehpads. Ainsi qu'un contrat le soir dans un piano-bar à Montmartre. Enfin, il y a quelques semaines, j'ai été embauchée par une compagnie de bateaux de croisière. Un de ces mastodontes qui peuvent accueillir deux mille passagers ! Une traversée de plusieurs mois.

Poly était admiratif. Non seulement cette fille vivait de la musique, mais elle n'avait pas hésité à plaquer son boulot pour se lancer.

— Votre courage est exemplaire ! s'extasia-t-il.

Myriam haussa les épaules.

— Parfois, il suffit de pas grand-chose. Une opportunité, qui en entraîne une autre. Et beaucoup de passion ! Je pars le mois prochain pour ma première mission en mer. Encore quelques soirées au bar et à moi l'aventure !

Un nouveau silence s'installa. Poly avait très envie de revoir cette jeune femme, et il savait que l'initiative de dire quelque chose lui revenait, mais il n'osait pas. Il se trouvait comme paralysé.

— J'ai été ravi, dit-il, mais il faut que je raccompagne mon neveu chez lui, à présent.

Merde, merde, merde, se morigéna Poly.

Myriam le salua d'un hum hum et disparut dans le rayon musique.

Poly consulta de nouveau sa montre. Le temps avait filé à une allure incroyable. Alors qu'il récupérait Gabriel pour emprunter les livres aux bornes automatiques, il ne retrouva pas Myriam. De toute façon, il était trop tard. Qu'aurait-il pu lui dire ? « J'avais besoin de réfléchir dix minutes avant de vous proposer qu'on se revoie ? » C'était ridicule. Il était ridicule. Pitoyable.

— Remue-toi Gab, passe les BD, dit-il en sortant sa carte de bibliothèque.

Et puis, au moment où il hissait sa trompette sur son épaule, alors même qu'elle franchissait les portes et disparaissait déjà dans l'anonymat de la ville, il la repéra.

Il se souvint de Pierlot, de comment son ami l'avait chambré, à propos de Lin. « Vous n'êtes pas très doué avec les femmes, n'est-ce pas ? »

— Attends-moi là une seconde, Gab, je reviens tout de suite.

Son cœur cognait tellement fort dans sa poitrine qu'il aurait pu s'en servir de batterie dans un orchestre. Il se dit que tout le monde devait l'entendre. Il s'obligea à ne pas vérifier les tremblements de ses mains.

Il courut vers la sortie, sa trompette battant contre sa hanche. Son mal de ventre plus aigu que jamais le pliait en deux, mais il se força à se tenir bien droit. Il se demandait s'il allait être capable d'articuler une phrase, tant sa bouche était sèche.

— Myriam !

Mais Myriam ne l'entendait pas.

— Myriam ! répéta-t-il, un peu trop fort.

Tous les lecteurs relevèrent la tête, qui de son journal, qui de son roman, qui de son magazine.

Poly sentait son cœur palpiter encore plus fort. Il songea cette fois qu'il aurait pu lui servir de métronome.

Mais il obtint l'effet escompté : Myriam se retourna.

Il lui fit signe de se retrouver devant la bibliothèque, à l'extérieur.

— Vous m'avez dit jouer dans un bar à Montmartre ?

— C'est exact.

Elle ne lui facilitait pas la tâche.

Pas doué avec les femmes ? C'est ce qu'on va voir ! De toute façon, il ne pouvait plus reculer.

— J'aimerais beaucoup venir vous écouter.

Myriam sourit, et Poly ne put s'empêcher de détailler ses dents. Cette déformation professionnelle se révélant plutôt discrète, Myriam n'en sut rien, supposa Poly. Tout de même, il se dit qu'il devait cesser ce comportement. Surtout avec les jolies filles. Fort heureusement, Myriam avait une dentition parfaite.

— Avec plaisir, répondit-elle. Je te donne l'adresse.

— Ah, tu es là, tonton ! J'ai eu peur de t'avoir perdu ! Dit Gabriel qui arrivait en courant. Ses yeux affolés brillaient dans son visage rouge. Je suis prêt, ajouta-t-il, on peut rentrer, j'ai passé toutes les BD !

— Hein ? Tu es sûr ?

— Ben ouais.

— On a encore le temps…

— Mais tu m'as dit de me dép…

Alors que Poly finissait de noter le nom du bar, son portable se mit à vibrer dans sa poche. Il décrocha en pestant.

— Poly Suhana ?

— Oui.

— Juliette Longchambon à l'appareil. Une urgence m'oblige à déplacer notre rendez-vous. Est-ce que vous pouvez venir plus tôt ? Je dois quitter mon domicile en début de soirée et dois recevoir encore un élève après vous. Je vous attends dans vingt minutes.

Myriam fit signe à Poly qu'elle s'en allait et ce dernier hocha la tête.

— C'est-à-dire…

Il était atterré. Il ne disposait plus d'assez de temps pour passer chez lui poser la trompette et raccompagner son neveu. Sans parler de la discussion qu'il avait programmée avec Kan.

— Où vous trouvez-vous, exactement ? continua la prof de musique qui avait perçu les hésitations de Poly.

— Dans le 11e, pas loin de République.

— Je réside près de la place de la Bastille, à deux pas de l'hôpital des Quinze-Vingts. En métro, vous y serez dans dix minutes. À tout de suite.

Sur ces paroles définitives, Juliette Longchambon raccrocha.

Pas commode, la prof de trompette, songea Poly. Mais il n'avait pas le choix.

— Je suis obligé de te laisser rentrer seul chez toi, bonhomme, expliqua-t-il à Gabriel.

— Mais papa ne veut pas que je reste tout seul à la maison !

— Je le sais bien.

Comment allait-il pouvoir se sortir de ce mauvais pas ?

Chapitre 7

1

Poly sifflotait gaiement en sortant du métro. Pris de remords, il avait finalement raccompagné son neveu sans traîner, et l'avait laissé dans sa chambre, en train de s'attaquer à sa demi-douzaine de BD. Gabriel était vraiment un gamin calme et obéissant. Poly lui en était reconnaissant.

Alors qu'il entamait la montée des quatre étages qui menaient chez son professeur de musique, il serra avec excitation le petit bout de papier où était griffonné le numéro de Myriam Houdin. Un sourire effleura ses lèvres.

Il frappa chez Juliette Longchambon d'un geste ferme.

La femme qui vint lui ouvrir avait au moins soixante-quinze ans. Toute maigre, avec des cheveux parfaitement blancs et ondulés du plus bel effet, elle se déplaçait avec la grâce d'une ancienne danseuse et l'assurance de qui connaît son métier. Une jupe longue à carreaux un peu rétro s'accordait à sa personne. Ses doigts très fins et osseux, ornés de quantités de bagues, semblaient ployer sous le poids des pierres qu'on devinait précieuses. Cela ne l'empêchait pas de jouer du piano avec dextérité. Poly assistait à une démonstration de ses talents, alors que la musicienne finissait le cours précédent.

— On en reste là pour aujourd'hui, Gary. Rappelle-toi ce que je t'ai dit sur le travail du souffle. Et aussi sur l'entraînement. Tu dois absolument répéter deux fois plus d'heures si tu veux être prêt pour l'audition.

Le dénommé Gary avait la pâleur d'un rat de bibliothèque, et les cernes d'un adepte des soirées étudiantes. Soudain, Poly se trouva terriblement vieux.

Une fenêtre était ouverte, et le bourdonnement lointain de la ville leur parvenait discrètement. Poly contempla la pièce un instant. Une moquette épaisse et moelleuse, tirant sur le vieux rose, absorbait une partie des nuisances liées aux instruments. Mais le plus gros du travail d'isolation était réalisé par des panneaux en fibre acoustique qui tapissaient les murs près de la porte. De même, le piano était monté sur des tampons. Une large bibliothèque couvrait un pan de mur.

Un petit réfrigérateur ronronnait dans un coin, près d'un bureau. Que pouvait-il bien contenir ? Des sodas ? De l'alcool ? Sûrement pas de la nourriture solide à en juger par la maigreur de la maîtresse des lieux.

Poly observait la prof. Elle prenait son temps. Enfin, elle prit congé de Gary et entreprit de fermer la fenêtre avant de s'asseoir dans un vaste fauteuil recouvert d'un plaid beige, un carnet et un stylo sur les genoux.

— À nous deux, Poly Suhana, dit-elle d'une voix basse et calme. J'espère que le travail ne vous fait pas peur. Je crois plus aux vertus du travail acharné que du talent, surtout en matière musicale ! Bon, voyons cela.

Soudain, Poly sentit toutes ces cellules se recroqueviller à l'intérieur de son corps. En proie à un trac manifeste, ses mains se mirent à trembler alors qu'il dégageait sa trompette de son étui. Il croisa le regard de la veille enseignante. Ses sourcils blancs se froncèrent.

Poly se dit qu'il aurait dû passer à la pharmacie avant le rendez-vous, au moins il n'aurait pas eu à subir ces tremblements. La situation se présentait mal. Un instant, il songea à prendre la fuite. Il se contint et, bizarrement, l'image de son neveu, et celle de son frère Kan s'imposèrent à lui. Comment avait-il pu laisser Gabriel tout seul dans cette grande maison ? Et s'il faisait des bêtises ? Kan ne lui pardonnerait pas.

Il se força à chasser ces pensées et à se concentrer sur le moment présent. Et à l'épreuve qui l'attendait.

— Jouez-moi quelque chose que vous maîtrisez bien. Avec ou sans partition, dit Juliette Longchambon en faisant tourner ses bagues.

Poly entreprit de jouer un morceau qu'il connaissait par

cœur : la Danse Napolitaine de Tchaikovski.

Il se lança, mais son souffle était trop court. Il s'arrêta.

— Recommencez depuis le début, ce n'est pas grave.

Poly reprit les premières mesures, puis tout s'enchaîna parfaitement. Il ne tremblait plus. La musique coulait, fluide et puissante. Comme toujours lorsqu'il pratiquait son instrument, tout le reste disparaissait : l'environnement immédiat, ses pensées, ses soucis, son mal de ventre. Un sentiment de béatitude intense le submergea.

Lorsqu'il égrena les dernières notes, il était particulièrement satisfait de sa prestation.

La petite bonne femme aux cheveux blancs se tint coite un long moment. Un silence absolu régnait dans la pièce.

Puis la sonnette de l'entrée retentit. Juliette se leva. Une jeune fille apparut, avec sa trompette elle aussi. Elle pouvait avoir treize ou quatorze ans et semblait embarrassée de ses bras trop fins, qu'elle laissait pendre le long de son corps comme des tentacules.

— Patientez quelques minutes, dit Juliette en se retournant vers Poly. Je donne des instructions à mon élève et je reviens vers vous.

Poly n'avait pas pensé à couper son téléphone. La musique de Lalaland s'éleva dans la pièce. Son frère Kan. Était-il arrivé quelque chose à Gabriel ? Il devait décrocher.

Il posa sa trompette sur un fauteuil et chercha un endroit où parler discrètement. Mais il n'y en avait pas. Juliette lui lança un regard excédé. Heureusement, la musique étouffa rapidement ses paroles.

— Où est-ce que t'es passé, frangin ? Gaby était seul à la maison, quand je suis rentré ! J'ai trouvé mon fils en train de danser, dans la robe de sa mère ! Mais à quoi tu joues, enfin ? On ne peut pas te faire confiance. On devait parler, en plus. Je t'attends d'ici une demi-heure, magne-toi !

— Je sais… je sais Kan, c'est rien.

— Quoi, c'est rien ? Et c'est quoi tout ce boucan ? La fanfare municipale ?

— Je ne peux pas venir, Kan, je te rappelle !

Poly raccrocha. Ce qui ne manquerait pas de rendre Kan encore plus furax. Sa bouche se remplit d'acidité, et il ferma un instant les yeux. Il s'épongea le front en lorgnant vers la fenêtre. Un peu d'air frais serait le bienvenu…

Enfin, la prof de musique revint vers lui.

Elle contempla Poly avec une expression un peu ennuyée. Puis son regard se fixa sur ses mains tremblantes. Poly les glissa avec autant de détachement que possible dans les poches de son jean.

— Je peux te préparer, dit-elle. Mais toi, est-ce que tu te sens prêt ? Tu n'es plus tout jeune. Je veux dire… par rapport aux autres candidats. Peut-être as-tu un emploi ? Avec une famille à charge ? Pierlot m'a dit que tu ne pouvais pas répéter chez toi.

— Je… oui, je suis prêt.

— Disposé à travailler ? À veiller tard ? À venir trois fois par semaine ? Parce que sinon, autant ne pas le faire. Car on va avoir du travail. Un travail de titan !

— Heu… et vous pensez que je peux… que je vais réussir ?

— Ça, ça ne dépend pas de moi.

La femme se retourna et ouvrit le petit réfrigérateur.

— Tu veux un verre de lait ?

Poly hocha la tête.

— Je peux revenir dès lundi, dit-il.

L'épuisement se devinait dans sa voix, mais une lueur d'excitation intense brillait dans ses yeux.

2

Le sentier était boueux malgré le soleil vif qu'on apercevait à travers les frondaisons. La forêt les protégeait du vent, mais il était encore tôt et de la rosée emperlait les fougères et la mousse des arbres.

Poly, Munny et Chaya s'étaient donné rendez-vous à la Gare du Nord, pour leur escapade du dimanche. Ils étaient descendus à quatre-vingts kilomètres au nord de Paris, puis ils avaient pris un car jusqu'à une immense propriété domaniale dont les bois alentour étaient assez vastes pour s'y promener durant des heures.

Ils connaissaient bien cet endroit, pour y être venus durant toute leur enfance. Leurs parents avaient pour amis un autre couple de Cambodgiens en exil qui avaient ouvert un magasin d'alimentation dans un village alentour.

Ils étaient arrivés à un croisement. Les tracteurs avaient défoncé les allées et laissé place à de profondes flaques d'eau. Heureusement, ils s'étaient équipés tous les trois de bottes en caoutchouc.

— Je cherche la pinède dit Chaya. Je ne m'en souviens plus s'il faut tourner à droite ou à gauche.

Poly s'était abîmé dans une réflexion aussi agaçante que stérile, à se demander encore et encore comment il allait s'y prendre pour sermonner Kan au sujet de la chambre. Il se laissait guider par Chaya et Munny comme un aveugle.

— À gauche, affirma Munny en pointant le doigt. On pourra s'y poser pour manger nos sandwichs.

Midi venait de sonner, et ils avaient déjà beaucoup marché. Quand ils s'étaient retrouvés à la gare, Chaya, qui n'aimait pas se lever tôt, avait l'air épuisée. Ses longs cheveux noirs sentaient la friture, ce dont elle se plaignait sans cesse. Elle avait beau se récurer des pieds à la tête après chaque service, l'odeur s'incrustait en elle de manière indélébile. Mais comme toujours, elle avait paru contente de voir ses frères, et comme d'habitude, elle les enlaça avec ferveur. Chaya était la seule personne dont Poly appréciait les rapprochements physiques. Même ses petites amies précédentes se plaignaient de son avarice tactile.

Ils marchèrent encore une dizaine de minutes. Peu à peu, l'air s'emplit de la fragrance sucrée de la résine. Le sol se couvrit de milliers d'épines, et les toiles d'araignée dansaient dans le discret balancement des pins.

— On y est ! s'exclama Munny avec enthousiasme. Je meurs de faim !

Son frère paraissait plus enjoué que d'habitude. Il avait depuis peu abandonné ses lunettes pour des lentilles, et s'était abonné à une salle de remise en forme. Chaya lui avait confié qu'ils s'étaient donné des rendez-vous shopping, durant lesquels Munny avait troqué son style « artisan en jean et chemise à carreaux », pour un autre plus luxueux constitué de pantalons à pinces, gilets en cachemire et foulards de soie.

— Il y a un mec là-dessous, avait-elle ajouté avec un clin d'œil entendu.

Ils s'installèrent sur un tapis d'aiguilles, posèrent leur sac et commencèrent par se désaltérer à grandes rasades d'eau fraîche.

— On n'est pas bien, ici ? Dit Munny en grognant d'aise. Loin de toute civilisation, sans portable ?

— Ouais, approuva Chaya. Poly doit être bien content que notre frère ne puisse plus le joindre ! Pas vrai, Poly ?

— Comment tu sais ça, toi ? Dit Munny.

— Kan m'a appelée pour me raconter qu'après la séance de natation, il avait trouvé Gabriel habillé en jupe, le torse nu, en train de danser dans le salon. Le gamin avait fichu le bazar dans le meuble à CD pour dénicher les valses de Vienne de Richard Strauss – le seul CD classique de notre frère. Il a décidé que Gabriel n'irait pas à la piscine samedi prochain avec toi, Pol'.

— En même temps, ce n'est pas un hasard, si c'est à toi qu'il en a parlé, dit Chaya avec douceur.

Chaya échangea un regard avec Poly.

— Ah bon ? Et pourquoi donc ? s'étonna Munny.

On sentait poindre une certaine anxiété dans sa voix.

— Allons, Munny, continua Chaya, nous savons tous que tu préfères les hommes ! Maman mise à part, je veux dire. On a bien compris que tu n'as qu'un arrangement matériel avec Paola !

Munny semblait trop choqué pour répondre.

— Mais j'aime Paola !

— À d'autres !

— Toi aussi, tu prends ton temps pour sauter le pas avec Gaston ! intervint Poly.

Gaston était le petit ami de Chaya. Poly ne l'appréciait guère, car il le trouvait vraiment trop bizarre. En même temps qu'il déballait son sandwich, il ajouta :

— Se marier avec un type qui collectionne les éditions de poche de *Nadja,* ça me paraît un peu… risqué ?

— Les gens collectionnent des tas de choses, je ne vois pas ce qu'il y a de répréhensible là-dedans ! Le défendit Chaya.

Poly soupira. De la salade plein la bouche, il articula :

— Ce n'est pas tant la collection qui me gêne. Mais plutôt le fait qu'il amasse des exemplaires du même livre, encore et encore. Avec des couvertures identiques les unes aux autres ! Et ce toc étrange, d'entasser les vieilles machines à écrire !

— En même temps, il s'est engagé dans de longues études de lettres, Pol', fit remarquer Munny. Il y a une certaine logique là-dedans !

— Comme quoi… vous voyez où ça mène, les études !

— Non, mais tu exagères ! S'emporta Chaya. Qu'est-ce qui te prend ? Mêle-toi donc de tes amours… inexistantes !

Poly choisit d'alléger l'atmosphère. Il sortit un gros œuf grisâtre de son sac.

— Qui veut goûter un œuf de cane ?

Munny haussa les sourcils.

— Connais pas. Tu as eu ça où ?

— Heu, chez un ami, à la campagne.

— OK, je me dévoue.

Comme Chaya s'était enfermée dans un silence blessé, Poly se tourna vers elle et dit d'un air contrit :

— Excuse-moi, Chaya, c'est juste que… tu es tellement fabuleuse. Je trouve que ce type ne te mérite pas, voilà tout. Je ne voulais pas te faire de la peine. Pardonne-moi.

Ils mangeaient depuis cinq minutes quand ils perçurent un bruit dans un champ de fougères, derrière la pinède. Un immense oiseau s'envola en caquetant.

— Un faisan ! s'exclama Poly.

— Et un beau, en plus ! Renchérit Munny.

Mais Chaya restait concentrée sur son repas, le regard vide.

— Allez, Chay', dit Poly en la poussant du coude. Je m'excuse, vraiment.

— Vous savez, Kan ne l'acceptera jamais si son fils est… enfin, s'il aime les hommes.

— Ça, c'est sûr. Pauvre Gaby. Ce gamin me fait de la peine, dit Poly.

— Kan n'a jamais accepté non plus de ne pas faire d'études, rajouta Munny.

— Nos parents n'avaient pas les moyens, soupira Chaya en farfouillant dans ses poches.

— En tout cas, ils avaient de quoi envoyer de l'argent au pays, pour financer des projets humanitaires et faire des dons. Il faut dire que notre père était très pratiquant.

— Il n'a pas toujours été ainsi, intervint Chaya, en allumant une cigarette.

Poly fonça les sourcils.

— Tu fumes, toi, maintenant ?

La jeune femme haussa les épaules.

— De temps en temps. Papa, reprit-elle, s'est intéressé à la religion à la naissance de Poly. Avant, il consacrait ses loisirs aux courses de chevaux, et à jouer aux cartes avec ses copains. C'est maman qui me l'a raconté. Il profitait à fond du matérialisme de la société occidentale.

Poly écarquilla les yeux.

— Tu es sûre de ce que tu affirmes ? Papa nous a pourtant inculqué d'autres valeurs.

— En parlant d'études, pour revenir sur le sujet, enchaîna Munny, je voulais vous voir pour vous annoncer que j'allais reprendre un cursus universitaire ! Du coup, je vais devoir vivre sur mes économies pendant au moins deux ans, ce qui signifie que je ne pourrai plus participer financièrement à la construction de la maison au pays.

Poly sentit son cœur cogner contre ses côtes. Voilà qui n'arrangeait pas ses affaires, même si Munny ne participait qu'à hauteur de dix pour cent au financement du chantier.

— En plus de cela, je vais déménager. J'achète mon propre appartement et je vais emménager avec mon copain. Edmond.

— Ah, j'en étais sûre ! s'exclama Chaya en frappant dans ses mains.

Munny sourit, visiblement soulagé.

— Je compte sur vous pour ne rien dire ni à Kan ni à maman.

— Tu ne pourras pas éternellement te cacher !

— Je sais. Mais je ne suis pas encore prêt à aller plus loin avec la famille.

Chaya écrasa son mégot, qu'elle fourra dans un sac plastique et s'empara d'un Thermos.

— Qui veut du café ?

Il était de notoriété familiale que Poly adorait le café. Aussi les deux autres affichèrent une expression de complète stupéfaction lorsque Poly dit :

— Je n'en prendrai pas, merci, Chaya.

— Première nouvelle. Tu es souffrant ?

— Non, j'essaie juste de me calmer avec les excitants.

Chaya versa le liquide brunâtre dans deux gobelets. La bonne odeur flotta un instant dans l'air. La frustration de Poly se lisait sur son visage las.

Munny touillait son breuvage avec concentration, quand il releva la tête et, rompant le silence, demanda :

— Il paraît que vous allez au pays ?

— En effet, répondit Poly. Je tiens à ce que maman soit bien installée là-bas. Déjà que je m'occupe mal de mon neveu…

Les deux autres s'exclamèrent en chœur :

— Mais c'est faux, voyons !

— Tu te laisses trop dominer par Kan, fit remarquer Munny.

— C'est sûr, renchérit Chaya. Kan n'en fait toujours qu'à sa tête. À ce propos… Munny l'a vu au bras d'une femme il y a quelques jours. Pas vrai, Munny ?

— Mmh mmh.

— Une Cambodgienne ? demanda Poly.

Il devait s'agir de la mystérieuse Cambodgienne avec qui il avait une liaison… mais que faisait-elle à Paris ?

— Non, pas du tout ! C'était une grande créature blonde, très chic. Pas du tout une Cambodgienne !

Poly n'en revenait pas. Kan entretenait deux relations adultères !

Mais il ne voulait plus songer à tout cela. Il se leva.

— Je vais pisser.

Il s'enfonça dans les fougères, jusqu'à un tas de bûches soigneusement empilées, et entreprit de se soulager tout en laissant vagabonder son esprit.

La dernière fois qu'il était venu ici, il était tout seul, avec son petit chien. Il se souvint à quel point il avait aimé cette escapade. Il chassa l'image du chiot de son écran mental. Une autre s'imposa immédiatement à lui : celle de sa mère à la rue. Si même Munny ne pouvait plus financer les travaux, Jorany ne pourrait pas s'installer au Cambodge avant plusieurs mois, voire des années ! Ses mains se remirent trembler. Si seulement il s'autorisait un café…

— C'est quoi cette histoire d'arrêt de travail, voulut savoir Munny, alors que Poly s'adossait à un vieux pin noueux.

— Un peu de surmenage. Il y a beaucoup de travail au centre en ce moment.

— Ah, OK. Et puisqu'on en arrive aux confidences… tu en es où, côté sentimental ?

Poly réfléchissait à ce qu'il allait répondre, quand Chaya se tassa sur elle-même et chuchota :

— Ne bougez pas ! Ne dites rien. Regardez !

Ils s'immobilisèrent. Et suivirent le doigt de Chaya, pointé à l'intérieur de la forêt, par où ils étaient venus.

Un chevreuil se tenait au milieu d'un parterre de jonquilles, les oreilles aux aguets. L'animal tourna la tête vers eux et détala.

— Il était magnifique !

— Il faut qu'on parle d'Arun, dit Poly, espérant par la même occasion dévier la conversation.

— Arun m'a tout expliqué, dit Chaya. Une histoire à pleurer.

— Raconte ! l'encouragea Munny.

Chaya prit le temps de rallumer une cigarette. Elle croisa ses jambes sur le tapis d'aiguilles et commença son histoire.

— Arun a perdu son travail à cause de son mec. Comme vous le savez, elle est hôtesse de l'air. Elle se trouvait en cabine avec un plateau. L'avion s'est mis à chuter de plusieurs mètres. Elle s'est retrouvée assise sur un passager, et le verre d'alcool et de jus de fruits se sont renversés sur le malheureux gars.

Le pilote – son mec, donc – a raconté qu'elle prenait des psychotropes, et qu'elle ne l'a pas signalé à la visite médicale. En gros, il l'a traitée de folle. Arun a porté plainte. Son procès se tiendra bientôt.

— Le pilote, c'est qui ce type ? Elle le connaît depuis longtemps ?

— C'est un Américain rencontré pendant un vol. Vous savez qu'Arun adore la littérature américaine et qu'elle a fait un séjour là-bas. Elle peut voyager pour trois fois rien grâce à son métier.

— Ces Américains sont cinglés, décréta Munny. Pour rien au monde je n'irai dans ce fichu pays !

— C'est un peuple avec ses qualités et ses défauts, comme tous les peuples au monde ! intervint Poly qui songeait à la Juilliard School.

Munny haussa les épaules.

— Je préférais le type avec qui elle sortait avant. Un Indien, je crois ?

— Moi aussi je l'appréciais il faut bien l'admettre, convint Chaya. Tout comme l'ex de notre frère ici présent, qui ne nous a toujours rien révélé de ses amours !

Poly soupira. Il connaissait ces deux-là : ils ne lâchaient

jamais le morceau !

— Eh bien, c'est qu'il n'y a rien à dire !

— Pourquoi avoir largué Jeanne ? Cette fille t'allait comme un gant ! Renchérit Munny.

— Elle était très compréhensive, dit Chaya. Tu savais qu'elle était venue me voir ?

— Ah bon ?

— En effet. Elle avait besoin de parler à quelqu'un de votre relation. Elle te trouvait très triste et pensait en être responsable. Je l'ai rassurée en prétextant la pression des études de médecine. C'était cela, en vérité ?

— On ne s'entendait pas si bien que ça, répondit évasivement Poly.

— N'empêche, le temps est venu de te remettre en couple ! Ah oui, puis elle m'a raconté un truc qui m'a fait bien rire, continua Chaya en gloussant. Elle t'aurait surpris en train de jouer de la trompette dans ta cave ! Tu l'as toujours, cette trompette ?

Poly était trop sidéré pour répondre.

— La trompette, c'est un peu ringard, non ? Dit Munny.

C'est un instrument très utilisé dans le jazz. Mais Poly n'a pas dû atteindre le niveau requis pour jouer ce type de musique.

Poly sentit la colère emplir sa cage thoracique. Son cou devint rouge, puis ses joues. Mais les autres n'avaient rien remarqué : ils étaient en train de remballer le pique-nique.

Sur le chemin du retour, la conversation continua sur divers sujets.

— Maman se plaint que tu ne vas plus la voir, confia Chaya à Poly. Elle n'a toujours pas terminé ses malles.

— Je n'ai pas trop le temps, en ce moment.

— Mais tu es en arrêt, non ? s'étonna Chaya.

Poly s'abstint de lui révéler qu'il était censé travailler sa trompette dix heures par jour. Tout son temps était réservé aux répétitions.

Il sentait qu'il n'allait pas pouvoir garder le secret, ce qui ajouta à ses angoisses.

— J'irai la voir dès que possible, Chay'.

— Ah, et puis elle m'a dit que sa sœur Darie n'a pas reçu le versement mensuel pour la maison. Sûrement un souci administratif.

Poly ne démentit pas. S'il pouvait gagner un peu de temps, il était persuadé que tout allait rentrer dans l'ordre dès qu'il reprendrait son travail, et surtout dès qu'il toucherait son salaire. Mais tout de même, cette maison lui causait bien du tracas, et il avait hâte d'y aller pour voir cela de ses yeux. Emporterait-il sa trompette ? Il n'avait jusqu'alors pas pensé à cette histoire de concours. Juliette ne lui laisserait probablement pas une semaine de vacances…

— Apparemment, Henry Trémaux ne lui a pas légué grand-chose avant de mourir, dit Munny.

Henry Trémaux était le mari de Darie, le père d'Arun.

— Ouais, et je crois que maman l'aide un peu aussi, à sa manière, dit Chaya. J'ai retrouvé dans la maison de Darie des cadeaux que j'avais faits à notre mère : des parfums, des foulards, etc. Cette femme, elle est difficile à cerner. Elle me paraît glaciale et très distante. Enfin toi, Poly, c'est sûr, elle t'aime bien !

— Comment ça ?

— Elle t'a offert sa cafetière italienne et son bol chantant. Les seuls cadeaux jamais consentis à notre famille !

Ils étaient arrivés à la gare.

Au moment de prendre les billets, Poly réserva un aller pour Creil.

— Tu ne rentres pas à Paris ? s'étonna Munny. Qu'est-ce que tu vas fabriquer à Creil ?

— Un truc à faire là-bas.

Les deux autres se regardèrent.

Poly ne comptait certainement pas leur révéler qu'il allait chez un musicien raté pratiquer son instrument ringard.

3

La longue balade en forêt l'avait épuisé. Il avait failli s'endormir dans le train, et sentait poindre une douleur aux ischio-jambiers. Il n'avait plus l'habitude de marcher autant. Cette journée l'avait exténué, et il s'enfonçait chaque jour davantage dans les soucis et les problèmes. Son cerveau lui repassait en boucle des extraits des échanges avec Chaya et Munny. « La trompette, c'est un peu ringard, non ? », ou encore « Darie t'a offert sa cafetière italienne et son bol chantant tibétain. » Mais il était trop fatigué pour ressentir la moindre colère.

Alors qu'il prenait la direction de chez Pierlot, il avait l'impression de laisser dans son sillage une odeur de sueur peu ragoûtante. Il n'avait pas eu le temps de repasser par chez lui récupérer des vêtements propres.

En fait, il n'avait guère envie d'aller chez lui. Il craignait de croiser Lin. Il pensait beaucoup à Myriam, et avait l'impression de tromper Lin, alors qu'il n'était ni avec l'une ni avec l'autre. Un comble !

Il commençait à ressentir des élancements aux mollets et pour la première fois depuis des jours, il crevait de faim.

Il devait encore parcourir trois kilomètres à pied, car il n'avait pas prévenu Pierlot de l'heure à laquelle il rentrait, et il ne voulait pas le déranger. L'homme lui offrait déjà l'hospitalité, et une prof de musique gratis !

Enfin, au bout de trois quarts d'heures de marche, il arriva en vue de la petite maison de son hôte. Il poussa le portail et se dirigea vers l'entrée. Sur la gauche, le potager profitait des derniers rayons de soleil automnal.

Il frappa, mais Pierlot n'était pas là.

Un aboiement nourri l'accueillit derrière la porte. Quand il déverrouilla la serrure et pénétra dans le vestibule, Artus lui sauta dessus et lui lécha le visage. Une enveloppe en provenance de l'étranger était posée sur un guéridon. Elle portait un timbre d'un pays inconnu. Poussé par la curiosité, Poly s'empara de la lettre. Au dos, une adresse, dans une langue nordique. Il devait s'agir de la fille de Pierlot. Il était content pour son ami. Il sourit et reposa le courrier.

Artus était toujours capable de réaliser de grands bonds, malgré son âge avancé.

— Tout doux, mon vieux, tout doux.

Poly entra dans le salon et avisa une grosse pièce de viande, parsemée d'herbes.

Pierlot ne devait pas être bien loin.

Il troqua ses chaussures de randonnée pour des baskets, puis décida d'allumer un feu. Laissant Artus à l'intérieur, il sortit chercher du petit bois.

— Bonjour, entendit-il.

Il se retourna, et une quinquagénaire en survêtement fuchsia et tennis verts le gratifia d'un franc sourire. Elle sautillait sur place et transpirait abondamment. Une bouteille d'eau retenue à la taille par une ceinture de sport complétait son équipement.

— Je suis Marina, dit-elle.

— La voisine aux graines de courge ?

La femme le regarda, l'air perplexe. Puis elle éclata de rire. Ses dents étaient mal plantées, mais bien entretenues.

— Euh, excusez-moi, s'empêtra Poly, bien conscient que cette entrée en matière avait quelque chose d'inapproprié.

— C'est donc comme cela que mon cher voisin me présente aux inconnus ? Ah, sacré Pierlot !

— Je…

— Bah, laissez tomber, jeune homme. Vous devez être le trompettiste, n'est-ce pas ?

— Oui, c'est moi. Poly Suhana.

— Enchantée. Pierrot ne va pas tarder à rentrer. Il m'a demandé de vous prévenir. Il est parti faire des courses au grand supermarché ouvert le dimanche. En quête de nourriture végétarienne.

— C'est vraiment gentil de sa part. Je suis très touché, dit Poly en plaquant sa main sur son thorax.

— Il vous apprécie beaucoup, vous savez. Sa famille lui manque, même s'il a l'air de lui faire un peu la tête. Mais je le connais bien, Pierlot, c'est un sensible. Comme tous les artistes. Et puis la solitude lui pèse. Il est content d'avoir de la compagnie !

— Je m'apprêtais allumer un feu. Savez-vous quel bois je dois employer ?

— Le plus petit et le plus sec possible, répondit Marina. Et rajoutez du papier. Je dois vous laisser, je n'ai pas terminé ma séance de jogging. Je suis juste passée remplir ma bouteille. Vous aimez courir ?

— Heu, pas trop… Merci pour vos conseils en tout cas.

Marina le salua d'un signe et fila à toute allure sur le trottoir.

Poly ramassa de petites branches bien sèches et quelques bûches.

Une fois devant l'âtre, il disposa le bois et trouva un vieux journal dont il fit une grosse boule. Il enflamma le tout, mais bientôt une fumée âcre envahit la pièce.

Il se mit à tousser et Artus quitta son panier pour se réfugier dans le vestibule.

Poly fit une autre tentative, sans plus de succès. Il ouvrit toutes les fenêtres en grand pour chasser la fumée.

Découragé, il alla dans la cuisine et but un verre d'eau. Artus arriva derrière lui et enfonça son museau entre ses fesses. Il tenait une balle de tennis dans sa gueule.

— Toi, tu veux jouer !

Mais l'animal lâcha sa balle et s'approcha de sa gamelle, qu'il prit entre ses crocs.

— OK, c'est l'heure de la gamelle.

Il trouva les croquettes qu'il avait apportées et en versa une généreuse portion dans le récipient jaune. Le chien engloutit le tout en moins d'une minute.

Soudain, Artus dressa les oreilles et commença à frétiller de la queue, avant de foncer vers la porte d'entrée.

— Oui, mon chien, oui !

Pierlot apparut dans la cuisine, chargé de sacs de courses. Poly le salua.

— J'ai rencontré votre voisine. Très sympa. Mais je n'ai pas réussi à allumer le feu ! Malgré le petit bois et le papier journal. Vous avez reçu une lettre, je l'ai posée pour vous dans l'entrée.

— Moi non plus dit Pierlot.

— Comment ça ?

— Moi non plus je ne sais pas faire partir un feu. Suis-moi.

Pierlot pénétra dans le salon et ferma les fenêtres. Toute la fumée s'était dissipée.

Artus était retourné dans son panier et s'était déjà rendormi. Poly le regarda avec envie.

Pierlot disposa quatre branches sèches en croix dans la cheminée et une page de journal roulée en boule en dessous.

— Ça ne prendra jamais, vos bûches sont bien trop grosses, dit Poly en secouant la tête.

— Laisse-moi faire.

Pierlot se releva et attrapa une bouteille en plastique dans une niche derrière la cheminée. Il dévissa le bouchon sécurisé d'une main sûre et aspergea généreusement le bois d'un liquide transparent.

Puis il craqua une allumette.

D'immenses flammes jaillirent.

— Et voilà, dit-il. La magie de la chimie !

Poly était à la fois admiratif et consterné. Ce produit n'était-il pas mauvais pour la santé ?

— Les odeurs du solvant vont s'évaporer. On ne risque rien, dit Pierlot, qui avait deviné les interrogations de son jeune protégé.

Poly prit une douche rapide et réapparut dans le salon, tandis que son hôte finissait de cuire des travers de porc dans la cheminée. Suivant les instructions de Pierlot, il dressa le couvert et disposa tous les plats sur la table : la viande chaude et dorée, le boulgour aux carottes du jardin, la salade verte et un impressionnant plateau de fromages pour amateurs éclairés.

Poly n'avait d'yeux et de nez que pour les carrés de porc.

Ils s'attablèrent.

Poly hésita un instant, puis, timidement, il demanda :

— Ça vous ennuie, si je goûte un peu de cette viande ?

Pierlot suspendit sa fourchette et le regarda avec perplexité. Il sourit.

— C'est juste pour goûter, répéta Poly.

— Bien sûr que tu peux en prendre ! Il y en a largement pour deux. De toute façon, je suis trop gros, rajouta Pierlot en se pinçant la bedaine.

Pierlot découpa quelques travers, entre les os, et déposa le morceau dans l'assiette de Poly.

Une pointe de culpabilité le saisit. Mais il se rappela alors que sa sœur fumait. Pourquoi n'aurait-il pas le droit de manger un peu de viande ? Il songea ensuite à son père. Keo aurait désapprouvé, à n'en pas douter. En même temps, cet homme irréprochable, ce parangon de vertu, avait joué aux cartes et aux courses…

Poly coupa un petit morceau de viande et commença par le sentir. L'eau lui vint à la bouche.

— Ne te force surtout pas, intervint Pierlot, j'ai un kilo de quinoa en réserve, plus le bloc blanc plein de protéines que m'a conseillée la vendeuse, des sortes de saucisses fumées, à base de végétaux, et plein d'autres trucs que j'ai trouvés à la boutique.

Mais Poly n'eut guère à se forcer. La viande était divine : dorée à point, subtilement salée et relevée, fondante et croustillante autour de l'os.

— C'est délicieux !

Pierlot approuva, résolument plongé dans son assiette.

— Mais je liquiderai le quinoa et le tofu, ne vous inquiétez pas !

Ils mangèrent en silence, comme le voulait la coutume à la table de Pierlot, ce dernier tout entier concentré sur la dégustation des mets. Poly, en revanche, termina son assiette à une allure proche de celle d'Artus quand il découvrait de nouvelles croquettes.

Poly loucha vers l'assiette de Pierlot aux trois quarts pleine. Il se sentit bête. Se versa un verre d'eau pour se donner une contenance. Il en renversa un peu sur la nappe et étouffa un juron, puis croisa le regard de Pierlot, avant de plaquer ses mains tremblantes sur ses cuisses, sous la table.

Artus se leva de son panier pour quémander du fromage.

— Est-ce que je peux lui en donner un morceau ? demanda Poly.

— Oui, il adore le fromage. Et il t'adore toi, rajouta Pierlot en pointant sa fourchette vers Poly. Pourquoi ne prends-tu pas un chien, franchement ? Tu vis seul, tu n'as apparemment pas une vie sociale débridée, et tu ferais un heureux, c'est sûr ! En plus, avec un animal, adieu les souris !

Le visage de Poly s'assombrit alors qu'il proposait un morceau de camembert à Artus.

— Les souris, c'est plutôt l'affaire des chats, non ?

— Va savoir… Ah, c'est vrai, il y a eu cette histoire avec ton chien, rajouta Pierlot qui venait de remarquer le trouble de son jeune ami.

Poly comprit que l'homme attendait une explication. Il n'en avait jamais parlé à personne. C'était le moment de se confier à quelqu'un. Il inspira un grand coup et sa lança.

— J'ai acheté un King Charles dans une animalerie. Un chiot de trois mois. Tout se passait bien… au début. Puis, un soir après le travail, alors que je rentrais chez moi, j'ai trouvé Sanka sans réaction dans la salle de bain. Mort.

— Mince ! Ça a dû te causer un sacré choc !

— Mmh mmh. Mais je suis médecin. À ce titre… je voulais savoir si le chien était malade. Alors j'ai fait pratiquer une autopsie.

— J'ignorais qu'on pratiquait des autopsies sur les animaux ! En même temps, ça paraît logique... Et quel a été le résultat ?

— Malformation cardiaque.

— Merde ! Et comment a réagi le vendeur ?

Poly savait que lorsqu'il raconterait cette histoire à quelqu'un, il devrait répondre à cette question.

— Il n'en a rien dit. Car je ne l'ai pas mis au courant, figurez-vous ! Quand je passe devant sa boutique, pour revenir du boulot, je le croise en train de fumer sur le pas de la porte, et il me vend des tas de trucs pour les chiens, que je donne aux refuges. Ou que je stocke chez moi. Comme vous avez pu vous en rendre compte. Il s'imagine que mon chien se porte bien.

— Mais tu devrais porter plainte ! Ou au moins, demander un remboursement !

— Je sais.

— Alors ?

Artus posa son museau sur les genoux de Poly. Celui-ci lui frotta doucement la tête.

— Je suis un lâche, Monsieur Pierlot. Je n'ai pas osé manifester mon mécontentement.

— Il n'est pas trop tard. Et je ne pense pas que tu sois un lâche. Plutôt un sensible. Regarde-moi : j'ai laissé tomber la musique.

— Comment s'appelait votre groupe ?

— Le Pierlot trio, composé d'un pianiste, d'un saxo et d'une batterie. J'étais au saxo.

— Pourquoi s'est-il dissous ?

— Jérôme ne souhaitait pas continuer. Il était très pris par ses activités militantes en faveur des animaux. Quant à Yannick, le batteur, il avait des problèmes d'addiction. Après une rupture douloureuse, il avait commencé à se droguer aux antalgiques. C'est à peine s'il arrivait à monter sur scène, à la fin.

— Comme c'est triste… Si ça ne vous dérange pas, je vais me coucher tôt ce soir. Je suis vanné et je voudrais me plonger dans un livre qu'on m'a confié.

Les deux hommes se souhaitèrent une bonne nuit, puis Poly regagna sa chambre.

4

Il était dans la salle de bain, en train de se laver les dents. Il fouilla dans sa trousse de toilette, à la recherche de ses anxiolytiques. Ses mains tremblaient toujours, et s'il ne prenait pas ses cachets, il ne pourrait pas répéter le lendemain.

Bizarrement, les plaquettes avaient disparu.

Peut-être les avait-il laissées sur sa table de nuit ?

Il gagna sa chambre, fouilla encore, sans plus de succès. Soucieux, il retourna dans la salle de bain et vida entièrement sa trousse, puis ses poches de jean. Il retourna dans la chambre, et mit le bazar dans ses affaires. Mais les petits comprimés blancs ne se trouvaient ni dans sa valise, ni dans sa sacoche, ni dans ses vêtements.

Alors qu'il retournait de nouveau à la salle de bain pour finir de se préparer pour la nuit, il repéra un comprimé près du bloc w.c. Une idée lui traversa l'esprit. Il se pencha pour ouvrir la poubelle et vit ses soupçons confirmés : quelqu'un avait jeté les comprimés dans les toilettes. Il repêcha les plaquettes vides dans la poubelle.

Et ce quelqu'un ne pouvait être que Pierlot !

Furieux et paniqué, il redescendit l'escalier en courant, les plaquettes toujours dans les mains, et se planta devant Pierlot qui était assis dans le canapé, en train de regarder la télévision.

— Qu'avez-vous fait ! beugla-t-il en balançant les blisters sur la table basse.

Pierlot le dévisagea calmement.

— Je n'ai fait que te rendre service.

— Mais de quoi je me mêle ! Ce ne sont pas vos affaires.

— Un peu quand même ! J'aimerais bien que tu remportes

le concours.

— Je ne vois pas le rapport !

Pierlot soupira.

— Ce n'est pas bon pour la santé, tous ces cachets que tu prends.

— Encore une fois, cela ne vous regarde pas !

— C'est Juliette qui m'en a parlé, Poly. Elle a remarqué tes tremblements. Elle m'a mis en garde : si tu n'arrêtes pas ces merdes, tu ne pourras jamais espérer te présenter au concours. Les semaines à venir vont devenir très intenses, et tu ne peux pas te permettre de blobloter à tout bout de champ !

Pierlot se frotta le bas du visage, et d'une voix très douce, il articula :

— Je sais qu'on ne se connaît pas depuis longtemps, mais si tu étais mon fils, je….

Poly croisa les bras et interrompit Pierlot en pointant son index vers l'entrée de la maison.

— Mais je ne suis pas votre fils ! Si vous vous occupiez plutôt de vos propres enfants ? En ouvrant la lettre de votre fille, par exemple !

Sur cette répartie cinglante, Poly disparut dans l'escalier et claqua la porte de sa chambre.

Il s'empara du livre de la nutritionniste et l'envoya valser au bout de la pièce.

Celle-là aussi, elle commençait à lui taper sur les nerfs.

5

Poly avait terriblement mal dormi. Ses draps étaient trempés de sueur, et la lumière blanche en provenance de la lucarne brûlait sa rétine. Sa barbe d'une semaine le grattait, comme s'il avait la gale. Une odeur de friture qui venait de la cuisine lui soulevait le cœur. Il accusait déjà le coup de son sevrage brutal. Le sommeil l'avait fui jusqu'à l'aube, et il était 9 h. Il devait de toute urgence trouver une pharmacie. Et engloutir un litre d'expressos chez Léon. Il attrapa son portable sur la table de nuit. Déchargé. Il lâcha un juron, mais au fond, il s'en fichait. Il ne voulait voir personne.

Il entendit gratter à la porte. Et gémir.

Artus.

Quand il se leva enfin du lit, nu comme un ver, tous les muscles de ses jambes tiraient et le lançaient. Il se sentait comme ces sportifs du dimanche qui se mettent en tête de courir un marathon après quarante ans passés dans le canapé à idolâtrer le Seigneur Télé. Malgré tout, il enfila son caleçon avec énergie.

Pas question de se laisser abattre.

Après tout, il était en arrêt. Il décidait lui-même de son programme.

Il sortit fébrilement dans son sac son ordonnance pour les anxiolytiques. Il décrypta la date marquée dessus, se rappela qu'on était le 25 septembre. Il lui restait donc un mois de traitement. Grandement rassuré, il gagna les toilettes le cœur un peu plus léger, Artus sur les talons. Il descendit l'escalier, passa devant l'entrée où la lettre destinée à Pierlot n'avait pas toujours pas été ouverte, quand il croisa ce dernier, armé d'une poêle et d'une spatule. L'homme avait revêtu son plus beau sourire, comme un vêtement chic qu'on réserve aux occasions spéciales.

— Je viens d'avoir un appel de Juliette. Elle n'arrivait pas à te joindre. Elle t'attend pour 11 h.

Ainsi donc, voilà ce qu'on fêtait. Poly fulminait intérieurement, toujours en caleçon. Merde. Pas le temps de passer au café, car Juliette lui avait demandé de se rendre dans le 17e arrondissement afin de se procurer une méthode de trompette pour le prochain cours.

— OK, grommela-t-il.

Tant pis. Il profiterait tout de même de l'après-midi pour faire ce qu'il voudrait.

Il retourna dans sa chambre pour enfiler le reste de ses vêtements et préparer son sac. Le livre de la nutritionniste avait atterri au pied du petit bureau en noyer. Avec le traitement subi la veille, il était en piteux état. Impossible de prendre une photo correcte pour le compte Instagram de la mère Bouttet.

Poly sombra de nouveau dans une humeur maussade. L'odeur de friture se fit plus forte. Son estomac protesta.

Il ne rêvait que d'un café, comme toujours.

Une fois en bas, Pierlot l'accosta avec sa poêle et une viande inconnue qui nageait au milieu d'un océan de gras.

— J'ai fait griller du bacon, dit le vieux musicien en désignant la poêle. Cela te tente ? Avec un petit Ricoré au lait ?

Poly n'avait rien oublié de leur querelle. Y repenser le plongeait encore dans une colère froide. Il devait absolument partir d'ici.

— Sans façon, dit-il. Je m'en vais.

Pierlot, sa cuiller en bois pointée vers son jeune protégé, s'apprêtait à rétorquer quelque chose, mais Poly avait déjà claqué la porte de la maison.

Il était très satisfait de l'ambiguïté de sa formulation. D'ailleurs, il prévoyait bel et bien de rentrer chez lui ce soir. Quant à savoir s'il retournerait chez Pierlot, il avait besoin d'y réfléchir.

Il comptait bien profiter de son arrêt de travail pour explorer les charmes de la capitale.

Chapitre 8

1

Mais rien ne se déroula comme prévu.

Il avait bu en vitesse un petit café en face de la Gare Saint-Lazare, avant de se rendre dans l'un des nombreux magasins du quartier qui vendaient des partitions et méthodes de musique. Il avait bien revu Juliette à 11 h. Mais elle lui avait donné tant de travail qu'il avait été dans l'obligation de se procurer une sourdine dans la foulée et un accessoire d'entraînement pour la musculation des lèvres. Ainsi, il pourrait s'entraîner toute la journée, avait précisé Juliette.

Il avait donc foncé dans une boutique spécialisée près de Bastille pour s'acheter avec ses derniers deniers le modèle recommandé par la prof, après quoi il avait rempli ses placards de nourriture en prévision des jours de répétitions qui l'attendaient. Profiter des charmes de la capitale lui paraissait bien fade, à présent, tant sa motivation pour la musique avant monté en flèche.

Il soufflait dans sa trompette depuis dix minutes à peine quand quelqu'un avait vigoureusement frappé à sa porte.

Un individu échevelé et en pyjama se matérialisa devant lui : son voisin de palier, le propriétaire de Tigrou.

— Est-ce que tu pourrais faire un peu moins de bruit ? dit l'homme en bâillant.

— Je répète, répondit Poly en consultant sa montre. Il avait gardé sa trompette à la main.

Il était quatorze heures.

Le voisin n'en avait pas fini.

— Comme tu le sais, j'ai des horaires décalés.

— Oui, je suis au courant. Mais bon, nous sommes en plein

après-midi... et je vais devoir répéter ainsi pendant plusieurs mois.

L'autre ouvrit des yeux ronds.

— Ça ne va pas être possible, tout ce boucan. Je travaille, moi !

— Moi aussi je travaille !

Le voisin fronça les sourcils en désignant la trompette.

— Je croyais que tu étais dentiste ?

— Plus pour longtemps. Reconversion professionnelle.

— Bon, ben, essaie de trouver une solution pour jouer en silence !

Le voisin disparut. Tigrou en profita pour se faufiler chez Poly.

Apparemment, la sourdine ne remplissait pas son office.

Poly ne savait quelle attitude adopter. Devait-il passer outre les récriminations de son voisin ? Il risquait de s'attirer des ennuis s'il jouait toute la journée chez lui sans système d'insonorisation.

Le mieux, c'était d'aller répéter ailleurs. Mais où ?

La cave était impraticable. Quant à sa famille, autant oublier. Elle ne faisait tout simplement pas partie de l'équation. Il pensa à son amie Estelle... mais il ne lui avait pas reparlé depuis l'autre jour au téléphone. De plus, elle travaillait en free-lance à domicile.

Restait Pierlot. Mais Pierlot voudrait-il encore de lui ? Après la scène de ce matin ?

Poly contempla ses mains. Elles tremblaient toujours, mais depuis qu'il avait vu Juliette, il n'avait pas songé une seule fois aux médicaments ni au café. Il n'était même pas passé à la pharmacie.

Tigrou sa frotta contre sa jambe en miaulant. Cet immeuble commençait à lui taper sur les nerfs. Même le contact avec Lin était coupé. Le moment n'était-il pas venu de changer de cadre ?

Il hésita encore un peu, puis décida de ravaler sa fierté. Il sortit son téléphone et fit défiler son répertoire jusqu'à la lettre

P. Son cœur cognait dans sa poitrine.

Il appela.

Le répondeur se déclencha. L'homme devait être au travail.

Il laissa un message, même s'il lui en coûtait. Après tout, n'avait-il pas déjà pris sa décision ? La gorge nouée, il articula aussi distinctement que possible :

— Monsieur Pierlot, c'est Poly. Je suis désolé de m'être emporté contre vous. Vous aviez raison pour les médicaments. Je rentre chez vous. Si vous voulez bien de moi !

2

La semaine s'écoula à une vitesse vertigineuse.

Poly et Pierlot avaient trouvé une sorte de modus vivendi qui fonctionnait à merveille.

Poly se levait à sept heures, puis il rejoignait Pierlot à la cuisine pour boire un chocolat chaud. Il mangeait peu : un kiwi ou une orange. Mais au moins il mangeait.

Ensuite, il travaillait sa trompette de 8 h à 11 h, sans la sourdine. Il n'en avait pas besoin. Aucun voisin ne s'était plaint.

Pierlot partait à 9 h, pour toute la journée.

À 11 h, il emmenait Artus pour une longue balade. Le chien jappait de bonheur lorsqu'il lui entendait le cliquetis du collier et de la laisse.

L'après-midi, il répétait encore de 14 h à 18 h.

Le mercredi et le vendredi, il retournait dans la capitale pour son cours avec Juliette, à 18 h.

Il en profitait pour passer chez lui se changer – il ne voulait pas envahir Pierlot avec ses vêtements et ses affaires personnels.

Vers 19 h, il préparait le dîner. Parfois, Pierlot invitait Marina à l'apéro. Marina se révéla être d'une compagnie très agréable. Cette femme pétrie d'érudition avait beaucoup voyagé et ne s'était jamais mariée. Elle avait une bonne douzaine d'amis intimes, qu'elle voyait en alternance. Pierlot en faisait partie, et

Poly comprit qu'ils avaient eu une relation amoureuse par le passé. Marina l'ayant prévenu qu'elle ne souhaitait pas s'attacher, ils s'étaient quittés bons amis.

Après dîner, Poly continuait à lire le bouquin de Karine Bouttet, malgré qu'il en ait. Une promesse était une promesse. Il avait racheté un exemplaire tout neuf dans une librairie et jeté l'autre. Tant pis pour la dédicace.

À son grand étonnement, il avait complètement arrêté le café au bout de sept jours, et n'avait pas repris de médicaments à la pharmacie. Au début, il s'était senti nauséeux, avec un mal de tête lancinant et des sueurs qui le réveillaient en pleine nuit. Puis les symptômes s'étaient espacés avant de s'arrêter totalement. Le sixième jour, il se sentait un homme neuf. Ses mains ne tremblaient plus, son appétit était revenu, et sa faiblesse l'avait quitté.

Il n'avait aucune nouvelle de Kan, ce qui ne laissait pas de le contrarier. Plusieurs fois, il avait songé l'appeler, au moins pour avoir son neveu au téléphone. Mais il ne s'était pas exécuté. Il s'était efforcé de tolérer ce silence qui l'angoissait. Il pensait souvent à Arun et à son bébé qui allait naître.

Puis, il avait contacté sa mère, pour l'informer de sa venue imminente.

Malgré ses difficultés personnelles, et alors que sa situation ne s'était pas améliorée, il avait tout de même réussi à laisser de côté ses soucis financiers et familiaux pour se concentrer sur la musique.

Le dimanche, il avait promené Artus en forêt avec Pierlot qui suivait tant bien que mal. Un moment de pur triomphe, car ce jour-là, il n'avait plus du tout consommé de caféine. Mais en fin de journée, les soucis l'avaient rattrapé. Son arrêt de travail était terminé. L'idée de retourner travailler lui était insupportable. Le blues de fin de week-end.

Il était très loin de se douter qu'un stress supplémentaire viendrait s'ajouter à son vague à l'âme.

3

Il arriva au travail avec vingt minutes de retard. Il avait reçu le dossier pour une demande de bourse au cas où il réussirait le concours de la Juilliard, et il l'avait consulté fébrilement, sans voir le temps passer.

Il avait pris du retard, ne s'était pas changé, et sa tenue se composait d'un jean et d'un tee-shirt.

Il salua Zarina et les autres secrétaires, et, par réflexe, se dirigea vers la machine à café.

Avant de renoncer. Une semaine qu'il ne buvait plus de café. Une semaine qu'il vivait sans ses béquilles chimiques. Bon, il n'avait pas repris sa pratique spirituelle, mais avec ce qu'il avait appris au sujet de son père, sa motivation s'était sérieusement émoussée. Et puis, il devait bien se l'avouer : il détestait méditer. Ces heures de coussin à faire le vide dans sa tête finissaient par l'agacer, ce qui était contraire au but recherché.

La salle d'attente était remplie à craquer, comme d'habitude. Avec un soupir, il salua Zarina. La grosse femme lui tendit sa feuille de route d'un air pincé. Les nouvelles compositions d'Ikebana le forcèrent à d'étranges contorsions.

— Il faut que je vous dise, Dr Suhana, le Dr Perrin débarque sans prév…

— Quoi ? La coupa Poly en consultant l'épais feuillet. Mais vous m'avez collé des patients jusqu'à 21 h 30 ! J'étais censé finir à 17 h 30 !

Zarina resta coite un moment.

— Il s'agit des patients du Docteur Tournevoix, qu'il vous a rajoutés, du fait qu'il doit d'absenter, expliqua-t-elle. Et des heures que vous n'avez pas encore rattrapées en totalité.

— Moi aussi je dois m'absenter ! Et quel est son prétexte, à mon cher collègue ?

— Un rendez-vous avec les gestionnaires du centre. Pour les

travaux d'agrandissement.

Poly grommela quelques paroles pleines d'acrimonie, puis il partit sans un mot de plus dans la salle d'attente. Il appela son premier patient, une fillette de cinq ans, accompagnée de sa maman.

Il savait bien qu'il n'avait pas les coudées larges avec son collègue. Aussi les choix étaient limités : il devait annuler ou reporter son cours de trompette. Et s'arranger dorénavant pour garder un œil sur le planning. Il fulmina en silence. S'il n'avait pas pris d'arrêt, il n'en aurait pas eu à en subir les conséquences.

On sentait bien que l'atmosphère devenait de plus en plus lourde, que tout le monde était à cran. Quand il entra dans son box, son assistante rangeait le cabinet avec frénésie.

— Bonjour Docteur. Vous allez les lire, ces magazines médicaux ? Dit-elle en désignant la pile haute comme un homme de l'hebdomadaire spécialisé.

— Peut-être. Non. Je n'en sais rien. Assieds-toi, dit-il à l'adresse de la petite fille. Et vous, madame, on va vous trouver un siège.

Poly rapprocha le fauteuil destiné aux visiteurs, sur lequel un vieux bouquet d'ikebana finissait de faner. La mère fronça les sourcils.

— Virez-moi ça ! Dit-il à l'adresse de son assistante.

— Je veux ma maman ! Tempéta la fillette.

Elle ne lâchait pas la main de sa mère. Et commençait à pleurer.

Mais à force de douceur et de bienveillance la fillette retrouva son calme. Poly ne tremblait plus du tout, et il s'en fit la remarque avec fierté. Alors qu'il travaillait depuis presque deux heures, son assistante le quitta quelques minutes pour aller aux toilettes. Quand elle revint, elle était chargée d'une composition florale si énorme que sa tête disparaissait derrière.

— Ah non, je ne veux pas de ça ici !

— Mais c'est le Dr Périn qui me l'a confié ! Pour remplacer l'autre !

Poly était si las de ces histoires. Mais hors de question de céder.

— Donnez-le moi.

Il s'empara du bouquet, ouvrit du pied la poubelle et le balança dedans.

— Et voilà ! s'exclama-t-il d'un air triomphant.

— Si jamais Nesrine, je veux dire, le Dr Périn s'en aperçoit, elle risque de se fâcher.

Effectivement, la présence du bouquet fané, en dessous, laissait le nouveau émerger aux trois quarts, empêchant le couvercle de se refermer complètement.

— On s'en fiche, elle ne vient jamais pas ici de toute façon. Je ne veux plus de ça dans mon cabinet, un point c'est tout.

La jeune assistante se remit silencieusement au travail. Elle était sans doute ébahie par une telle affirmation de soi de la part de son patron, mais préférait garder ses remarques pour elle.

Vers 11 h, Poly s'octroya une pause bien méritée. Qui était destinée, par la force des choses, à contacter Juliette. Cette idée le rendait très nerveux. Il jeta un œil vers la cafetière, mais passa son chemin et gagna la sortie. Il se força ensuite à appeler sa prof de trompette dans la seconde. Temporiser ne ferait qu'accroître son stress.

— Allô ?

— Juliette ?

— Poly ?

— Oui, bonjour Juliette. Je vous téléphone, car j'ai un empêchement pour ce soir.

Un silence. Poly, le cœur battant de plus en plus vite, continua :

— Je suis retenu au travail jusqu'à presque 22 h. Je ne pourrai pas venir au cours.

Encore un silence, puis la voix grave, profonde et pour tout dire relativement froide de la prof.

— Jeune homme, on ne va pas jouer à ça. Je t'avais prévenu : la trompette doit constituer ta priorité absolue pour les prochains mois. Je n'ai pas le time pour les dilettantes.

— Je sais. Mais j'étais en arrêt. Et un de mes collègues en a profité pour gérer le planning à ma place.

— Tu refuses d'endosser tes responsabilités, en plus ?

— Mais je n'étais pas là !

— Je m'en fiche. Soit tu te présentes à dix-huit heures pétantes, soit tu oublies la Juilliard. Maintenant, j'ai du travail.

Et elle raccrocha.

Poly était trop atterré pour réagir. Puis, peu à peu, il reprit ses esprits, comme un boxeur sonné qui se relève.

Il soupesa les options qui s'offraient à lui. Mais au fond, il avait déjà pris sa décision : il ne pouvait pas se payer le luxe de perdre son emploi. Il avait trop de responsabilités.

Il retourna à son labeur en silence, comme un automate, n'ayant plus le goût à rien. Même son assistante n'essayait plus d'entretenir la conversation. La mort dans l'âme, il tâtait son embouchure, qu'il gardait dans sa poche pour s'entraîner dans le couloir, entre deux patients, ou quand il allait aux toilettes.

« Il n'existe pas de petits moments, lui avait seriné Juliette. Tes muscles ne doivent pas régresser. Quelques jours sans cntraînement, et on court à la catastrophe. Utilise l'embouchure dès que tu disposeras de quelques minutes, voire de quelques secondes. »

Vers 17 h 15, la rhumatologue débeula dans son box sans crier gare.

— C'est quoi, ça ? dit-elle d'une voix grinçante en désignant la poubelle.

Poly sursauta. Son assistante se trouvait dans le cabinet de radiologie, et il n'avait pas entendu Nesrine Perrin arriver du couloir.

Pris d'une impulsion, il rétorqua :

— Moi non plus, je n'ai pas le time pour ces conneries !

Puis il ôta sa blouse, empoigna son blouson, et gagna la salle d'attente en vitesse.

— Je m'en vais, dit-il à Zarina.

— Mais Docteur… Vous ne pouvez pas partir comme ça ! C'est à cause de Périn, enfin je veux dire du Dr Périn ? Elle est venue vous ennuyer ? Je m'apprêtais à vous avertir, ce matin, qu'elle surgit sans prévenir chez tous les médecins, pour tenter de prendre sur le fait celui qui vandalise les bouquets !

— Je me contrefiche du Dr Périn. Écoutez, j'ai une urgence. Je pointerai demain à la première heure. Avec une tenue correcte, ajouta-t-il en désignant son tee-shirt trempé de sueur. Promis !

Chapitre 9

1

Quelques jours plus tard, le samedi vers treize heures, Poly se rendit avec Pierlot chez sa mère, où il devait retrouver Kan et Gabriel.

Pierlot lui avait proposé de l'accompagner en voiture, car son frère en provenance de New York atterrissait à 23 h, et il allait le chercher. Poly avait accepté et l'avait invité à son tour chez Jorany, pour le café.

Il était assez perturbé, car il s'était heurté encore deux fois cette semaine à la hiérarchie. Ses consultations ne s'arrêtaient pas avant vingt heures, mais pas question de louper ses rendez-vous avec Juliette.

Ses progrès à la trompette étaient époustouflants, et il avait bon espoir de remporter le concours. Voilà qui lui donnait du baume au cœur.

Le fond de l'air était très frais en ce début de mois d'octobre, et l'idée d'aller à la piscine lui répugnait. Gabriel aussi, certainement.

Kan avait fini par le rappeler, et ils s'étaient réconciliés. Mais Poly n'avait pas touché un mot à sa famille sur ses mystérieuses entreprises musicales, ni sur son projet final.

Pierlot l'avait deviné. Mais l'homme avait de ces discrétions que l'on acquiert lorsque l'âge nous fait grandir en sagesse. Il ne forçait pas son protégé. Il se contentait de l'aider. Il l'avait définitivement pris sous son aile.

Pierlot avait la carrure d'un aigle royal.

Poly le comprenait avec une gratitude un peu douloureuse. Son seul motif de discorde avec lui, c'était la lettre qui traînait sur le guéridon. Il ne comprenait pas pourquoi son ami restait braqué contre sa fille. Ses petits-enfants connaissaient à peine leur grand-père. En même temps, il n'avait pas à s'en mêler.

Les deux hommes se trouvaient devant la porte de Jorany, et Poly pressa la sonnette. C'est elle qui vint leur ouvrir.

Sa mère s'était barbouillée d'un fond de teint qui se changeait en grumeaux, au fur et à mesure que la journée s'écoulait. La femme fouillait le couloir de ses petits yeux noirs.

— Tu m'as apporté quelque chose ?

— Non, rien, maman, pas eu le temps, mentit Poly.

Jorany poussa un gros soupir et s'effaça enfin pour lui livrer passage.

— C'est qui, lui ? Demanda-t-elle en désignant Pierlot.

Mais elle ne prit pas la peine d'attendre la réponse et disparut dans la cuisine en laissant une odeur de poudre rance dans son sillage.

Kan et Gabriel étaient déjà arrivés.

— Salut, frangin.

— Bonjour Kan. Je te présente mon ami André. André Pierlot.

Kan scruta attentivement le nouveau venu, puis il sourit et avança sa main.

Gabriel était en train de jouer à la console dans le salon.

— Gaby, viens dire bonjour à ton oncle. Et à… Monsieur Pierlot.

— André, je vous en prie.

Poly se détendit un peu. Il ne pouvait jamais deviner les réactions de son frère. Kan était de ces gens qui ne font pas dans la nuance. Il aimait ou détestait d'un bloc, sans raison apparente. Et le faire changer d'opinion représentait une gageure.

— Salut, tonton !

Le gamin tourna à peine la tête et continua son jeu vidéo. La petite musique qui l'accompagnait était forte, et du genre à taper sur les nerfs.

— Gaby, va dans ta chambre ! Nous avons à parler, ton oncle et moi. Et prépare tes affaires de natation.

— Oh, non, pas la piscine !

Pierlot désigna le couloir.

— Je viens avec toi, Gabriel, proposa-t-il. Si ton papa m'y autorise, bien sûr. Tu me montreras tes jeux. Et on fera ton sac pour la piscine.

Méfiant, le garçonnet regarda Pierlot, puis son père.

— Je suis d'accord, approuva celui-ci.

Jorany réapparut avec le café. Elle s'apprêtait à remplir les tasses, quand Poly l'arrêta d'un geste.

— Je n'en prendrai pas, maman, merci.

— Toi, mon fils, refuser une tasse de café ? Tu es malade ?

— Non, je… j'en bois trop.

— Bon, si on en venait aux choses sérieuses, dit Kan en s'enfonçant dans un des fauteuils qui complétaient l'ensemble canapé. Le plus confortable, remarqua Poly. Comme toujours.

Les rires de Gabriel leur parvenaient de la chambre.

— Il paraît que tu fréquentes une femme ? interrogea Jorany.

— Ce n'est pas ce que j'appellerais l'essentiel ! Marmonna Kan. Et puis on connaît la réponse…

Mais face à sa mère, Kan restait bien souvent un petit garçon impuissant. Poly en profita pour pousser son avantage.

— Qui t'a raconté une chose pareille ? Demanda-t-il.

Poly s'attendait à cette question. La femme de ménage avait dû cafter pour le couvert supplémentaire laissé dans l'évier.

— Mona.

— Si tu crois tous les ragots remarqua Kan.

— Et pourquoi n'aurais-je pas une relation amoureuse, je te prie ?

— J'en sais rien, fit Kan en haussant les épaules. Tu ne brilles pas par tes conquêtes, jusqu'à présent !

— Ce qui n'est pas ton cas, apparemment ! ricana Poly.

— Quoi ? Mais qu'est-ce que tu racontes ?

— Oh rien.

Kan lança à son frère un regard furibond. Mais il ne pouvait rien répondre à cela. Les lèvres serrées, il s'enfonça dans son fauteuil avec sa tasse de café.

— Bon, bon, les enfants ! Vous n'allez pas encore vous disputer !

Jorany plaqua un sourire sur son visage, et conclut sur ces mots :

— Tu me l'amèneras, je l'espère. C'est une bonne fille, au moins ?

— Bien sûr maman.

— Bref, pour changer de conversation, dit Kan. Est-ce que tu as les billets ? Et comment on s'organise pour récupérer les cantines de maman, à l'aéroport ?

La question délicate était arrivée. Poly ne savait pas quoi faire de ses mains. Quand il buvait du café, il sirotait une gorgée pour gagner du temps.

Il frotta ses paumes moites sur son jean.

— C'est à dire… les bagages arriveront après.

— Comment ça ? Dans combien de jours ?

Une goutte de sueur coulait à présent de sa tempe gauche. Poly l'essuya du doigt.

— Six semaines après leur départ !

— Non, mais voyez-vous ça! S'exclama Kan en posant violemment sa tasse sur sa soucoupe.

— Efficace, le frangin ! Qu'est-ce que tu as fabriqué ? On ne peut pas laisser maman sans ses affaires ! Ces histoires de trompette te tournent la tête, apparemment. Tu n'es pas dans ton état normal, de toute évidence. On ne te reconnaît plus !

— Quelles histoires de trompette ? s'enquit Jorany.

— Maman n'aura qu'à emprunter les affaires de sa sœur en attendant, coupa Poly en suant de plus belle.

Un silence suivit cette déclaration, puis Jorany se pencha en avant, ses yeux de pétrole vrillés dans ceux de son fils aîné.

— À propos de Darie, dit-elle, elle m'a appelée hier. Il paraît que l'argent de ce mois-ci n'était toujours pas arrivé.

— Écoutez, si je suis venu aujourd'hui, c'est plutôt pour parler d'Arun ! s'exclama Poly. On ne peut pas laisser entrer un peu d'air, il fait une de ces chaleurs !

Face au silence des deux autres, Poly se leva et ouvrit la fenêtre qui donnait sur la rue.

Un petit courant d'air frais fort appréciable s'engouffra dans la pièce. Poly soupira de soulagement. Un rayon de soleil vint frapper un cendrier à mosaïques miroitantes, et le plafond se couvrit de multiples carrés d'ombres. Le moment d'affronter Kan était arrivé.

— Comme vous le savez, ma cousine Arun va bientôt accoucher. Elle se retrouve seule et sans travail, et j'ai entendu dire qu'il restait une chambre libre dans la maison.

— Quel mensonge, vraiment ! s'exclama Kan. Je vais là-bas régulièrement, et les travaux n'avancent pas.

— Et la chambre que tu occupes, sur place ?

Un instant, Kan parut désarçonné. Mais il reprit vite contenance.

— Il ne s'agit que d'une petite pièce. Pour une femme et un bébé, c'est bien trop étroit.

— On m'a rapporté autre chose.

— Quoi ? Qui donc ?

— On m'a dit que cette chambre avait tout le confort nécessaire et disposait même d'une salle de bain privée !

Kan n'était pas idiot. Il savait qu'avec le voyage qui se profilait, son frère apprendrait la vérité. Il changea de tactique.

— Arun n'est qu'une traînée ! Elle couche avec n'importe qui sans prendre ses précautions et se fait virer de son job. Même sa mère ne veut plus en entendre parler. Elle n'a qu'à se débrouiller !

Un tel manque d'empathie était sidérant. Poly sentit ses ongles entailler ses paumes, tant il les serrait.

— Son pilote l'a manipulée, rétorqua-t-il. Et toi, tu n'es pas blanc comme neige !

— Encore des insinuations ! Vitupéra Kan.

Le téléphone de Poly choisit ce moment de grande délicatesse familiale pour entonner son air de *LaLaland*.

Poly décrocha, gagnant le balcon pour préserver son intimité.

Quand il revint, son visage était pâle et grumeleux comme celui de sa mère.

— Ça ne va pas mon fils ? s'inquiéta Jorany. Une mauvaise nouvelle ?

Poly marchait comme un ivrogne, trop sonné pour répondre.

— Je dois partir.

— Mais la piscine ! s'insurgea son frère. Tu ne vas pas encore annuler ?

— Je peux l'emmener, dit une voix.

Ils se retournèrent tous les trois. Pierlot s'avançait dans le salon. Gaby ne tarda pas à arriver lui aussi. Il fourra sa main dans la grosse poigne de Pierlot.

— Dis oui, papa, dis oui ! S'il te plaît !

— Mais… oh et puis, pourquoi pas ? Capitula Kan.

— J'ai le temps, jusqu'à 23 h, expliqua Pierlot, mais je n'ai pas de maillot.

— Je vais vous prêter le mien dit Kan.

— Au revoir tout le monde, dit Poly d'une voix sourde.

Poly avait déjà atteint la sortie. Son frère le rejoignit en trois enjambées.

— Tu ne vas pas t'en tirer comme ça !, lui glissa-t-il dans le creux de l'oreille, les mâchoires serrées.

2

Il n'avait pas réussi à s'endormir, en proie aux plus vives angoisses.

Vers une heure du matin, il avait fouillé dans sa table de nuit, à la recherche d'un hypothétique petit comprimé blanc. Évidemment, plus aucune boîte ne traînait dans la maison.

La fenêtre ouverte laissait filtrer un air glacial, mais une sorte de fièvre s'était emparée de lui.

Le réveil sonna, à 5 h 30 comme chaque jour de travail. Il n'avait dormi que deux heures. Il s'était rappelé la triste réalité et avait arrêté complètement le réveil. Il avait encore sombré, cédant à la fatigue physique et à l'épuisement nerveux.

Quand il s'éveilla de nouveau, il était transi de froid, et son estomac était dur comme s'il avait avalé du béton liquide à prise rapide.

Il se leva pour fermer la fenêtre et ramener son couvre-lit sur la couette, puis se recoucha, incapable d'affronter la journée.

Il se rappelait le coup de fil reçu la veille, chez sa mère. Quand il avait essayé de répondre à son interlocuteur, pour tenter de se justifier, sa langue avait comme grossi dans sa bouche. Il n'avait pas réussi à articuler un mot. Du reste, la femme ne lui en avait pas laissé le temps. Avec une brusquerie sidérante, elle lui avait débité mécaniquement une phrase qui restait imprimée dans sa mémoire et qui disait : « Monsieur Suahana, bonjour. Ici la direction du Centre de santé Corian. Nous avons le regret de vous annoncer que vous êtes licencié. Vous allez recevoir une lettre en bonne et due forme. Vous pouvez venir récupérer vos affaires au centre dans la semaine. »

Les volets à demi ouverts grinçaient, et le son, bien que ténu, agaçait ses nerfs fragiles. Mais l'envie de dormir l'avait quitté. Son corps avait eu son content de repos, malgré le peu d'heures passées dans un sommeil véritablement réparateur.

Il rejeta la couette et se rendit aux toilettes. Son miroir lui renvoya l'image d'un homme en colère. Son front s'était creusé de deux profondes rides, et ses yeux rouges semblaient plus pénétrants, plus vifs. Il brûlait d'un feu nouveau, qui colorait ses joues glabres. Il se rappela de nouveau, avec plus d'acuité, la trahison des siens, les mensonges de sa mère, ceux de Kan et de Darie, le passé trouble de son père. Et le fameux coup de fil.

Il courut vers la cuisine comme un fou. Cette cafetière de Darie devait disparaître. De même que le bol chantant.

Il s'empara des deux blocs en aluminium de la Bialetti, ne prit pas la peine de les revisser et les jeta avec hargne dans la poubelle. Il contempla un moment ses mains, étonné qu'elles ne tremblent plus.

Qu'allait-il faire du bol ? Il aurait pu le jeter aux ordures, là tout de suite, mais, malgré sa fureur, un reste de principe l'en empêchait. Il en ferait don à quelqu'un.

Sa colère s'amplifia. Filant dans le salon, rugissant comme un animal, il balança la photo de son père contre le mur. Le cadre se brisa, et des milliers de minuscules bouts de verre se répandirent sur le sol en un tintement aigu.

Son envie de café revint en force, impérieuse, irrépressible.

Il s'habilla en hâte – la douche attendrait – et alluma son Mac.

Allait-il réellement plier devant ces gens, même s'ils étaient sa famille ? Ces individus qui l'avaient élevé dans l'idée du bien, qui défendaient – soi-disant – certaines valeurs ? Et qui ne cessaient de lui mentir et de profiter de lui ?

Une fois connecté à Internet, il demanda le remboursement de deux billets d'avion sur les trois.

Son frère Kan n'aurait qu'à se débrouiller pour aller là-bas, s'il en avait envie. Quant à sa mère… il avait décidé de ne pas l'accompagner. Il la retrouverait sur place après le concours de la Juilliard.

Il ne savait pas encore quoi penser de sa mère. Devait y réfléchir. Prendre le temps de bien tout analyser. Passer au-delà de ce que la partie primitive, sidérante, de son cerveau lui dictait : « frappe, frappe et tue ». Et de cet afflux d'adrénaline qu'il sentait dans ses muscles. Cette irradiation des nerfs, cette flambée de violence qui durcissait tout son corps devenu comme un arbre plein de sève.

À présent, la migraine pointait son nez derrière ses yeux, au ras du front. Il songea un instant à toquer chez Lin, pour se faire offrir un café. Se rappela l'Apollon blond. La douche qu'il n'avait pas prise.

Il renonça.

Une mouche se mit à taper avec insistance contre la vitre

fermée. Il se leva et la libéra. Debout devant la fenêtre ouverte, il inspira longuement. La ville, encore silencieuse, se laissait admirer. Le zinc des toits brillait comme autant d'armures sur le corps des immeubles. Il ignorait de quelle matière était constituée la statue de la Liberté. Il avait hâte de le découvrir.

Dénicher un billet pas trop cher pour New York se révéla ridiculement facile. En pressant la touche entrée, son cœur irradiait d'excitation et d'une certaine gratitude. Il pensa à Juliette, à Pierlot. À ces gens qui croyaient en lui. Sans rien demander en retour. Il ignorait les raisons d'une telle générosité. Pierlot lui avait parlé d'une dette que l'enseignante avait envers lui. Sans lui fournir plus d'explication. Juliette ne ménageait pas sa peine pour l'accompagner dans son aventure musicale. Comment pourrait-il jamais la remercier ?

Il ouvrit sa boîte mail et imprima son billet.

Les dés étaient jetés. Un étrange sentiment de calme l'envahit, puis une sorte d'exaltation qu'il n'avait plus jamais ressentie depuis son retour de Londres. Il se sentit soudain tout-puissant. Fier et fort.

3

Après ces nouvelles dispositions, il décida de sortir.

On était dimanche, et à cette heure, il ne croisa que peu de monde. Les gens faisaient la grasse matinée. Il ne croisa que quelques familles qui allaient au parc, des joggeurs et des propriétaires de chiens qui battaient le pavé. La boutique tant convoitée devait être fermée, mais il trépignait d'impatience à l'idée de contempler l'objet de ses rêves.

Il connaissait la route par cœur. Il osa sortir son embouchure d'exercice en pleine rue. Devant tout le monde. Les petits enfants le montraient du doigt. Les adultes souriaient face à cet hurluberlu à la bouche monstrueuse. Il ressemblait à un chien qui aurait passé sa tête par une fenêtre de voiture, les babines retroussées par le vent.

De fait, un chien avec une muselière lui grogna dessus. La gent canine n'aimait guère la concurrence.

La boutique d'électroménager était ouverte. Il y avait de la lumière à l'intérieur.

Son cœur fit un looping dans sa poitrine.

Poussant la porte d'un geste sûr, il chercha le vendeur.

Le type, armé d'un grand cutter bleu, s'agitait autour d'un carton. Il avait la tête de celui qui venait de se faire disputer par sa petite copine parce qu'il avait passé sa soirée devant le match avec ses potes.

Poly se planta devant lui.

— Bonjour, je vous prends la machine à expresso !

L'autre continua d'ouvrir son carton avec une lenteur exaspérante.

— Je suis pressé ! ajouta Poly en haussant le ton.

C'était faux. Il n'était pas pressé. Il avait même tout son temps. Un dimanche, en plus ! Mais il voulait éprouver sur les autres cette toute-puissance qu'il ressentait pour la première fois de sa vie.

Hé, pas la peine de parler aussi fort, cher monsieur ! Il est encore tôt ! Je finis avec ce carton et je vais vous la chercher.

— Je ne suis pas votre « cher monsieur ». Et je ne peux pas attendre, insista Poly en pressant ses poings l'un contre l'autre.

Le vendeur soupira en se relevant.

— D'accord. Vous êtes sûr que c'est ce modèle que vous voulez, parce que…

— Puisque je vous le dis !

Le vendeur grommela un vague « Y'a pas de quoi s'énerver pour ça », puis il revint au bout de dix minutes avec le gros carton de la De'Longhi multifonctions connectée.

Poly régla les presque deux mille euros du mastodonte, puis il refit le chemin jusque chez lui. Mais quelque chose n'allait pas.

Il fallait un café haut de gamme pour cet engin haut de

gamme. Le grand cru de chez Carrefour ne conviendrait pas.

Il passa chez lui pour déposer la cafetière et se rendit à la cave, où il stockait un kilo d'un excellent arabica.

Il repensa à la De'Longhi. Il en eut des sueurs froides. Cet achat allait le mettre sur la paille. Heureusement qu'il s'était fait rembourser les deux billets pour le Cambodge.

Il songea de nouveau au coup de fil fatal.

La précarité de sa situation le frappa avec encore plus d'acuité.

4

De retour à l'appartement, il sortit la machine de son carton et passa sous la douche. Il tenait à retrouver forme humaine pour déguster son premier café depuis deux semaines.

Un instant, il se rappela sa promesse qu'il s'était faite et qu'il avait faite à Juliette de se sevrer de toute substance addictive. Il décida que cette promesse était toujours d'actualité, et qu'il ne s'offrirait qu'un seul café par jour.

Il se prépara comme pour un premier rendez-vous. Tout juste s'il ne mit pas une cravate pour se présenter devant la demoiselle De'Longhi.

Ce nom lui inspirait de vastes collines toscanes, la beauté majestueuse de Florence et les trésors culturels des très vieilles villes italiennes.

Lire la notice risquait de l'occuper toute la matinée. Il chercha la partie « démarrage rapide », et lança son premier café.

Le résultat se révéla à la hauteur de ses attentes.

Il huma le nectar longuement, se perdit un instant dans la contemplation de la mousse, d'une riche couleur brun doré.

Il ajouta un sucre dans la tasse, et il y eut comme une brève résistance. Le sucre refusait de s'enfoncer, la mousse faisait barrage. Puis, alors même que le petit carré blanc rendait les armes et disparaissait sous la surface, la mousse se reforma, intacte.

Poly plongea sa cuiller dans la tasse, la ressortit, et lécha l'écume mordorée qui s'accrochait à l'ustensile. Il frissonna de plaisir. Un goût prononcé de fruit mûr, avec un arrière-goût tenace, s'épanouit sur sa langue.

Alors qu'il allait porter la tasse à ses lèvres, la sonnette retentit dans l'entrée.

Il jura, fort mécontent de cette interruption.

C'était Lin.

5

La jeune fille pleurait à vous briser le cœur.

Poly l'avait installée dans le canapé du salon et lui avait proposé un café, qu'elle avait accepté sans le boire. Elle regardait par la fenêtre et son visage était ravagé par les larmes. Puis, elle tourna la tête et contempla un instant le cadre fracassé, au sol.

Poly s'assit à côté d'elle sur le canapé, avec son expresso désormais tiède. Les contacts physiques n'étaient pas son fort, mais il savait que les gens les appréciaient, en général. Il pressa doucement l'avant-bras de Lin.

Lin resta sans réaction. Puis ses larmes se remirent à couler avec encore plus de violence. Surpris, Poly retira sa main. Ne sachant comment retrouver une contenance, il avala une gorgée de café et grimaça.

— Je te dérange, dit Lin en désignant la tasse. En plein petit-déjeuner. Je ne voulais pas, je suis désolée, je vais y aller.

— Non, mais pas du tout, voyons ! Si tu me disais ce qui se passe, Lin ?

Un dernier hoquet et la jeune fille sécha ses larmes.

— Ma mère…

Elle sortit un mouchoir en tissu – le même carré de tissu démodé qu'utilisait son père dans les années 80, remarqua Poly

– et souffla dedans avec vigueur.

La pièce était inondée de clarté, et ses cheveux longs et raides avaient l'éclat du métal autour de son visage dévasté.

Malgré les malheurs évidents de sa séduisante voisine, Poly était ravi et ému de la voir. Depuis l'épisode des nouilles, il n'avait pas eu l'occasion de lui parler. Il lui semblait que la scène s'était déroulée plusieurs mois auparavant.

— Ta maman ? questionna Poly avec douceur. Elle a un problème ? Là-bas, au pays ?

Lin renifla un coup et hocha la tête.

— Elle est malade. Elle ne m'avait rien dit, mais c'est grave.

— Tu devrais peut-être aller la voir ?

— Je ne peux pas, j'ai encore une année de cours, l'année la plus importante pour mon diplôme. Et je dois aider mon copain à réviser. Il a des difficultés. Il travaille pour financer ses études, et il a pris du retard.

À la mention du petit ami, les sourcils de Poly se froncèrent.

— Je comprends que ce soit déterminant pour toi… de lui donner un coup de main. Mais les petits copains, tu sais, ça va ça vient. Alors que ta maman, il faut que tu la voies dès que possible.

Lin releva la tête, et ses cheveux coulèrent, puis enveloppèrent ses épaules comme une armure d'acier.

Immédiatement, Poly regretta ses paroles. Lin avait dû comprendre qu'il la prenait pour une fille volage. Mais comment pouvait-on être aussi bête!

Heureusement, la jeune fille avait déjà changé de conversation.

— Je voulais te dire… je ne savais pas que tu n'aimais pas mes plats. Tu ne les as jamais refusés, alors je pensais que tu les mangeais. Du coup, j'ai continué.

— C'est à moi de m'excuser, Lin. J'aurais dû te prévenir dès le départ que j'étais végétarien. Enfin, je ne le suis plus aujourd'hui. Il me semble que non, enfin plus tout le temps.

À ce discours quelque peu confus, une expression perplexe

s'afficha sur le visage de Lin.

Poly se pencha vers elle et lui toucha encore la main. Avec une hardiesse nouvelle qui lui faisait trembler un peu la voix, il se lança.

— D'ailleurs, si tu veux, on pourrait manger ensemble un de ces jours ?

Lin remit son mouchoir dans sa poche, d'où elle extirpa un vieux téléphone portable, de ceux qui n'étaient pas tactiles. L'appareil émettait le bruit vaguement ronronnant d'une éolienne sous tension.

— C'est mon copain, dit-elle en désignant l'écran cassé. Je dois y aller. Merci pour le café et pour… ton écoute.

Poly raccompagna Lin à la porte.

Pas sûr que sa cafetière de compétition fasse tomber les filles…

6

Après le départ de Lin, Poly avait réchauffé son café et s'était installé sur son balcon, pour réfléchir.

Un groupe de jeunes gens – pas des adolescents, mais des hommes proches de la trentaine – s'était rassemblé dans la rue en contrebas et avait entamé un jeu de ballon impromptu. Un trio de femmes, avec des poussettes, attendait le bus en riant, et un couple échangeait de fiévreux baisers devant la boulangerie.

C'en était plus que Poly pouvait en supporter. Ce spectacle de béatitude urbaine lui avait, par effet miroir, fait reprendre le sens des réalités.

Il venait de se mettre son frère définitivement à dos, sa mère lui en voudrait sans doute pendant des années, son compte en banque était en souffrance, et il s'était fait renvoyer de son travail. Quant à Lin, elle semblait très éprise du géant blond.

Ne devrait-il pas rendre la cafetière ? Peut-être n'était-il pas trop tard ? Et reprendre les billets d'avion pour son frère et sa mère ? Après tout, le voyage n'aurait lieu que d'ici quelques mois, et d'ici là, il trouverait bien un moyen d'améliorer sa situation financière ? Quant à Arun… lui disait-elle toute la vérité ? Kan possédait sa chambre, sur place, certes, mais ce n'était pas la seule chambre dans la maison. Pourquoi sa cousine se focalisait-elle sur celle de Kan ?

Poly retournait ces pensées dans tous les sens, en proie à des dilemmes. Mais le pire restait sa situation professionnelle.

Car en plus de toutes ces catastrophes, il venait de perdre sa dernière source de revenus.

Il n'avait encore parlé à personne du coup de fil de la veille.

Trop estomaqué pour répondre quoi que ce soit à la femme qui lui avait signifié son congé, il n'avait pas cherché à en savoir plus.

Mais à présent l'horrible nouvelle le frappait de plein fouet.

Le café était excellent. Il finit sa tasse et s'en offrit une deuxième. Pensa à Juliette et à Pierlot. Il examina ses mains, qui tremblaient légèrement. La mauvaise conscience gâcha son plaisir. Il jeta la moitié de la seconde tasse dans l'évier. Retourna se poster près de la fenêtre.

Et maintenant ?

Il resta figé ainsi quelques minutes, à contempler la rue et le puits sans fond dans lequel il était tombé, quand il reçut un coup de fil de Pierlot.

— Ah, cette séance de natation ! s'exclama l'homme, tout guilleret. Ton neveu m'a confié qu'il n'arrivait pas mettre la tête sous l'eau. Malgré des heures et des heures de piscine tous les samedis. Eh bien, je te l'annonce officiellement, le problème est réglé !

Tout de même, cela méritait de plus amples explications.

— Comment avez-vous réussi cet exploit ?

— Ben je l'ai poussé.

— Quoi ?!

— Le gamin se tenait au bord de l'eau, peureux comme un oisillon tombé du nid, à chercher le petit bassin et l'échelle pour descendre.

— Mais il sait parfaitement où se trouvent le petit bain et l'échelle !

— Ah oui, je ne t'ai pas raconté : je l'ai emmené dans une piscine olympique. Avec petit bassin séparé.

— Et donc, vous l'avez poussé ?

— Ouais, c'est ça. Plouf. Il s'est retrouvé direct sous l'eau. Mais comme il sait déjà nager, il n'a pas eu de problème.

— Il a dû pleurer ? Vous en vouloir à mort ?

— Mais pas du tout ! Au contraire, il riait comme un beau diable et après ça il n'arrêtait pas de faire des sauts dans le bassin ! Pour le récompenser, je l'ai emmené au Mac Do.

— Quoi ? Au Mac Do ? Son père va être furieux !

— Imagine-toi que le gamin n'y est allé qu'une seule fois dans sa vie ! Pauvre gosse. Ses parents le nourrissent de graines de piaf, de noix, et de ces espèces de galettes de maïs qui ressemblent à du polystyrène mou. Un peu comme toi, en fait.

Poly dut s'asseoir pour digérer ces informations. Son cerveau malmené recommençait à générer de bien sombres pensées. Son frère ne lui pardonnerait jamais ces exactions, commises par un tiers, certes, mais un tiers qu'il avait eu l'outrecuidance d'introduire dans leur cercle familial.

— Attendez une seconde, Pierlot.

Sa bouche avait la constitution du papier mâché. Il se dirigea dans la cuisine pour se servir un verre d'eau. La cafetière, qu'il avait oubliée durant quelques minutes, se rappela à son bon souvenir.

Cet achat était réellement une folie pure et simple. Trois mois de loyer, pour être exact.

— Je vous reprends. Vous êtes toujours en ligne ?

— Oui.

— Il faut que je vous explique… J'ai été licencié.

— Mince. C'est fâcheux. Mais il faut voir le bon côté des choses : tu disposeras de tout le temps nécessaire pour préparer le concours !

— Je vais devoir chercher un nouveau poste. Je ne tiendrai pas financièrement jusqu'au concours.

— Mmh. Tu peux venir t'installer chez moi, si tu veux.

— C'est très généreux de votre part. Sauf que je dois conserver mon appartement. Nous gardons ce logement au sein de la famille. Mon neveu le récupérera pour ses études.

— Ah bon ? C'est un héritage ?

— Non, comme je vous l'expliquais, je le loue. Pas cher. On se le passe dans la famille depuis des années. Mes parents l'ont occupé avant moi, puis ma sœur Chaya pendant mon séjour en Angleterre, etc.

— Curieuse pratique. Et si tu avais envie de vivre ailleurs ? Dans un autre quartier ? Une autre ville ?

— Bah, je n'y ai jamais vraiment songé.

— Bon, très bien. Sache en tout cas que tu peux venir te réfugier chez moi. Et refiler l'appart à tes frères et sœurs. De toute façon, si tu gagnes le concours, tu devras bien le rendre !

Poly en convint et raccrocha.

Il avait encore besoin d'un café. Résista. Il opta pour un cappuccino décaféiné au lait de soja, et s'amusa avec sa machine un moment. S'il voulait la rendre au magasin, il devrait bien la nettoyer. Mais au fond, il savait qu'il n'en ferait rien. Pas sûr non plus que la boutique la reprenne.

Il devait aller de l'avant. Trouver l'argent qui lui manquait. S'imposer davantage. Et s'entraîner pour le concours.

Poly songea à contester son licenciement. Il caressa cette idée un long moment, s'imaginant retourner au travail après une lutte âpre et exténuante, mais victorieuse, une véritable flatterie pour son ego. Il se représentait déjà la tête des collègues, les petits fours servis par Zarina, pour fêter cela, le respect nouveau des confrères.

Mais qui lui apporterait réellement son aide, parmi ses collègues ? A part la nutritionniste et Zarina, il devait se rendre à l'évidence : il n'était pas vraiment apprécié par ces gens qu'il côtoyait toute la journée. Et il y avait un certain livre qu'il n'avait pas encore fini, et qu'il était censé encenser sur un réseau social pour midinettes dont il ne se souciait guère.

L'exonération dont il avait d'abord rêvé mourut bien vite, et ses fantasmes de revanche avec.

Tout à coup, il s'imagina partir loin, très loin. Refaire sa vie. Il pourrait s'installer à New York dès maintenant. Après tout, rien ne le retenait ici, mis à part la préparation du concours. Il continuerait à s'entraîner là-bas. Comme il l'avait fait en Angleterre, après son baccalauréat.

Saisi d'une soudaine et irritante culpabilité, Poly était rentré au bout de dix mois en France, et il avait bûché très dur sa médecine, pour s'amender. Il portait le fardeau de ce mensonge depuis tout ce temps, le fardeau doux-amer de ces dix mois de bonheur limpide et absolu, et il continuait à mentir, aujourd'hui encore. Même Chaya, son adorable sœur qui avait chaque jour de sa vie veillé sur lui, s'était faite complice de ses bêtises d'enfant, et avait appliqué le baume de ses paroles sur ses peines d'adolescent, n'était pas au courant.

— Poly, tu es toujours là ?

Poly secoua sa tête comme un chien qui sort d'un étang, un bâton dans la gueule, et déposa aux pieds de Pierlot son butin :

— Je vais vous le rapporter, ce concours, affirma-t-il avec véhémence. Je trouverai un moyen. D'ailleurs, je devrais déjà être en train de répéter, si je ne veux pas me coucher à deux heures du matin. Je saute dans le prochain train et j'arrive !

— À la bonne heure !

Chapitre 10

1

Le trajet en train jusque chez Pierlot avait été l'occasion de réfléchir calmement, et d'établir des priorités.

Il avait finalement décidé de se rendre dès le lendemain au centre pour discuter avec sa hiérarchie et tenter de récupérer son poste. Il devait au moins essayer.

Son urgence du jour consistait à prévenir son frère Kan et sa mère de l'annulation des billets pour le Cambodge. L'épreuve était lourde, voilà pourquoi il ne trouva pas le courage de parler à Kan de vive voix. Il préféra lui envoyer un SMS laconique, mais précis : « Bonjour Kan, je t'informe que j'ai annulé vos billets d'avion, à toi et maman. Je n'ai pas les moyens en ce moment de financer vos projets. Bonjour à Gabriel. »

Kan le rappela immédiatement, mais il fit preuve de lâcheté et ne répondit pas. Avec un peu de chance, son frère serait légèrement calmé d'ici quelques jours. Le temps de digérer la nouvelle.

Le lendemain, il opéra un détour par chez lui avant de se rendre au centre. Il changea de vêtements, et s'offrit un délicieux café au passage. Sa cave avait complètement séché.

Sur le chemin du centre, il avisa le vendeur de l'animalerie en train de fumer une cigarette sur le trottoir. L'homme lui adressa un signe. Le portable de Poly bourdonna dans sa poche. Il décrocha et l'autre rentra dans la boutique. Au moins, il en était débarrassé pour aujourd'hui.

C'était Charlie au téléphone. Il n'avait pas revu son ami trader depuis ce qui lui parut des siècles.

— Salut Charlie. Comment vas-tu ?

— Pas trop mal. Écoute, Poly, tu te souviens que je t'avais

dit de ne pas vendre une de tes valeurs ? Celle sur le Nouveau Marché ?

— Oui, et alors ?

— Alors, figure-toi qu'elle s'est envolée, et que si tu veux récupérer une jolie somme, c'est maintenant !

Voilà qui était inespéré.

— Qu'est-ce que tu entends par jolie somme ?

— De quoi vivre sans travailler pendant plusieurs mois !

Poly réfléchit à toute allure. Le centre se profilait au loin. Il stoppa tout net sur le trottoir et s'assit sur un remblai.

— Est-ce que ça peut monter encore ?

Charlie eut un petit rire de gorge.

— Bien sûr. Mais la valeur peut chuter aussi sec. C'est un marché très risqué. J'ai besoin d'une réponse, mon ami. Très rapidement.

Poly se souvint des paroles de son banquier à propos de cette valeur : « Considérez-la un peu comme un billet de loto… » Inutile de réfléchir plus longtemps.

— OK, vends alors.

— Je passe l'ordre immédiatement. Mais tu n'as pas à t'inquiéter : c'est déjà dans la poche.

Poly contempla l'horizon. Des ouvriers au visage bistre, voûtés par le poids du labeur, marchaient sur le sol en cours de bétonnisation. Leur dos et leurs aisselles ruisselaient de transpiration. Poly mesura sa chance. Heureusement qu'il n'exerçait pas ce genre de métier. Il ne tiendrait pas une demi-journée.

Il allait se remettre en route lorsque Charlie le rappela.

— Tout est OK, mon pote.

Charlie parla encore un moment de sa femme et de ses enfants, mais Poly ne l'écoutait plus. Il se demandait s'il avait réellement envie de reprendre son emploi. Cette manne providentielle n'était-elle pas l'occasion de rendre concret son rêve ? De plus, il savait que s'il retravaillait huit heures par jour – voire plus – il n'aurait plus guère le temps de répéter. Autant ne pas se voiler la face. L'avenir demeurait fragile, certes. Mais c'était le propre de la vie. La notion d'impermanence dont parlait si bien sa religion. Mais s'il gagnait le concours ? Le moment était venu d'envoyer le dossier pour une bourse d'études.

Il se leva du remblai et fit demi-tour.

Il décida de retourner chez lui pour bosser sa trompette à la cave. Dans la foulée, il remplirait le dossier.

Mais avant cela, il lui restait une dernière entreprise à mener à bien.

Il dégaina de nouveau son téléphone.

2

Il allait appeler sa cousine lorsqu'il décida de prendre le bus pour rentrer chez lui. Il marcha rapidement jusqu'à la prochaine station et prit son tour dans la file qui attendait.

Le véhicule s'arrêta avec un couinement pneumatique. Il était bondé. Tassé entre une femme enceinte et une trentenaire en train de bouquiner, il parvint tout de même à sortir son téléphone.

Arun décrocha au bout de deux sonneries.

— Poly ! Comment vas-tu ?

— Bien bien. Il y a du nouveau. J'ai les moyens de te venir en aide. Où en es-tu ?

Il y eut de la friture sur la ligne, puis la communication fut rétablie. Le son d'un puissant gong résonna un instant dans le combiné, suivi de chants bouddhiques. Il distingua le « om » d'un célèbre mantra.

— Je loge pour le moment dans une cellule de bonze, dans un appartement en ville. Mais je ne pourrai pas rester quand le bébé sera là. Des religieux y vivent, ils ne veulent pas être dérangés.

— Et ton procès ?

— J'ai l'espoir de le gagner. Heureusement, un très bon

avocat a pris en charge mon dossier. Un ami à moi. Un Tibétain exilé aux States. Je l'ai rencontré dans un temple bouddhique dans le New Hampshire, à l'occasion d'une conférence sur l'annexion du Tibet à la Chine. Et puis, je… je vais essayer de réintégrer la maison, une fois sortie de la maternité. Maman n'aura pas à cœur de me refouler. Du moins je l'espère ! Tu as parlé à ton frère, pour la chambre ?

— Attends une seconde, tu veux ?

Le bus était désormais saturé de monde. La femme enceinte transpirait à grosses gouttes. Elle agrippait la barre avec tellement de force que ses mains étaient toutes blanches. Poly se tourna vers la trentenaire en train de bouquiner, et l'apostropha calmement.

— Pourriez-vous laisser votre place à cette jeune femme qui attend un bébé ?

L'autre releva la tête en fronçant les sourcils, puis son visage s'éclaira.

— Oui, bien sûr. Je ne l'avais pas vue… venez, madame, ajouta-t-elle en se levant.

Poly se décala légèrement, histoire de bénéficier d'une bulle d'espace vital, puis il reprit sa conversation avec Arun.

— Écoute, j'ai touché récemment un peu d'argent. Si tu loues un appartement, ou même une petite maison à deux cents dollars le mois, en dehors de la ville, je pourrai t'aider pour quelque temps, jusqu'à ton procès. Quant à mon frère… à ma grande honte, je n'ai pas réussi à le faire plier. Et on dirait que tout le monde accepte la situation ! Ma mère, la tienne…

— Oh, Poly, c'est vraiment gentil, merci pour ta proposition, je vais y réfléchir. Peut-être que je pourrai m'arranger avec ma mère. Elle n'est pas si mauvaise. Juste un peu aigrie et à se plaindre. Quant à ton frère, il prend sa revanche ! Tu te rappelles quand on était mômes. Il essayait à tout prix de jouer avec nous, mais nous le rejetions sans cesse. Notre complicité suscitait sa jalousie. Quand même… les enfants sont cruels !

— Tu as raison, Kan a dû en souffrir. Mais tout de même…

Sinon, je dois t'avertir que je ne viendrai pas au pays comme prévu. D'autres priorités. Surtout que j'ai perdu mon travail récemment.

— Mince, je suis désolée pour toi. Qu'est-ce que tu vas faire ?

Poly réfléchit quelques secondes, puis il déclara gravement :

— Reconquérir toutes mes libertés.

3

Au même moment…

Kan avait pris sa matinée du lundi.

Il devait absolument savoir ce que traficotait son frangin, et pour ce faire, il l'avait suivi depuis chez lui jusqu'à son travail.

Sauf que Poly n'était pas à son domicile. De toute évidence, il avait découché. Y avait-il une femme là-dessous ? Il en doutait fort… Il avait tout de même observé l'appartement depuis la rue, guettant une lumière, une fenêtre ouverte, n'importe quoi trahissant la présence de son frère à l'intérieur. Après tout, Poly avait peut-être eu une panne d'oreiller. Aucun signe de vie. Il avait pensé entrer – il possédait le double des clefs –, mais quelque chose l'avait retenu, et il s'était planqué derrière une poubelle puante. Grand bien lui en avait pris ! Car son frère avait fait son apparition au coin de la rue quelques minutes plus tard.

La veille, le dimanche, il avait reçu un SMS qui disait : « Bonjour Kan, je t'informe que j'ai annulé vos billets d'avion, à toi et maman. Je n'ai pas les moyens en ce moment de financer vos projets. Bonjour à Gabriel. »

Ça l'avait plongé dans une rage folle, et il avait répondu immédiatement, mais Poly avait rejeté l'appel.

Toujours dissimulé derrière sa poubelle, il avait attendu au moins trente minutes que son frère ressorte pour se rendre au travail. Un ver de terre s'était échappé d'un sac et se tortillait sur la chaussée. Il l'avait écrasé du talon, avant de nettoyer sa chaussure avec les lingettes qu'il avait en permanence sur lui. Des mocassins à six cents euros tout de même. Au bout d'un moment, et comme il l'espérait, Poly était ressorti. Il portait d'autres fringues sur le dos.

Kan l'avait suivi de loin, mais au bout de quelques minutes, son frère s'était arrêté devant une animalerie pour décrocher son téléphone.

Poly avait affiché une mine réjouie, fait demi-tour et grimpé dans un bus. Il avait dû courir pour arriver avant le bus. Heureusement, la circulation ralentit considérablement le gros véhicule.

Poly s'était ensuite calfeutré chez lui.

Il avait repéré un café à proximité – Chez Léon –, un de ces rades mal fréquentés qui se la joue qualité des produits et filières courtes. Mais enfin, ça lui avait permis de patienter plus confortablement que derrière l'horrible poubelle. Depuis la terrasse, il bénéficiait d'un très petit angle de vue sur l'immeuble de son frère, mais si Poly ressortait, il ne pouvait pas le rater.

Effectivement, vers 17 h, Poly avait refait son apparition.

Il avait pris le métro jusqu'à Bastille, et était entré dans un immeuble cossu près de l'Hôpital des Quinze-Vingts.

Et c'est là qu'il avait découvert le pot aux roses.

4

— Ce n'est qu'un échauffement, Poly ! Sors-moi quelques sons à l'embouchure. Tu te souviens ? Il faut d'abord réveiller la colonne d'air. Ta respiration doit être naturelle. Après, on s'attaquera aux exercices de chauffe. Tu as toujours du mal avec le DO médium ?

Poly se tourna à demi vers Juliette, dont la blanche chevelure ondulée rappelait une piste de ski fraîchement damée. Il avait tant de respect pour cette femme âgée qui lui donnait de son temps. Il se demandait si elle avait des enfants, des petits-enfants. Pierlot lui avait touché mot de ces élèves qu'elle suivait sans aucun dédommagement financier. Apparemment, elle aimait les causes perdues.

Deux verres de lait étaient posés sur la table basse cérusée, comme à chacune de leur rencontre, et Juliette ne manquait pas de remplir celui de Poly dès qu'il était vide. Enfermé dans ce petit piège, Poly ne vidait jamais complètement son verre – il détestait ce breuvage au goût de foin. Mais comme toujours, il ne voulait pas froisser son hôtesse et se considérait comme l'obligé de cette femme étonnante.

— J'ai trouvé le temps de m'exercer, ça devrait aller.

— Devrait n'est pas suffisant, mon jeune ami. Tu as pris de mauvaises habitudes, durant toutes ces années de pratique solitaire. Allez, on recommence !

Bien qu'il ne régnât pas une température excessive dans la pièce, Poly avait du mal à tenir son instrument, qui glissait entre ses mains moites. Il ressentait aussi des tensions dans le dos. Ses muscles douloureux n'avaient guère le temps de récupérer entre deux séances : il travaillait d'arrache-pied plusieurs heures par jour, car le concours approchait. Il rencontrait désormais Juliette tous les jours de la semaine, le week-end excepté.

Il s'était officiellement inscrit au concours, et avait envoyé sa demande de bourse. Il s'efforçait de ne pas penser à Kan et à sa mère, qui lui battaient froid.

Soudain, alors qu'il entamait sa mesure, la sonnette de la porte d'entrée stridula.

Juliette échangea un regard étonné avec Poly, et marmonna quelque chose comme « Je n'attends personne, bordel de bazar ! »

La femme alla ouvrir la porte, sans libérer la chaîne de sécurité, et un visage familier s'encadra.

Poly devint tout pâle.

— Ouvrez-moi, enfin ! Je suis venu voir mon frère !

— Je ne crois pas que…

— Dépêchez-vous ! Ou je défonce la porte !

Juliette pâlit à son tour, et, devant ce forcené, n'eut d'autre choix que lui livrer passage. Kan se matérialisa dans la petite entrée plongée dans la pénombre. Ses yeux un peu fous étaient effrayants, ainsi que sa nouvelle coupe de cheveux, si on pouvait parler de cheveux : son crâne n'arborait qu'un demi-centimètre de production capillaire. Il ressemblait à un militaire.

— Alors c'est ça que tu fais, toute la journée ? Souffler dans une trompette ?

— Kan, le moment est mal choisi. Je…

— Voilà comment tu gaspilles l'argent de la maison et celui de notre mère !

Il y eut une minute de silence, puis Juliette prit la parole.

— Monsieur, je vous demanderai de partir, à présent. Je n'aime pas être dérangée dans mon travail, et vous débarquez chez moi pour insulter mon élève, je ne le permettrai pas !

— Oh, toi, la vieille, ferme-la !

Trop estomaquée pour répliquer, Juliette s'affala dans un fauteuil.

— Kan, ce n'est pas l'endroit idéal pour régler nos affaires de famille.

— Je les règle où je veux. Ici, ou sur la Lune s'il le faut. Je t'ai observé toute la journée, tu n'es pas allé au taf. J'ai attendu devant la porte de ton immeuble derrière une benne puante. Puis je t'ai suivi jusqu'ici. Et j'ai découvert toutes les cachotteries que tu nous fais depuis des semaines ! Écoute-moi bien, mon bonhomme : j'ai interdit à maman de t'appeler. Tu n'as plus le droit non plus d'approcher mon fils. Pas question qu'il se chope un cancer en raison de la malbouffe que vous lui faites ingurgiter, toi et ton nouvel ami, ni qu'il périsse noyé ! À ce propos, j'interdis également à cet individu dangereux, ce René Pierlot, de revoir Gabriel.

Poly savait qu'il ne servirait à rien de répliquer quoi que ce soit. Il se tint donc coi, mais droit sur ses pieds, dans une attitude fière.

Juliette, toujours blanche comme le lait, les observait en silence. Au bout d'un moment, elle saisit le combiné de son téléphone fixe, se redressa dans le canapé et fit face à l'intrus.

— Si vous ne partez pas tout de suite, j'appelle la police !

Mais Kan ne prêta aucune attention à ces menaces. Il toisait son frère les bras croisés, la poitrine en avant. Il ricana et désigna la trompette de son bras droit.

— Franchement, perdre tout ton temps à ces trucs… Notre tante Darie attend toujours son argent. Tu as intérêt à lui envoyer le mandat fissa. Sinon…

Juliette commença à presser les grosses touches de l'antique téléphone.

Kan haussa les épaules et partit en renversant une chaise de la main, qui alla heurter le mur près de la fenêtre.

La porte claqua.

Le silence revint.

— Je suis sincèrement désolé de ce qui vient de se passer, s'excusa Poly en redressant la chaise, tandis que Juliette poussait un soupir de soulagement.

— Laissons cela. Où en étions-nous, déjà ?

5

Quelques mois plus tard…

Il était en avance. Sa courte nuit aurait pu le perturber, mais il était prêt.

Il avait passé le premier tour avec succès. Seuls les meilleurs, à présent, seraient retenus.

Sa convocation pour le second tour – celui qui allait décider de son admission à la Juilliard School – stipulait qu'il devait se tenir prêt à entrer dans la salle d'audition à 10 h.

Il avait prévu de jouer un extrait de la 5e symphonie de Mahler.

Après une attente de presque une heure dans le couloir, alors que le trac se faisait de plus en plus envahissant, son tour arriva.

Il entra et salua les membres du jury ainsi que la pianiste.

Il positionna sa trompette à ses lèvres, puis, après un signe de la tête à la pianiste, se concentra sur les premières notes.

Ses mains tremblaient, son cœur battait trop fort. Il se planta dès la sixième mesure et s'excusa.

— Recommencez du début, lui demanda un membre du jury.

Poly respira trois fois lentement, comme lui avait appris Juliette, puis il reprit le morceau au début.

Il joua alors avec ferveur, avec toute l'application professionnelle dont il était capable. Les mesures s'enchaînaient, le tempo était parfait. Il se concentra davantage à l'abord des passages difficiles.

Une bande de transpiration luisait à son front. Ses mains moites et glissantes soutenaient mal l'instrument. Mais il y était préparé. Juliette l'avait fait jouer dans toutes les conditions imaginables : dans une pièce trop chaude, en tee-shirt au petit matin, dans la fraîcheur (quand ses doigts étaient raidis par le froid), dans la rue devant chez elle (pour affronter le public). Elle lui avait même accroché dans le dos un sac avec des poids à l'intérieur en même temps qu'il soufflait dans son instrument, pour complexifier encore l'entraînement.

Aujourd'hui, ses jambes s'étaient renforcées, pour un maximum de stabilité du haut de son corps.

Il cessa de trembler. Le morceau coulait de source. Il égrena les dernières notes de la partition, puis un bref silence régna dans la pièce.

Il salua le jury et la pianiste et laissa la place au candidat suivant.

Une fois dehors, il appela Pierlot.

— Ça y est, dit-il avec soulagement, les dés sont jetés.

6

Il avait réservé une chambre dans un petit hôtel bon marché, à quelques minutes du Lincoln Square. La température s'était considérablement rafraîchie, et Poly considéra qu'une petite marche le réchaufferait. La chambre n'était guère agréable. On annonçait de la neige pour les prochaines heures.

Mais il y avait tant de choses à voir à New York !

Depuis l'audition, qui avait s'était déroulée quelques jours auparavant, il n'avait fait que se renfermer sur lui-même. La peur des résultats, le froid, la solitude avaient eu raison de sa bonne volonté.

Il était temps de réagir.

Il avait déjà gagné la réception, emmitouflé dans sa grosse doudoune, quand le réceptionniste l'appela.

— Sir, a mail for you.

L'homme brandit une grosse enveloppe crème. Dessus figurait le tampon de la Juilliard School.

Enfin ! se dit Poly, le cœur battant.

Son destin allait se jouer à cet instant. Il regagna sa chambre à toute vitesse, serrant fébrilement sa lettre. Ses mains étaient moites, toute sensation de froid l'ayant déserté.

Il s'installa derrière le petit bureau de sa chambre et ouvrit la lettre, les mains tremblantes.

Il la parcourut, les yeux écarquillés. Comment était-ce possible ?

Incrédule, il la relut deux fois.

Puis laissa éclater sa joie. Non seulement il avait passé le concours avec succès, mais en plus il avait fourni la meilleure performance !

Une immense fierté s'empara de lui. Il sauta à pied joints sur le lit, dansa dans les quinze mètres carrés de la minuscule pièce.

Puis il gagna de nouveau la sortie.

Le réceptionniste le regarda de travers. Peut-être qu'il avait fait un peu trop de raffut.

Mais au fond, il n'en avait cure.

Il adressa un franc sourire à l'employé et franchit le cœur léger les portes de l'hôtel.

Chapitre 11

1

Il avait atterri au Cambodge à 5 h du matin.

Personne n'était venu le chercher. Personne n'était au courant de son arrivée.

Les températures frôlaient déjà les 25 °C. Avec sa doudoune orange en plumes d'oie et ses bottes fourrées, Poly réalisa qu'il devait vraiment passer pour un touriste. De fait, il venait directement de New York, où la neige et le verglas ensevelissaient la ville.

Il récupéra son unique bagage en transpirant, puis héla un tuk-tuk. Trop fatigué pour négocier le prix de la course, il comprit un peu tard qu'il s'était fait arnaquer. Mais il s'en moquait. Son cerveau baignait dans un bain d'optimisme, les endorphines coulaient à flots dans ses veines. À tel point que dans l'avion, saisi d'une euphorie aussi étonnante que libératrice, il n'avait pu fermer l'œil.

Depuis qu'il avait gagné le concours de la Juilliard, il s'était promis quelque chose : il devait ne plus se laisser arrêter par rien, régler tous les problèmes, devenir puissant et indestructible. Fort de ces nouvelles résolutions, il avait bon espoir de fléchir Kan et sa mère. Il était même certain de trouver un arrangement pour continuer les travaux et accomplir avec succès ses quatre ans d'études à New York.

Il attendait encore une réponse pour sa bourse, mais ne doutait pas qu'elle fût positive.

Quant à sa cousine Arun, il avait hâte de la revoir et de visiter le petit appartement qu'elle avait fini par louer, grâce aux deux cent cinquante euros qu'il lui versait tous les mois.

C'est donc plein d'allégresse et d'excitation qu'il se fit conduire jusqu'à Phum Kaoh Norea, le quartier de Phnom Penh où il avait fait construire la grande maison familiale. Phum Kaoh

Norea était situé entre le fleuve Blanc et le Mékong.

Le portail n'était pas fermé à clé. Il posa sa valise sur le perron, et se tint là un moment, ne sachant quelle attitude adopter. Les rues endormies charriaient un mélange de poussière et de cartons vides, et une forte odeur de pneu bouilli prenait à la gorge. Quant aux membres de sa famille, ils étaient encore au lit, à une heure aussi matinale. Pouvait-il se permettre d'entrer et de réveiller tout le monde ?

Il entreprit alors de faire le tour du propriétaire. Après tout, cette maison lui appartenait en majorité.

Un tourbillon de terre s'éleva des trois mètres carrés de cour convertie en jardin. Un plateau avec quelques tasses ébréchées, abandonné sur la petite table en fer et rongé par la rouille, vibrait dans le petit vent aigrelet.

La doudoune de Poly avait gonflé comme une voile. Il s'épongea le front, serra sa valise contre ses jambes et se décida à entrer.

La maison non plus n'était pas fermée à clé. La porte grinça un peu sur ses gonds, et le vestibule s'ouvrait sur une collection de vêtements chamarrés pendus à la patère. Une commode vomissait une quantité remarquable de chaussures. Il se débarrassa de sa doudoune et de son pull, et coinça sa valise dans la commode.

Poly marcha ensuite jusqu'au grand salon, qui comportait un escalier qui n'était pas là la dernière fois. C'était un escalier droit en bois clair muni d'une rampe. Il nota avec satisfaction que les ouvriers avaient fait du bon travail : Jorany, qu'il sentait faiblir avec l'âge, devait déjà apprécier la rampe. Il se souvint alors de la passion de sa tante pour la calligraphie, car de nombreux tissus tapissaient les murs : alphabet khmer, mandalas, nymphes célestes et même des rouleaux de calligraphie chinoise.

Dans un coin, un petit autel était dressé. Ça embaumait le jasmin et le patchouli. Les statues et photos de divinités, ainsi que les textes sacrés étaient habilement disposés. La touche personnelle de Jorany, songea Poly en découvrant la statuette de bouddha qu'il lui avait offerte.

Un peu de cendre d'un bâtonnet d'encens lui maculait la tête. Poly s'approcha, passa le pouce sur le visage du petit bouddha en bronze. Jorany avait-elle fait don de cet objet à sa sœur ? Il supposa que oui, et cela le chagrina.

Il chercha de quoi se préparer un café, sans succès. Tendit l'oreille. Aucun bruit, mis à part le grincement de la balançoire dans le jardin du voisin.

Il décida de se rendre en ville.

2

À son retour, il avait comblé quelques besoins de base – la théine coulait à flots joyeux dans son organisme – et il avait retrouvé sa bonne humeur.

Ce fut Arun qui vint l'accueillir. Elle portait une robe fleurie dans les tons rouges et son minuscule bébé dormait au creux d'un krama, une simple pièce de tissu en bandoulière.

— Mon cousin ! Tu viens d'arriver ?

— J'ai atterri très tôt, du coup j'ai fait un tour en ville, pour boire un thé et grignoter quelque chose. Je ne voulais pas vous réveiller.

— Il ne fallait pas ! Je suis debout toutes les trois heures, avec la petite. On a dû se croiser, tu aurais pu venir dans ma chambre. Bon, mais tu es là ! Mon cousin, le grand musicien. Félicitations pour ton concours !

Ces propos n'avaient rien d'ironique dans la bouche d'Arun, et Poly gratifia sa cousine d'un franc sourire, avant de s'approcher du bébé.

— Elle a les cheveux très clairs !

— Le papa est blond.

Le regard d'Arun s'assombrit. Poly lui pressa l'épaule.

— On parlera de tout cela plus tard. Juste toi et moi. Enfin, si tu en as envie.

Arun ferma un instant les yeux et hocha la tête.

— Viens, je vais te montrer l'avancée des travaux. Ta mère et ta tante dorment encore, et Kan n'est pas là. Il est parti assister à compétition de formule 1 quelque part dans le nord. Il devrait être de retour dans la matinée.

Soudain, ils perçurent trois petits coups frappés à la porte.

— Attends-moi, je reviens, dit Arun en se dirigeant vers la cuisine.

Il y eut des bruits de sacs froissés, puis un échange en cambodgien avec un mystérieux inconnu.

— Ça y est, je suis tout à toi.

— Qui était cet homme ?

— Un bonze. Je lui ai fait don de nourriture. Les offrandes aux religieux font partie de la tradition, ici, tu te souviens ? Dit Arun en précédant son cousin dans le salon.

— Oui, oui. Bien sûr.

— Mon fils !

La voix provenait du haut de l'escalier.

Jorany portait une robe de chambre en polaire prune, avec une paire de mules usées jusqu'à la corde qu'elle traînait déjà à Paris. Elle s'était équipée d'un large éventail, malgré l'heure matinale.

— Maman !

— Tante Jorany, veux-tu que je prépare le thé ? demanda aimablement Arun. Est-ce que ma mère est réveillée ?

Puis se tournant vers son cousin :

— Je te ferai visiter plus tard !

— Darie s'est levée toute la nuit, s'agaça la vieille femme en portant sa main à ses lèvres pour étouffer un bâillement. Il est temps que j'aie ma propre chambre ! Elle dort encore. Pour le thé, avec plaisir. Tiens, voilà Kan !

Trois paires d'yeux se braquèrent vers l'extérieur, où Kan rangeait sa voiture de location le long du portail.

Poly sentit sa gorge se nouer, et sa bouche se vider de sa salive. Il n'avait pas parlé à son frère depuis des semaines. Il savait qu'il allait devoir se confronter à lui, mais maintenant que le moment était arrivé, le courage lui manquait de nouveau.

— Salut la compagnie ! Tonitrua Kan, de sa voix puissante. Ah, tu es là, toi, ajouta-t-il en apercevant son frère.

Celui-ci s'avança pour lui serrer la main, mais Kan passa son chemin. Poly étouffa un soupir de déconvenue.

Les deux frères allèrent embrasser leur mère et leur tante Darie qui venait de faire son apparition. Poly était arrivé le premier et se sentait déjà sur la touche. Une impression très inconfortable. Il décida de rejoindre Arun dans la cuisine.

— Tu veux un coup de main ?

— Laisse, Poly. Ou sinon, passe la lavette sur les chaises et les tables du jardin, maman et tante Jorany aiment bien prendre leur thé dehors le matin.

Ravi de se montrer utile et d'échapper au triumvirat qui tenait conseil dans le salon, Poly s'exécuta.

Darie arriva la première dans le jardinet. Elle était vêtue d'une robe d'été que Poly avait déjà vue sur sa mère, et de cette eau de toilette coûteuse qu'on n'offrait que pour les grandes occasions. Il se souvint l'avoir également achetée pour Jorany, qui ne lui avait jamais fait l'honneur de porter.

À présent, il comprenait pourquoi.

— Tu étais où, mon cher neveu ? Ta mère m'a dit que tu passais une sorte de concours ?

— J'ai en effet passé une audition de trompette dans une célèbre école de musique. À New York. Je viens directement de là-bas, j'y suis resté quelques jours pour les auditions.

D'un seul coup, tout le monde se retrouva assis dans le jardin. Le thé, chaud et odorant, s'était matérialisé comme par magie sur la petite table.

L'avantage de vivre en groupe, se dit Poly, avec un certain amusement.

— Voyez-vous ça ! Monsieur revient de la Grosse Pomme. Il nous sort ça, la gueule enfarinée, à nous autres pauvres béotiens. Eh oui, je connais ce mot, frérot, ça t'en bouche un coin, pas vrai ?

— Comment était cette course, Kan ? intervint Jorany en soufflant sur son thé.

— Pas la peine de détourner la conversation, maman. Et l'argent pour les études, Poly, tu vas le trouver où ?

Kan avait rapproché sa chaise de celle de son frère. D'instinct, Poly se recula dans le fond. Mais pas question de se laisser impressionner. Il se redressa et dit :

— J'ai déposé une demande de bourse.

— Parce que je me suis renseigné, les frais de la Juilliard s'élèvent à 50 000 dollars l'année ! Et il faut parler anglais couramment. Ah, mais j'oubliais, pendant que ses frères et sœurs ramaient pour trouver du boulot, Monsieur se prélassait en Angleterre à faire Dieu sait quoi.

— J'ai bon espoir d'obtenir cette bourse, affirma Poly qui ne releva pas la pique. Sinon…

— Sinon ?

Tous les yeux étaient braqués sur Poly, qui se sentait rapetisser au fond de sa chaise.

— Eh bien, il faudra ajourner les travaux de la maison. Mais on arrivera tout de même au bout.

— Ouais, c'est ça, dans dix ans, mon pote.

— À ce que j'ai pu voir, dans l'entrée et le salon, les travaux sont déjà bien avancés. Arun pourra prendre la chambre de Kan, avec son bébé, quand Kan repartira en France.

— Quoi ? fit ce dernier en rougissant de colère.

— Pas question ! Renchérit Darie.

— Et pourquoi donc, ma tante ? Mon frère ne séjourne dans la maison que quelques semaines chaque année. Le reste du temps, la pièce est vide !

— Eh bien non, justement, répliqua Darie en jetant de petits coups d'œil à Kan.

Poly sentait que Darie voulait ravaler ses paroles. Mais elle en avait déjà trop dit.

— Explique-toi, ma tante.

— La chambre est occupée à l'année par notre domestique.

— Cette domestique… reprit Poly. Qui est-ce ?

Mais Poly connaissait déjà la réponse…

— Il s'agit de Pisey, une femme qui nous aide énormément, je te l'ai dit, s'énerva Darie. Qui nous rend beaucoup de services. Tu as dû la croiser, à ta dernière visite !

— Des services d'ordre sexuels, notamment ?

— Comment oses-tu ! S'insurgea Kan, dont la rougeur diffuse qui marbrait jusque-là le creux de ses joues se propagea à son front et à son cou.

Jorany, qui était peu intervenue, déplia son éventail et l'actionna vigoureusement. Après quoi elle regarda Poly bien en face et déclara avec dureté :

— Mais qu'est-ce qui t'a pris, exactement, mon fils ? Tu étais dentiste, tu avais un métier en or, bien payé, stable. Il ne te manquait plus qu'une bonne épouse ! Et crois-moi, une épouse est plus facile à trouver qu'un métier !

— Maman, je…

— Tout le monde est libre de choisir sa voie, tante Jorany, intervint Arun.

— Mais enfin ! La trompette ! s'exclama Darie. Est-ce que tu continues à pratiquer notre religion, au moins ? Tu dois méditer régulièrement pour ton karma ! Plusieurs heures par jour !

Poly garda un silence contrit. Il préféra ne pas souligner à sa tante qu'à chacune de ses visites, il ne l'avait pas vue s'adonner à la pratique avec une telle dévotion.

— Ton neveu est très très doué, maman, le défendit Arun. Il pourrait devenir un grand musicien, comme Miles Davies !

— Qui c'est ce monsieur Davies ? Tu le connais, toi, Jorany ? Moi je n'écoute que des chants religieux khmers.

— Laisse, Arun, capitula Poly. Je vais aller faire un tour.

Soudain le bébé d'Arun se mit à pleurer.

— Viens avec moi, mon cousin, dit la jeune maman. Je vais te montrer ta chambre.

Poly haussa les épaules.

— Autant que je trouve un hôtel. Je ne crois pas que je vais rester longtemps, de toute façon.

— Mon cousin, viens avec moi, je te dis !

3

— Laisse-leur du temps, dit Arun en ouvrant la chambre de sa mère. Ils vont s'habituer à l'idée.

Les deux cousins étaient repassés par la cuisine préparer un biberon. Poly avait pris le bébé dans ses bras. La petite poussait de ces cris sans larmes typiques des nouveau-nés.

— Pas sûr qu'ils acceptent de ne plus recevoir d'argent.

Arun se retourna vers Poly, et lui souffla :

— Je voudrais te montrer quelque chose, mais on doit faire vite. Maman ou tante Jorany peuvent remonter d'un instant à l'autre. Ça se trouve dans le tiroir de la table de nuit.

La chambre était rendue obscure par les lourds rideaux de taffetas ivoire. Poly s'assit sur le lit défait. Les draps de satin étaient doux et frais sous ses doigts, le matelas épais et accueillant. Darie ne lésinait pas sur la literie. De même, la moquette était composée de laine ou de lin. Poly ne se souvenait pas avoir donné ces luxueuses instructions à l'entreprise de décoration qui s'occupait du chantier. Comment Darie avait-elle financé ces aménagements ? La réponse s'imposa à lui, claire, logique. Il songea que Jorany n'avait toujours pas une chambre à elle et le feu de la colère brûla dans ses veines.

— Tu me feras visiter ton petit appartement ?

— Bien sûr. Il est situé non loin d'ici. Je m'en contenterai encore quelque temps. Tant que tu peux m'aider, évidemment. Dans l'attente du procès.

— Pourquoi ma mère n'occupe-t-elle pas la chambre de Kan ? Pourquoi l'avoir donnée à sa maîtresse ? Si ça continue comme ça, elle va vouloir rentrer à Paris. Et nous avons rendu son appartement !

Arun soupira.

— Tu connais ton frère. Quand il a décidé quelque chose…

— Et ma mère accepte cette situation ? Elle a bien son mot à dire, non ?

— Oui. Mais Darie fait pression sur elle. J'ignore encore de quelle manière. Mais cela a peut-être un rapport avec ce que je vais te montrer. Tu peux donner son biberon à ma fille ?

— Ah oui, pardon, dit Poly en enfournant la tétine dans la bouche du nourrisson, qui l'attrapa vigoureusement. Poly avait de l'expérience en matière de bébés. En tant qu'aîné, il avait pris soin de ses trois frères et sœur.

— Il y a un truc bizarre, dont je voulais te parler, dit-il : j'ai offert quantité de cadeaux à ma mère, et apparemment elle les a tous refilés à Darie : les parfums, les livres, les bijoux. Il me semble même qu'elle en a revendu certains, ou rapportés, comme les livres achetés à la Fnac. À chaque présent, elle me demandait le ticket de caisse. En vue d'un remboursement, apparemment.

Arun s'était assise à son tour sur le lit défait et avait tiré une bande de plastique bleu de la table de toilette de sa mère.

— Bizarre, en effet… Mais regarde !

Poly s'approcha. La tétine s'échappa de la bouche du bébé, qui se remit à pleurer.

— Donne-la-moi, je vais finir de la nourrir.

Une fois débarrassé du bébé, Poly s'empara du morceau de plastique.

— C'est un bracelet d'hôpital, de ceux qu'on met aux nouveau-nés à la maternité. Mince, mon nom figure dessus !

— Tu ne trouves pas curieux que ce soit ma mère qui l'ait en sa possession ?

— Tu es sûr qu'elle dort bien de ce côté du lit ?

— Absolument. D'ailleurs il y a aussi ses cachets dans la table de nuit. Mais ce n'est pas tout. J'ai également déniché une photo où elle se balade bras dessus bras dessous avec Keo, ton père.

— Ma mère m'a raconté que Darie et Keo étaient amis, avant qu'elle se marie avec mon père.

— Plus qu'amis, si tu veux mon avis…

Poly fronça les sourcils.

— Cela mérite d'être approfondi, en effet. Mais pour en revenir à ma mère. Tu crois qu'elle peut rester au Cambodge ? Je veux dire… définitivement ?

Des voix leur parvenaient depuis l'escalier.

— Viens, tirons-nous de là. Oui, elle peut s'installer ici. Ses affaires sont en chemin. Elle semble avoir un peu de mal à supporter la chaleur, mais son organisme va s'y habituer.

— Mais pour en revenir à cette... à la… maîtresse de Kan ?

— Ma mère nous fait des cachotteries, j'en suis sûre. Jorany lui a offert des cadeaux, c'est vrai. Il semblerait que les deux sœurs ne nous disent pas tout. Je n'en sais pas plus.

— J'ai offert quantité de parfums, de vêtements, à ma mère et même ce petit bouddha en bronze que j'ai retrouvé sur l'autel. Et ces cadeaux, je ne les trouve pas sur elle, mais sur sa sœur ! insista Poly.

— Oui, j'ai remarqué ce petit jeu entre elles.

Apparemment, Darie faisait chanter Jorany. Mais dans quel but ? Cela avait-il un rapport avec le bracelet de naissance ?

Poly se promit de tirer toute cette affaire au clair. Mais pas tout de suite.

Il souhaitait visiter l'appartement de sa cousine.

Après quoi il reprendrait l'avion.

4

La rentrée à la Juilliard aurait lieu début septembre. Dans sept mois.

Bientôt, il se trouverait de nouveau à court d'argent. La bourse pour la Juilliard était son seul espoir de s'en sortir. Il attendait toujours une réponse.

Alors qu'il était dans le train pour Creil, son esprit battait la campagne.

Il avait hâte de revoir son ami Pierlot. Et aussi Juliette. Depuis son retour, quatre jours plus tôt, il avait tout juste passé une demi-heure avec Chaya. Munny bossait douze heures par jour, occupé à donner ses instructions et à déléguer les tâches pour que son entreprise d'ébénisterie continue à tourner pendant ses études. Il n'avait pas de temps à lui consacrer. Kan n'était pas revenu du Cambodge. Il avait eu brièvement Clémence et son neveu au téléphone, malgré l'interdiction de son frère. D'après sa belle-sœur, le gamin s'était mis à écouter de la musique et à souffler dans sa flûte à bec. Ils ne viendraient pas non plus à la petite fête que Pierlot avait organisée pour célébrer son succès.

Après cette soirée, plus rien ne le retiendrait à Paris. Il eut un pincement au cœur en songeant à Lin, mais au fond, il était content que rien de concret ne se soit passé entre eux. Les relations à distance étaient vouées à l'échec. Et les ruptures douloureuses. D'ailleurs, il l'avait invitée à sa fête, mais la jeune femme avait décliné. N'empêche, ça l'avait contrarié. Il envisageait au moins une amitié pour eux deux. Elle lui avait servi une excuse vague et brouillonne. Une preuve supplémentaire de son désintérêt envers lui. Quant à Myriam, occupé comme il l'avait été par les répétitions, il l'avait pour ainsi dire oubliée. Et réciproquement.

Avant de partir pour Creil, il s'était connecté avec son téléphone sur le site de l'animalerie qui lui avait vendu son chien.

Dans la partie commentaires, il avait inscrit : « Établissement peu recommandable. Vendeurs hypocrites, de véritables escrocs. Les animaux sont en mauvaise santé. Une scandaleuse arnaque. Mon chiot avait une malformation cardiaque. Il est mort à l'âge de quatre mois. Passez votre chemin ! »

Voilà qui lui avait fait grand bien !

Pierlot devait se trouver chez lui, en train de préparer la fête. Il ne l'attendait pas si tôt.

Il avait donc décidé de prendre le bus, plutôt que marcher dans le froid polaire qui s'était abattu sur la ville. Résolu à patienter au moins une demi-heure, il avait ajusté son casque sur ses oreilles rouges et glacées, et lancé *Prélude*, d'Airelle Besson, une trompettiste étourdissante et pleine de grâce qu'il admirait.

Assis à l'arrêt de bus, sa doudoune resserrée contre son torse, il contemplait l'horizon grisâtre et vide. Le ciel déployait un linceul blanc de neige, prêt à recouvrir chaque maison, chaque ruelle et tout être vivant assez motivé pour mettre le nez dehors. Poly mesura toute la chance qu'il avait de résider dans la capitale et bientôt à New York ! Il fallait avoir un moral en béton armé pour supporter ces banlieues désertes et mortifères où la vie se concentrait dans le centre-ville, dans une unique artère, laissant les autres organes urbains en sommeil.

Arrivé devant la porte, il toqua trois petits coups secs. Il entendit japper Artus. Mais point de Pierlot.

Jusqu'à ce qu'il le distingue sa silhouette de géant débonnaire en train de s'agiter dans le jardin de Marina.

— … je t'assure qu'il est vraiment trop tôt !

— Pas si je les laisse au chaud à la maison ! J'ai regardé sur Internet.

— Internet ? Pfff. Franchement, Marina…

— Bonjour Marina ! Bonjour Pierlot ! Dit joyeusement Poly en poussant la grille. De quoi vous étiez en train de parler ?

— Te voilà déjà ?

— Je peux repartir.

— C'est pas grave. Tu m'aideras, pour les galettes au quinoa.

Poly sourit, très touché par cette attention. Son ami était toujours persuadé qu'il était cent pour cent végétarien, et il s'ingéniait à lui confectionner des recettes et des plats compliqués qu'il trouvait sur des blogs de cuisine santé.

Il allait ouvrir la bouche pour le remercier, mais Pierlot était lancé. À grands renforts de moulinets de bras.

— Figure-toi que ma chère voisine s'est mis en tête de semer des graines de tomates ! En plein hiver ! Mais elle a regardé sur le Dieu Google tu comprends, alors elle ne veut pas m'écouter !

Poly sourit et salua Marina.

— Tu viendras faire un tour, hein, Marina ?

— Oui, je passerai dans la soirée.

— Fort bien, conclut Pierlot. Nous attendons Juliette Longchambon, la professeure de musique de Poly, ainsi que sa sœur Chaya. Et ton frère, Poly ? Celui qui n'est pas au Cambodge ?

— Munny? Il a décliné l'invitation, hélas. Il était déjà pris.

— Bon, nous serons bien assez nombreux pour ma petite surface.

Pierlot quitta Marina et déverrouilla sa porte, Poly sur les talons. Artus sauta sur les nouveaux venus avec un enthousiasme qui n'a pas d'égal dans le monde des humains.

5

— Il faut que je te demande quelque chose. Mais avant : tu veux un café ? Un vrai, pas du Ricoré, dit Pierlot en désignant sa nouvelle machine flambant neuve à dosettes.

Il était déjà près de huit heures du soir et Poly hésita. D'un autre côté, il n'allait probablement pas se coucher avant deux heures du matin.

— D'accord pour un café ! Sans sucre ni lait.

— Tu m'en diras des nouvelles !

La surface de travail était remplie d'une bonne quantité de petits canapés au saumon, de pains-surprises au houmous, de bouteilles de Morgon rouge, de sangria et de champagne. Et diverses boissons sans alcool.

Pierlot dégagea un carré de table pour y poser deux

expressos.

L'odeur du café, un peu terreuse, monta au nez de Poly. Il ferma un instant les yeux : il n'avait pas trouvé l'équivalent durant son séjour aux States. Il songea qu'il emporterait sa de Longhi multifonctions là-bas. S'il obtenait sa bourse. À cette pensée, son estomac se noua. Pour la centième fois, il se dit que sans cette bourse, ses espoirs, sa vie même, étaient fichus.

Pierlot n'avait rien deviné de son trouble. Il plongea deux sucres dans sa tasse et tourna lentement la tête vers la fenêtre, dégustant son café jusqu'à la dernière goutte avec un grognement appréciatif.

Enfin, après avoir déposé les tasses vides dans l'évier, l'homme revint s'asseoir à table. Un peu nerveux, il tripotait un brin d'osier qui s'échappait de sa chaise.

— Ils ne vont pas tarder, alors je me lance. Voilà, Poly, je tenais à ce que tu sois le premier au courant… j'ai repris contact avec ma famille, et je m'envole bientôt pour la Suède pour un long week-end. Marina s'occupera d'Artus.

Poly serra les poings sous la table en signe de victoire.

— Je suis tellement content pour vous ! C'est une excellente nouvelle !

Pierlot se leva.

— Bon, si on posait tout ça sur la grande table du salon ? dit-il en désignant la montagne de victuailles.

6

Tout le monde était arrivé. Juliette la première, suivie de Chaya et de son amie Estelle, qu'il n'avait toujours pas eu l'occasion de revoir. Chaya était resplendissante dans son pantalon corsaire beige. Elle s'était maquillée, ce qui ne lui ressemblait pas. Etonné et charmé, Poly s'était donné pour mission de se montrer lui aussi sous un nouveau jour. Il était temps d'affirmer auprès de sa famille et de ses amis sa condition de musicien. Il avait donc rapporté sa trompette, qu'il s'était d'abord contenté de poser sur un fauteuil, à la vue de tous, comme pour les habituer à la présence physique de l'objet.

Pierlot lui avait raconté qu'avant d'installer correctement des pièges à souris, de déplier le carton pour lui faire prendre la forme du piège définitif, il recommandait à ses clients de les poser à plat, de façon à les intégrer à l'environnement des nuisibles. Une fois les souris habituées à l'aspect et à l'odeur de ce nouvel objet, on pouvait monter les dispositifs. Ainsi, les petits mammifères ne se méfiaient pas et se faisaient attraper.

Poly espérait reproduire le même phénomène. Il avait vu Chaya s'approcher de l'instrument et enfoncer timidement un piston du bout de son doigt verni, avant de se replier vers le buffet. Estelle, quant à elle, s'était extasiée sur le côté luisant de l'instrument, allant jusqu'à l'interroger sur son entretien, sur la nature et la marque des produits qu'il utilisait « pour obtenir une telle brillance ».

Personne ne lui avait encore demandé d'en jouer.

Pierlot se tenait près du lecteur de CD et s'occupait de la musique. Il avait choisi une playlist de jazz et blues romantiques. Poly eut de nouveau une pensée pour Lin : sûr qu'elle aurait adoré ce style de musique. Son humeur vacilla un court instant. Il grignota un petit pain au saumon et se mêla aux conversations, s'efforçant de chasser la jeune Chinoise de son esprit.

Enfin, vers 22 h, les angoisses quant à la bourse, l'absence de Lin, tout ce qui tracassait Poly était parti en fumée. Il se sentait bien pour la première fois depuis le concours, il touchait même à un état de félicité qu'il n'avait pas ressenti depuis des mois.

Et il faut croire que cela se lisait sur son visage, car sa sœur Chaya s'approcha de Pierlot, le prit par le coude et lui dit en souriant :

— Poly n'a pas paru aussi heureux depuis longtemps, monsieur Pierlot. Alors je voulais vous remercier.

— Ce n'est pas moi qu'il faut remercier, mais son

professeur. Juliette.

Juliette semblait plus frêle que jamais, mais sa robe gris perle rehaussait la blancheur de ses magnifiques cheveux et son expression trahissait une certaine fierté.

— Merci Juliette, du fond du cœur. Mon frère s'est enfoncé dans le mensonge, vous savez, il nous a fait pas mal de cachotteries, et je lui en ai voulu, au début.

Juliette trempa délicatement ses lèvres soulignées de rose dans son verre de sangria, et se les tamponna avec sa serviette en papier.

— Quelle chance incroyable, d'intégrer la Juilliard ! Votre frère ne doit pas laisser passer une telle opportunité.

— Il paraît. Mais vous savez, ce… nouveau chemin de Poly va à l'encontre de nos traditions, de nos valeurs. Dans notre culture, la famille passe en premier, avant les intérêts personnels. Le clan est sacré. Chez nous, ce sont les enfants qui doivent prendre soin de leurs parents, le moment venu. Poly a bien changé. J'espère juste que vous et Monsieur Pierlot, vous ne lui avez pas jeté de la poudre aux yeux. Poly a un côté fragile, vous savez.

C'est alors que Poly, qui avait entendu toute la conversation, se rapprocha du trio, sa trompette avec lui.

— Vous pouvez arrêter la chaîne un petit moment, Pierlot ?

Pierlot hocha la tête et reposa le CD sur son support, puis il coupa la musique qui passait encore sur la platine.

— Juliette, vous m'accompagnez au piano ?

— Avec plaisir.

Le brouhaha des conversations se tut. Poly leva son instrument. Juliette régla le tabouret de piano, posa ses pieds sur les pédales et chercha le regard de son brillant élève.

Celui-ci lui adressa un petit signe de tête.

Juliette attaqua les premières mesures. Poly joua le solo de la 5e de Mahler, et la musique s'invita dans le petit espace de Pierlot.

Poly et Juliette étaient lancés, et ils enchaînèrent les

morceaux : Ravel, Stravinsky, Bach.

Les invités n'osaient guère bouger, au début. Les verres, figés entre les mains, restaient pleins. Les chaises et les fauteuils seuls grinçaient un peu, parce qu'ils étaient vieux. Mais la musique couvrait tous les bruits, toutes les conversations.

Enfin, le maître et l'élève égrenèrent les dernières notes.

Juliette souleva ses mains du piano, Poly baissa les bras. Le silence qui suivit avait quelque chose d'expectatif, de très inconfortable. Poly croisa le regard de Pierlot. Pierlot souriait. Il n'osa pas regarder sa sœur. Un petit oiseau – avec le ventre bombé et les ailes courtes – frappa de son bec la vitre du salon, et ce fut comme un signal : les applaudissements fusèrent.

Poly soupira de soulagement. Chacun, dès lors, vint le féliciter. On lui servit une coupe de champagne, Pierlot lui administra une claque amicale dans le dos.

Poly s'approcha de Chaya, qui disait quelque chose à Juliette.

— Tu as aimé ? Demanda-t-il avec enthousiasme, le cœur battant.

Chaya resta silencieuse pendant quelques secondes, qui parurent des heures à son frère sur la sellette.

— À proprement parler… eh bien non.

Juliette serra amicalement l'avant-bras de son élève, qui avait blêmi.

— Mais, reprit Chaya, je suis contente de te savoir si heureux. Si c'est ce qui te fait vibrer, alors cela me ravit également.

Chapitre 12

1

— Ah, c'est vous, Monsieur Suhana. Qu'est-ce que vous nous avez apporté, aujourd'hui ? Des croquettes ? Des laisses ? Des pouic-pouic ?

— Euh, en fait, rien. Je suis venu pour adopter. Un chien.

— Formidable ! Je me suis toujours dit qu'un tel jour arriverait. Nous avons plusieurs nouveaux pensionnaires au refuge !

La jeune femme déplaça une pile de papiers parmi toutes les autres qui jonchaient le bureau de la SPA, pour accéder à un tiroir. Elle en sortit un énorme trousseau de clés.

— Pépino, je fais faire la visite à Monsieur Suhana. Au fait rajouta la femme en se tournant vers Poly. Sally Sanders, pour vous servir. Je ne sais pas si je me suis déjà présentée…

— Si, si, je connais votre nom, Madame Sanders.

— Sally, je vous en prie. À tout de suite Pépino.

Pépino était un bénévole qui occupait son temps à la SPA. Il ne s'entendait pas avec son épouse, du fait de sa récente mise à la retraite. Le vieux couple ne supportait pas de partager le même espace vital vingt-quatre heures sur vingt-quatre. Le refuge de la SPA était ainsi devenu son propre refuge depuis plusieurs mois.

Poly et l'hôtesse de la SPA sortirent du petit bureau où le chauffage était poussé à fond, et se dirigèrent vers les cages où les animaux attendaient des jours meilleurs dans une famille d'adoption.

— Qu'est-ce qui vous a décidé, finalement ? Voulut savoir la femme. C'est pour un chien, vous m'avez dit ?

Sally Sanders, une trentenaire au visage rond, était légèrement enrobée et vêtue d'un pantalon large et confortable qui semblait de rigueur dans ces lieux. Ses sourcils soigneusement épilés surplombaient des yeux perpétuellement rieurs qui apportaient cette touche d'optimisme nécessaire pour travailler dans pareil endroit. Elle s'occupait des adoptions, mais aussi de nourrir les animaux et de veiller à leur bien-être.

— Oui, un chien. Un chien de petite taille. Si possible un cocker.

— Incroyable ! Eh bien, figurez-vous que c'est votre jour de chance ! Nous avons exactement ce qui vous convient. Un cocker de deux ans, appelé Chance ! Suivez-moi.

Ils passèrent devant quantités de cages, avec des chiens de toute race. L'odeur d'urine prenait à la gorge, mêlée à une autre, indéfinissable.

Les animaux étaient pour la plupart prostrés au fond de leur cage. Quelques-uns aboyèrent, d'autres exprimaient par leur regard implorant tout ce qu'il y a de détresse à être abandonné à un poteau d'autoroute, dans une voiture au soleil ou de perdre sa maîtresse, terrassée par le grand âge.

— Voici Chance, dit la femme avec un sourire ravi.

Le petit cocker bondit vers les barreaux. Il remuait la queue avec frénésie et, quand Poly entra dans la cage, il posa deux pattes sur ses genoux avant de lui lécher vigoureusement le visage.

— Mince, c'est plutôt lui qui vous adopte, dirait-on ! Il ne fait pas ce genre de démonstration d'affection à tout le monde ! Il n'est arrivé qu'hier, mais jusqu'à présent il était resté au fond de sa cage, sans beaucoup de réactions.

Poly sortit une poignée de croquette de sa poche et les distribua au chien.

— Pourquoi a-t-il été abandonné ?

— Son maître est décédé. Crise cardiaque. Il avait cinquante ans. Ses enfants n'ont pas pu le garder. Ils l'ont abandonné dans les règles.

L'hôtesse s'empara de la fiche du cocker, accrochée en haut

de la cage.

— Voyons… il a bien deux ans… tous ses vaccins sont à jour… il est en parfaite santé.

— Pas de maladie de cœur, madame San… Sally ?

Sally Sanders regarda Poly avec sidération.

— Non… non, je ne pense pas. Votre question est pour le moins… inhabituelle.

— Désolé… J'ai eu un chiot malade du cœur.

La femme remonta son corsaire sur ses hanches larges, et les sourcils froncés, relut la fiche avec attention.

— Ah, je comprends. Mais soyez rassuré, Chance se porte à merveille.

Poly caressa encore le chien, qui se positionna sur le dos. Il était apparemment habitué à ce qu'on lui frotte le ventre.

— Je le prends ! Je crois qu'on va bien s'entendre tous les deux.

L'hôtesse sourit.

— Je le pense aussi ! Mais si vous voulez réfléchir encore un peu…

— Non, je suis décidé !

— D'accord, dans ce cas retournons dans mon bureau pour la paperasse.

— Heu, je ne connais pas les prix, pour l'adoption. On m'a informé qu'il fallait compter autour de 300 euros, pour un chien ?

L'hôtesse parut hésiter un instant. Puis elle se frotta les mains et dit avec une grande douceur :

— Monsieur Suhana, pour vous ce sera gratuit ! Avec tout ce que vous nous avez déjà apporté ! Les fournitures, la nourriture, les jouets !

Le visage de Poly s'éclaira. Il remercia la femme avec gratitude. Ces trois cents euros n'étaient pas de trop en ce moment.

2

De retour dans le bureau, Sally Sanders s'attela à la tâche compliquée de retrouver le dossier de Chance au milieu du tas de papiers.

Elle avait congédié Pépino pour circuler plus aisément dans la petite pièce. Poly s'était vu offrir un café, qu'il sirotait dans l'une des deux chaises en bois clair destinées aux visiteurs.

— Il y a quelque chose de bizarre, dit-elle, le visage rouge. Je n'arrive pas à mettre la main sur le dossier de Chance.

La femme se démena encore, s'attela à d'autres piles.

— Je l'avais posé sur le dessus, car nous venons tout juste de recueillir l'animal. Je devais le compléter aujourd'hui. Attendez-moi là.

La femme sortit du bureau, et revint au bout de dix minutes.

— Ah, Monsieur Sahana, je suis désolée, terriblement navrée. Pépino m'a renseignée : Chance a été adopté il y a une heure à peine. Son nouveau maître n'a pas pu l'emmener tout de suite, il ne viendra le chercher que demain matin. Mais nous avons d'autres chiens, des teckels, des dogs français, des Jack Russel, des…

— Merci, mais non, la coupa Poly. Je crois que… ça ne va pas être possible.

— Je comprends, vous aviez eu le coup de cœur pour Chance, mais…

Mais Poly était déjà parti.

Il avait le cœur si lourd que sa poitrine lui faisait mal, et ce n'est qu'en arrivant chez lui qu'il abandonna son corps plombé de déception sur une chaise, comme on dépose un paquet encombrant.

3

Poly avait passé la journée à déambuler dans Paris, un peu

stressé de n'avoir pas de nouvelles de sa bourse.

La rentrée à la Juilliard ne s'effectuerait que d'ici quelques mois, mais il devait préparer son départ, organiser son déménagement pour New York.

Les soucis recommençaient à le rendre insomniaque. Il avait souvent mal à la tête.

L'hôtesse de la SPA avait fait preuve de perspicacité. Il avait eu un énorme coup de foudre pour Chance. Aujourd'hui, il se sentait un peu stupide : il n'avait vu ce chien qu'une dizaine de minutes en tout et pour tout. Mais son cœur était pris. Il lui faudrait un peu de temps pour guérir cette déception. D'un autre côté, il n'avait pas réfléchi : s'il ne trouvait pas d'appart à New York, ou s'il était obligé de résider en permanence à la Juilliard, il ne pourrait pas se ramener aux US avec un chien.

Pour l'heure, il avait rendez-vous avec Chaya et son copain Gaston, au Next, pour assister à un concert de rock. Charlie n'avait pas pu se libérer.

L'habituel serveur, Somer, était plus dénudé qu'à l'ordinaire, dévoilant de nouveaux tatouages indéfinissables sur ses deltoïdes. (Poly pariait pour une reproduction de Marilyn Monroe, mais le visage de la star était étrangement difforme).

Un peu en avance au rendez-vous, il commanda un jus de tomates, tout en consultant Internet sur son téléphone.

Apparemment, son commentaire sur le site de l'animalerie avait suscité de vives réactions. Plusieurs clients avaient brisé la loi du silence pour se plaindre de cette boutique et laissé des avis très négatifs. Le gérant tentait de garder la tête hors de l'eau en répondant à chaque message individuellement et en essayant de se décharger de la moindre responsabilité, mais l'effet produit était catastrophique.

Au moins, se dit Poly, plus personne ne se fera escroquer.

Un instant, il songea au vendeur avec qui il traitait habituellement, et qui n'était probablement pas responsable des décisions de la direction, et il se sentit un peu coupable. Mais il chassa bien vite cette pensée. Il n'avait pas à endosser les malheurs du monde, après tout.

Poly dut patienter dans le bar une bonne demi-heure. Son beau-frère avait la fâcheuse tendance à arriver en retard. Il eut tout le temps de détailler les bouteilles d'alcool serrées derrière le barman, et d'admirer Somer en train de confectionner ses cocktails. Tout de même, ces mélanges aux couleurs vives le fascinaient. Quel goût cela pouvait-il avoir ?

Son jus de tomate était bien fade, mais il n'avait pas du tout l'habitude de boire de l'alcool et refusait de s'y mettre.

Enfin, alors qu'il venait de commander un Perrier, Chaya et Gaston firent leur entrée. Son mal de tête avait empiré. Peut-être qu'avec de la compagnie, il y penserait moins.

Chaya paraissait fatiguée, et sa tunique longue qui lui recouvrait les fesses dissimulait un début d'embonpoint.

— Salut, Pol', le salua Gaston.

Comme d'habitude, le petit copain de sa sœur portait son éternelle besace d'étudiant – ce qu'il était encore, malgré ses vingt-sept ans. Il arborait un immonde bonnet en coton brun pour masquer son début de calvitie.

— Salut vous deux.

Chaya enlaça chaleureusement son frère. Ce dernier lui rendit ce témoignage d'affection, tandis que Gaston se dirigeait vers le bar.

— Charlie n'est pas arrivé ? demanda ce dernier en commandant une bière.

— Non, il ne viendra pas, répliqua Poly.

Gaston pointa un index maculé d'encre noire vers la boisson de son beau-frère.

— Tu n'as pas attendu qu'on soit là, remarqua-t-il d'un ton agressif.

— Je fais ce que je veux ! S'offusqua Poly. Je ne suis pas responsable de ton retard, si je ne m'abuse ?

Ce type était ahurissant : il cherchait systématiquement la confrontation. De plus, il agaçait Poly sur un point bien précis : Chaya l'entretenait financièrement.

— Bon, si on se réservait une table, intervint Chaya. Le concert va bientôt commencer.

C'est alors qu'un grand gars tout maigre, habillé tout en noir et dévoilant une abondante chevelure aile de corbeau retenue par un ruban descendit de la scène. Il posa sa guitare électrique sur une chaise et s'approcha du groupe.

— Lorenzo ! s'exclama Chaya en se levant pour le saluer.

Gaston fronça les sourcils.

Poly apprécia le contraste entre le chaleureux chevelu et son froid et désagréable beau-frère.

— Bonjour, se présenta-t-il, je suis le frère de Chaya.

— Ah oui, celui qui a été accepté à la Juilliard ?

Poly sourit avec délectation.

— Les nouvelles vont vite. Oui, c'est bien moi.

— Toutes mes félicitations. Je n'évolue moi-même que dans de petites salles, mais la musique, c'est toute ma vie.

— Bon, si on commandait autre chose, intervint Gaston qui avait déjà descendu son verre de bière.

— Débouille-toi, lui rétorqua Chaya. Tu n'as pas besoin de GPS pour trouver le bar !

L'autre grommela quelque parole désagréable et se leva.

Chaya dévorait Lorenzo des yeux. Poly buvait du petit-lait.

— Comment vous êtes-vous connus, tous les deux ?

— Par l'intermédiaire d'Estelle, expliqua Lorenzo. Le groupe l'avait embauchée pour créer du contenu pour notre site internet, des articles, etc.

Estelle était rédactrice web.

— Et on a donné un concert. Elle est venue avec Chaya. On a fait connaissance à ce moment-là.

— Vous ne trouvez pas que la musique est trop forte ?

Encore lui ! songea Poly.

— Et ça ne va pas s'arranger mon pote ! s'exclama Lorenzo en riant. Attends de voir quand nous allons apparaître sur la scène.

— Je ne suis pas votre po…

— Tu peux rentrer, si tu veux, le coupa Chaya.

Gaston était ennuyeux et un peu lourd, mais il n'était pas stupide. Il toisa Lorenzo de toute sa hauteur – ce qui positionna sa tête au niveau de la poitrine du musicien – et se rassit lourdement, posant violemment sa pinte de bière sur la table.

— C'est bon, je reste. On est là pour s'amuser, non ?

— En effet, fit Poly.

— Je dois vous laisser, on fait salle comble !

Lorenzo gagna la scène en quelques foulées souples. Effectivement, le bar s'était rempli et toutes les places assises étaient occupées.

— Est-ce que maman est bien installée ? demanda Chaya, pour changer de conversation.

— Ma foi, tant qu'elle se tient à sa place…

— Comment cela ?

— Il manque une chambre. Ou plutôt : Kan réquisitionne une chambre pour lui et sa maîtresse !

— Quoi ? Quelle maîtresse ?

Poly se frotta la joue, un peu embarrassé.

Il expliqua à sa sœur ce qu'il avait découvert sur place.

— Kan exagère, en effet. Mais je ne crois pas qu'il aille bien, tu sais. Avec l'enfance qu'on a vécue… il essaie juste de prendre sa revanche sur le passé.

— En trompant sa femme ? En privant maman d'une chambre ? railla Poly qui commençait à se mettre en colère.

— Tu n'es pas sans savoir qu'il aurait aimé exercer un autre job. Faire des études, ou une formation plus sérieuse. Même chose pour Munny et pour moi. Munny, au moins, se lance dans l'aventure, mais c'est parce qu'il est tout seul, il n'a pas une famille à charge, il peut se le permettre. Notre frère est devenu père à dix-sept ans ! Il a dû faire des sacrifices !

Poly était plus qu'excédé que ses frères et sœurs lui reprochent, de manière déguisée ou non, leur manque d'instruction.

— Personne ne l'a obligé à avoir un enfant si jeune ! Quant

à toi… Tu avais commencé des études, Chay'. Tu t'en sortais même très bien. Je ne vois pas pourquoi…

— Stop ! Le coupa Chaya, le visage blême. Arrête avec ça, Poly, tu ne sais pas ce que j'ai vécu ! Je t'interdis de me juger !

— Mais enfin, y suis-je pour quelque chose si nos parents m'ont accordé quelques privilèges ?

— Tu as fait médecine, renchérit Gaston. Tous frais payés. Les autres ont dû se débrouiller pour survivre… Ah, foutue musique.

Le volume sonore était tel qu'on était obligé de crier pour se faire entendre. Poly avait le crâne comprimé et douloureux comme jamais. Comme si son cerveau essayait de filer en douce et que sa boîte crânienne l'en empêchait.

— Moi, je rentre, continua Gaston en finissant son verre de bière. Ce chevelu avec sa musique de sauvages me chauffe les oreilles.

Sur ce point, il n'avait pas tort : la musique était exécrable.

Alors que Chaya s'enfonçait dans un silence plein de rancœur, Gaston enfila sa veste et commença à jouer des coudes pour trouver la sortie.

— Tu viens, Chaya ?

— Hey, mon pote ! s'exclama Poly en désignant la pinte de bière vide. Tu n'as pas payé tes consos, si ?

— Bah, d'habitude c'est toi qui régales. Alors…

— Eh bien les règles ont changé !

L'autre soupira et se dirigea vers le comptoir en sortant son portefeuille.

4

Le centre culturel coréen était situé dans le huitième arrondissement.

Poly était passé chez son frère pour emmener son neveu au vernissage de la peintre Bang Hai Ja, dont il avait entendu beaucoup d'éloges. Kan s'était rendu à un rallye, et ne rentrerait que le lendemain.

Il avait également convié son amie Estelle à se joindre à eux. Clémence avait autorisé son fils à voir son oncle à condition que tous les trois gardent le secret sur cette sortie, car Kan était toujours furieux contre Poly.

Estelle se trouvait déjà à l'intérieur, à décrypter quelques panonceaux qui présentaient l'artiste.

— Elle a réalisé des vitraux pour la cathédrale de Chartres, expliqua-t-elle à Poly qui s'approchait. Une sacrée nana !

Les deux amis s'embrassèrent. Estelle était très belle, et habillée avec le même soin qu'elle vouait à sa carrière : avec une efficace sobriété. Elle portait un simple jean et une chemise blanche nouée à la taille, avec d'intemporelles bottines Chelsea noires. Elle avait encore en main un de ces bouquins d'un autre millénaire qu'elle affectionnait et qu'elle avait dû lire dans le métro : « Lancelot ou le chevalier à la Charrette », un best-seller du douzième siècle.

— Comme tu as grandi Gabriel ! s'exclama-t-elle en ébouriffant les cheveux du gamin.

— C'est ça, dit-il en aplatissant sa tignasse tant bien que mal. Dis tonton, je peux m'asseoir dans la salle à côté ? Ils expliquent des trucs sur la langue coréenne. Et puis j'ai pris ma console !

— Vas-y mon grand, mais ne quitte pas cette salle. Nous reviendrons te chercher avec Estelle. Je ne crois pas que j'entendrai le portable, alors ne bouge pas d'ici, compris ?

— Oui, tonton.

Les différentes pièces du centre commençaient à se remplir.

— L'expo se déroule au premier étage, dit Estelle en rangeant son bouquin tout corné dans son sac à main.

Ils empruntèrent l'ascenseur et débouchèrent dans une grande salle plongée dans la pénombre.

— Il me semble plus épanoui que la dernière fois que je l'ai vu, le gamin, constata Estelle. Plus calme.

— Nous avons tiré un trait sur la piscine. Gabriel détestait nager. À la place, Kan l'emmène à des compétitions de karting. Ce n'est pas trop son truc non plus, mais sa mère m'a confié tout à l'heure qu'elle lui payait des cours de piano en secret. Le gamin est aux anges ! On garde le secret, car si Kan l'apprend, ce sera terminé.

— Mais je n'ai pas vu de piano chez eux.

— Non, tu as raison, alors on s'arrange avec la bibliothèque municipale. Ils possèdent un quart de queue qu'ils mettent à la disposition des musiciens, dans l'auditorium. Il suffit de réserver un créneau. Gabriel répète là-bas. Il s'y rend seul, il est assez grand à présent.

Les deux amis étaient arrivés à l'étage. L'artiste coréenne était une peintre abstraite. Ils furent frappés par la lumière qui jaillissait des toiles, par la vibration de beauté et d'amour qui s'échappait de chaque œuvre.

— On a bien besoin de peintures comme celles-ci, conclut Estelle en entraînant son ami vers la sortie. Ça redonne le moral et confiance en la vie. À ce propos… j'ai reçu un appel de Chaya, il y a deux jours. Elle était toute retournée !

— Ah bon ?

— Oui, apparemment vous vous êtes disputés à un concert dans un bar, où elle était venue voir un de ses potes, un certain Enzo.

— Lorenzo. On ne s'est pas vraiment disputés. Simplement, elle m'a bombardé de reproches déguisés. Par rapport au fait de n'avoir pas fait d'études. Parce que nos parents n'ont financé que les miennes. Un vieux sujet de discorde dans la famille. Mais cette fois, c'en était trop. Après tout, elle avait commencé un cursus de lettres à la Sorbonne, mais cela tu le sais mieux que moi. Ce n'est tout de même pas ma faute si elle les a arrêtées !

En effet, Chaya et Estelle avaient fréquenté les bancs de la fac de lettres. Les deux amies avaient validé leur DEUG, puis elles avaient brutalement arrêté leurs études. Mais alors que Chaya s'était retrouvée à exercer des petits boulots à droite à gauche, Estelle s'était formée sérieusement à la rédaction web. Aujourd'hui, elle disposait d'un vaste fichier de clients fidèles, et gagnait bien sa vie en travaillant à distance. Même si, quelquefois, elle sombrait dans la nostalgie de ses études avortées.

— Tu n'as pas à te sentir responsable, en effet. Mais Chaya ne t'a pas tout dit !

— Comment ça ?

Estelle hésitait à répondre. Elle balançait son sac d'une épaule à l'autre, le front plissé et les lèvres serrées.

— Oh, et puis merde. Ces secrets me rongent le cerveau ! Tu veux boire un verre ? Je vais tout te raconter.

Ils s'approchèrent du buffet où des employées coréennes remplissaient de petits gobelets de jus de fruit, de thé au gingembre et de Beaujolais nouveau.

Poly et son amie optèrent pour un jus de raisin. Ils retrouvèrent Gabriel et le laissèrent dans le fauteuil où il s'était retranché avec sa console. Ils s'installèrent dans une cour intérieure, face à un magnifique mur végétalisé. Resserrant leur manteau en raison du vent glacial, ils s'installèrent sur une marche en pierre.

— Chaya, tu t'en souviens, travaillait comme équipier polyvalent dans une sandwicherie, pour financer ses études ?

— Oui, oui.

— Eh bien son patron l'a agressée. Sexuellement.

— Tu veux dire…

— Non, elle n'a pas été violée. Elle a réussi à se dégager. Mais du coup, elle a cessé son travail. Et n'a pu continuer ses études.

Poly était atterré. Chaya, sa douce Chaya ne l'avait pas mis dans la confidence. Comment était-ce possible ? Ne se racontaient-ils pas tout ? En même temps… lui non plus ne l'avait pas fait, concernant ses activités outre-Manche.

— Et ça s'est passé quand, tout ça ?

— Pendant ton séjour en Angleterre.

Ce qui signifiait qu'il aurait pu rentrer et partager les frais avec Chaya pour qu'elle puisse continuer à étudier sans travailler.

Poly se sentit affreusement coupable.

Estelle, qui connaissait bien son ami, avait suivi le cheminement de sa pensée.

— Ça n'aurait rien changé, qu'elle te mette au courant. Elle était trop bouleversée pour pouvoir étudier, de toute façon. Qu'elle en eût les moyens ou pas. Elle s'est tournée vers la religion, et c'est ce qui l'a sauvée, crois-moi. Tu ne pouvais pas la sortir de là. Parfois, on aimerait tellement aider nos proches, mais on se heurte à un mur infranchissable ! Regarde ma mère, avec son Alzheimer. Même les médecins n'y peuvent rien. Quand je lui rends visite dans son institut, je ne sais jamais comment elle va me recevoir. Et ça ne dépend pas de moi, crois-moi.

— Je viendrai la voir avec toi, si tu veux !

Estelle émit un petit rire de complicité.

— Je te reconnais bien là, Poly ! Toujours à te mettre en quatre pour les autres ! Ta générosité me fait chaud au cœur. Mais on devrait rentrer, maintenant. Il se fait tard, et Clémence va finir par s'inquiéter.

Au moment où ils quittaient le centre, le téléphone de Poly vibra dans sa poche.

— Excuse-moi, Estelle, c'est Clémence, je dois répondre.

Poly discuta un moment avec sa belle-sœur.

— Elle m'appelle en urgence, dit Poly, Kan devrait rentrer d'un instant à l'autre. Et comme il m'a interdit de revoir mon neveu...

— Mince, nous ne serons pas rentrés à temps !

Poly prit une profonde inspiration. Mais pas question de céder.

— Eh bien, qu'il s'énerve, après tout ! Je ne fais rien de mal. Je me suis assez occupée d'emmener Gab à la piscine, ce gamin a besoin d'élargir ses horizons !

— Tu as raison, évidemment, approuva Estelle. Mais ce type… enfin je veux dire ton frère, il dégage quelque chose de flippant. Je ne l'ai jamais beaucoup apprécié, pour tout dire.

— J'ai le droit de passer du temps avec mon neveu ! reprit Poly. D'ailleurs, Gab est très content d'être avec nous. Bon, mais de toute façon nous arrivons, pas de quoi en faire un fromage.

Le trio s'apprêtait à dévaler mes marches du métro quand Poly reçut un autre appel.

— Oui ? C'est vrai ! Incroyable ! dit-il en s'immobilisant sur la chaussée. D'accord !

Il raccrocha, un grand sourire aux lèves, puis se tourna vers Estelle.

— Est-ce que tu peux me rendre un service Estelle ? Si tu pouvais raccompagner Gabriel chez lui. J'ai encore quelque chose d'important à faire ce soir.

Estelle donna son accord, et Poly la salua rapidement.

Il ne devait pas traîner.

5

Il était rentré assez tard, car après avoir quitté Estelle, il avait passé du temps au refuge de la SPA, où l'attendait une petite surprise.

— Le maître n'a plus voulu de lui, lui avait expliqué Sally Sanders. Du coup, si vous êtes toujours d'accord avec l'idée d'adopter Chance, vous devenez officiellement son nouveau maître.

Et c'est ainsi qu'il avait ramené Chance à la maison, dans un état de jubilation telle qu'il s'était enfermé chez lui avec son chien comme s'il revenait de la maternité avec son enfant nouveau-né.

Chance était lové dans son panier, repu après le festin que son maître lui avait versé dans sa gamelle flambant neuve, et Poly commençait à être tenaillé par la faim.

Il ressentait également un vif besoin, teinté de fierté et de tendresse, de présenter son animal à ses amis. Il devait absolument parler à quelqu'un de cette adoption, la nouvelle ne pouvait rester secrète. Il songea un instant à New York, mais son optimisme avait atteint de tels sommets qu'il ne doutait pas de pouvoir emmener son chien avec lui.

Il consulta sa montre. Trop tard pour trouver refuge chez Pierlot, et Chance devait s'adapter à son nouveau logis.

Soudain saisi d'une idée, il empoigna son trousseau de clés.

— J'en ai pour une minute, Chance. Je reviens.

Le chien, qui avait posé son museau entre ses pattes, releva la tête et gémit doucement.

— Je ne vais pas loin. Calme.

Poly n'avait pas pris le temps d'enfiler ses chaussons, mais il s'en moquait. Un grand sourire jouait toujours sur ses lèvres.

Il s'approcha de la porte de Lin.

Quelque chose clochait : des sanglots lui parvenaient dans le couloir, à travers la porte.

Poly fronça les sourcils, se demandant s'il devait frapper. Il tendit encore l'oreille. Pas d'autre bruit. Le petit ami semblait absent. Il hésita une fraction de seconde puis toqua à la porte doucement.

Aucune réaction. Mais les pleurs s'étaient tus.

— Lin, c'est Poly. Est-ce que tout va bien ?

Au bout d'une demi-minute d'attente sans aucune réponse, Poly frappa encore.

— Je veux juste te dire bonjour.

Il perçut comme un froissement, puis le bruit d'un verrou qu'on libère.

Une Lin à l'aspect endeuillé fit son apparition, dans une tenue sombre qui ne lui ressemblait pas, et les joues barbouillées de Rimmel.

— Je suis mal, dit-elle. Repasse plus tard.

Et Lin referma la porte.

C'est alors que des aboiements discrets commencèrent à se

faire entendre, jusqu'à augmenter en volume et en intensité.

— Lin ! Mon chien a peur tout seul. Ouvre-moi.

Poly patienta encore une minute, puis deux.

Plus que jamais déterminé à connaître les raisons de son tourment, il frappa à la porte de sa petite voisine à coups redoublés. Le cocker était désormais en panique et il risquait d'alerter tout l'immeuble.

Puis la porte s'ouvrit. En grand cette fois.

— Quel chien ? demanda Lin en s'essuyant le visage avec un bout de torchon à vaisselle.

Poly sourit, soulagé.

— Suis-moi, que je te le présente ! Je viens d'adopter un cocker tout mignon. Et puis… je ne peux pas te laisser toute seule dans cet… état, ajouta Poly en scrutant le fond de l'appartement de Lin. Il remarqua au passage qu'aucun piège à souris n'était posé chez sa charmante voisine.

La jeune fille haussa les épaules.

— Bah, cherche pas, il est pas là.

Puis :

— Je dois être affreuse.

— Tu es sublime.

Poly avait toutes les peines du monde à masquer le sourire qui lui était venu depuis qu'il avait quitté le refuge. La décence, cependant, l'y obligeait, par égard pour Lin et son chagrin. Il lui proposa du thé, et lui demanda si elle avait dîné. Elle s'assit sur une chaise dans la cuisine, tandis que le maître des lieux ouvrait placards et frigidaire.

— Pas vraiment, répondit-elle, je n'ai pas faim.

— Je vais nous faire cuire des pâtes. Avec des côtelettes d'agneau.

— Je n'ai…

— Chuut. Tu mangeras ce que tu voudras. Tu l'aimes comment, ta viande ?

— Bien cuite.

Chance se mit à renifler partout, et finit par poser les pattes avant sur les genoux de Lin.

— Il est mignon. Il me rappelle le chien de Jérôme.

— Qui est Jérôme ?

— Mon ex. Enfin, mon ex-ex.

— Il a encore faim. Mais il aura beau fouiner, rien ne traîne, la femme de ménage que continue de m'envoyer ma mère veille au grain ! Heureusement, j'ai un stock de croquettes au salon. Dans une minute, Chance !

— Veille au grin ?

— Une expression qui signifie : prendre ses précautions, être vigilant.

Lin acquiesça et de nouvelles larmes vinrent dévaster son beau visage.

Poly laissa tomber ses préparations culinaires et approcha une chaise.

— Qu'est-ce qui se passe, un problème avec ton petit ami ? Il t'a quittée ?

— Oh, lui, je m'en fiche. Non, le souci, c'est ma mère. Toujours ses problèmes de santé. Et mes deux sœurs s'en moquent. Alors qu'elles sont sur place, à Pékin.

— Je comprends.

Lin repoussa la tasse de thé qu'elle n'avait pas touchée.

— Tu n'aurais pas autre chose de plus… fort ?

— Ah, désolé, je n'ai plus aucune boisson alcoolisée. Je ne reçois jamais personne et moi-même je n'en consomme pas. Mais… pourquoi ne pars-tu pas voir ta maman ?

— À cause des examens en juin. Je dois absolument obtenir mon diplôme, pour valider mon cursus.

Alors que Poly cherchait une réponse appropriée ou un conseil pertinent, un miaulement agacé s'éleva dans la pièce, et Chance, nez à nez avec Tigrou, se mit à aboyer.

— Mince, je n'ai pas dû bien refermer la porte, s'excusa Lin.

— Peu importe ! Ça commence à bien faire ! Je vais de ce pas lui dire ma façon de penser au voisin ! S'emporta Poly en se levant. Surveille les côtelettes, Lin.

Lin se leva à son tour et posa sa main sur le bras de son ami. Ce contact procura à Poly de délicieux frissons.

— Laisse. Ce n'est pas grave. On lui donne un peu d'eau et on le rend gentiment à son maître. Le voisin a des soucis de santé, il passe ses journées à l'hôpital.

Poly se mordit les lèvres. Il eut soudain honte de son attitude. D'une voix radoucie, il dit :

— Je l'ignorais. Je suis désolé.

— Bah, tu n'étais pas au courant. Mais on a tous nos problèmes, tu sais.

— Sans doute. Oui, tu as raison. Tout de même, ce chat n'a même pas une gamelle d'eau à sa disposition, ça me rend chèvre !

— Chèvre ?

— Laisse tomber.

Poly abreuva Tigrou et nourrit Chance. Les deux animaux se serrèrent dans le panier.

Les côtelettes étaient prêtes, ainsi que les pâtes. Poly dressa le couvert.

— Tu sais, je crois que je ne peux plus retirer quoi que ce soit de bien de mon pays. J'ai gagné un concours et je vais bientôt m'installer aux US pour au moins quatre ans !

Poly expliqua à Lin son aventure musicale à la Juilliard. La jeune fille semblait plus calme. En tout cas, elle avait cessé de pleurer.

— C'est une chance inouïe, une occasion qui ne se présente qu'une fois dans la vie. Moi aussi, tu sais, j'ai pensé partir là-bas. Dis donc, est-ce que je pourrais dormir ici ce soir ? Je flippe chez moi toute seule.

Cette question était pour le moins inattendue. Poly piqua un fard.

— Évidemment. Je, euh par contre je ne dispose ni de deuxième chambre ni de lit d'appoint… Et le canapé…

— T'en fais pas. On va se débrouiller.

Le téléphone se mit à vibrer sur la table de cuisine. C'était

Kan. Poly sentit ses tripes remonter jusqu'à son estomac.

— Mon frère. Je dois répondre.

À quoi bon, en effet, retarder l'inévitable ?

— Salut Kan.

— Comment ça se fait que j'ai retrouvé des partitions de musique dans le cartable de mon fils, aboya Kan. C'est toi qui lui as filé en douce ?

— Pas du tout. Gabriel a exprimé le désir d'apprendre à jouer du piano. Avec sa mère, on a décidé de lui payer des cours.

— « Avec sa mère », gnagnagnangna… Et si tu cessais de te mêler de mes affaires de famille ?

— Écoute Kan, je…

— Non, laisse-moi parler. Si tu veux que MON fils continue la musique, très bien.

Une pause. Poly attendait la suite.

— Mais c'est toi qui prendras en charge le prix des leçons. Puisque tu es devenu incapable d'aider ta famille et que tu ne penses qu'à ta pauvre petite personne, au moins tu te rendras utile, pour une fois.

Kan raccrocha.

Poly réfléchit quelques secondes. Le calcul était vite fait : il ne pouvait pas dégager les sommes nécessaires pour des leçons de piano.

6

Il avait posé des affichettes chez les commerçants et rédigé une annonce sur un site de brocantes et braderies de la région.

Poly avait décidé de vendre une bonne partie de ses meubles, dont le fameux bol chantant tibétain qu'il n'aimait guère, ainsi qu'un service en céramique, des assiettes à dessert d'un autre âge, un égouttoir indien et une grande commode en bois peint bleu. Il avait hésité à se débarrasser du petit coffre marqueté, mais il avait besoin d'argent et une partie servirait à financer les cours de piano de son neveu. Avec Constance, ils s'étaient arrangés : elle payait les trois quarts et lui s'occupait de compléter.

Et puis il devait commencer à préparer son déménagement. L'appartement resterait vacant jusqu'à ce que quelqu'un de la famille le reprenne, comme l'exigeait la tradition. Le prochain sur la liste serait probablement Gabriel. Ce qui prendrait de nombreuses années. À moins qu'il décide de revenir en France après ses études à la Juilliard. Il n'y avait pas encore réfléchi, cette perspective lui apparaissait trop lointaine.

Il avait averti Chaya, pour qu'elle lui donne un coup de main, mais Chaya était occupée tout le week-end avec son groupe de méditation.

Lin avait accepté de lui prêter main-forte.

Il avait fixé la vente le samedi suivant, à 10 h et exposé ses objets dans le salon et la cuisine.

Des brocanteurs arrivèrent à huit heures, puis quelques chineurs éclairés. Le coffre était parti en premier, pour une somme rondelette.

Il se débarrassa ensuite de quelques batiks qu'une jeune femme, qui adorait l'Asie, avait repérés sur les photos de l'annonce.

Mais à treize heures, il semblait que tous les visiteurs potentiels soient tous passés.

Ils restèrent ouverts, tout de même. Lin tenait la caisse, et notait sur un cahier la nature et le prix des objets vendus. Depuis l'autre soir, elle semblait s'être reprise complètement. Poly l'observait à la dérobée entre deux acheteurs et n'en revenait pas de l'audace de la jeune femme. Car leur première nuit passée ensemble avait dépassé le cadre d'une simple nuit entre potes.

Lin avait demandé si elle pouvait dormir avec lui, et aussi maladroits l'un que l'autre, ils s'étaient couchés sans pouvoir fermer l'œil.

Lin s'était rapprochée.

Elle lui avait semblé frêle entre ses bras – et d'autant plus précieuse – et il avait mesuré, le lendemain, à quel point il avait souffert de la solitude tous ces derniers temps.

Le matin, elle avait décrypté les arcanes de la De Longhi plus rapidement qu'il ne l'avait fait lui-même, et elle avait préparé le petit déjeuner comme si elle vivait là depuis des mois. Elle avait même nourri Chance. Il savait déjà qu'elle adorait les animaux, mais pas qu'elle partageait sa passion pour la musique. Il avait été étonné quand elle lui avait confié qu'elle était sortie avec un pianiste, un certain Jérôme, pendant deux ans.

Ils étaient ensuite descendus promener le chien, et depuis, ils ne se quittaient plus.

Alors qu'il comptait le montant de sa recette, Poly était loin d'imaginer la nouvelle qu'il allait apprendre le soir même.

Chapitre 13

1

Il était en train de promener Chance.

L'animal découvrait son nouveau quartier, et s'arrêtait fréquemment pour s'imprégner de toutes ces odeurs intrigantes.

— Dépêche-toi, Chance, on rentre.

Poly était remonté chez lui avant de se rappeler que le boucher lui avait gardé un os à moelle pour son petit protégé, et qu'il devait passer le chercher. Il lui faudrait donc redescendre.

Il venait d'ôter le harnais de son chien lorsqu'il reçut le coup de téléphone fatidique.

— Arun à l'appareil.

— Salut ma cousine. Comment vas-tu ?

— Pas trop mal, je profite que Darie et ta mère sont parties pour te téléphoner.

— La réception est très mauvaise.

Le bébé d'Arun pleurait fort, ce qui rendait la conversation un peu pénible.

— Attends une seconde. Ma fille me réclame.

Il y eut le bruit mat d'un combiné que l'on pose sur une table, puis de nouveau la voix d'Arun.

— Il fallait que je te parle d'urgence.

Poly, intrigué, s'assit dans son fauteuil. Il entendait son chien boire dans la cuisine.

— Je t'écoute.

— Je te préviens, ce sont des nouvelles… perturbantes. Pour toi. Mais aussi pour moi et pour toute la famille.

— Tu me fais peur, Arun, viens-en au fait, s'il te plaît.

Un court silence, puis le bruit d'une profonde inspiration.

— D'accord. Eh bien voilà. J'ai retrouvé le livret de famille de ma mère, Darie, dans une boîte à chaussures. Et j'ai découvert que tu figures dessus. Autrement dit, officiellement tu es son fils, ce qui signifie que nous sommes frère et sœur et que Jorany n'est pas ta mère, mais ta tante ! De plus, j'ai trouvé une lettre de ton père adressée à Darie. Ton père est bien ton père. Il t'a conçu avec Darie.

Trop abasourdi pour répondre, Poly se mura dans le silence.

Enfin, il s'éclaircit la voix et articula faiblement :

— Tu es sûre de ce que tu avances ?

— Absolument.

— D'accord. Je crois qu'une analyse ADN s'impose. Le doute n'est pas permis.

— Écoute Poly. Toute cette affaire me semble criante de vérité. Elle explique bien des choses : la photo de ton père avec Darie, bras dessus, bras dessous, le fait que Darie t'ait un peu chouchouté, etc. De plus, ma mère sait que j'ai découvert la vérité, et elle m'a formellement interdit de t'en parler. Alors tu gardes ça pour toi, OK ? J'ignore pour le moment ce qu'elle me cache encore, mais je pressens qu'on va déterrer d'autres secrets de famille peu reluisants.

— Hmm, bien sûr, je serai muet comme une tombe. Je pense comme toi, et tout à coup tout s'éclaire ! Toutes ces tentatives menées par les deux sœurs pour nous éloigner l'un de l'autre, sentimentalement parlant, étaient justifiées puisque nous sommes frère et sœur ! Mais je souhaite tout de même confirmation par la science, tu comprends ?

— Oui. Que dois-je faire ?

— Je vais me renseigner, mais je crois qu'un simple prélèvement ADN suffira. Tu trouveras cela sur la brosse à cheveux de ta mère. Tu m'envoies quelques cheveux et je m'occupe du reste.

Poly raccrocha et sortit de l'appartement comme un automate, laissant le chien à l'intérieur. Il avait oublié sa petite course à la boucherie, ne faisant que déambuler au hasard des rues, tel un spectre.

À son retour, revenu parmi les vivants, il pensa relever son courrier.

Il trouva une lettre.

Il chercha le nom de l'expéditeur.

Son cœur bondit dans sa poitrine. Il fourra la lettre dans sa poche et se précipita chez lui pour la lire.

Chance avait déchiqueté une chaussette et une paire de Charentaises.

2

Il se serait bien passé de la visite de ses frères. Les recevoir alors que son existence était brisée était au-dessus de ses forces.

Après être remonté, il s'était occupé de sa demande de bourse. Négative. Sa rage était telle, que le courrier gisait à présent près du panier de Chance.

Son avenir dans la musique était désormais gravement compromis, voire impossible. Sous prétexte qu'il exerçait déjà un métier et qu'il était « inséré dans le monde professionnel », il lui revenait de financer ses études ou de contracter un prêt.

Voilà ce que racontait la lettre.

Lin aurait pu lui apporter du réconfort, mais il préférait rester seul.

Il s'était couché sans pouvoir trouver le sommeil. À six heures du matin, son corps et son esprit avaient rendu les armes, pour une petite heure de sommeil.

Et sur le coup des huit heures, au moment où il terminait d'ingérer un quatrième expresso, Munny et Kan s'étaient présentés sur le pas de la porte pour « lui rendre une petite visite ».

Il était encore en pyjama. La douche attendrait. Ses frères — ou du moins ceux qu'il avait considérés comme ses frères avant d'apprendre la terrible vérité sur sa naissance — s'engouffrèrent dans le salon d'un pas martial.

Chance aboya copieusement et lorsque Kan et Munny entrèrent, le chien se mit à grogner.

— C'est à toi ce cleb' ? Commença Kan avec son amabilité coutumière.

Puis :

— Ça empeste l'appart de célib, là-dedans !

Le considérer comme son demi-frère insuffla à Poly une nouvelle façon d'être. Tout à coup, cette moitié de frère lui apparut comme une moitié d'homme.

— Ma petite copine ne s'occupe pas de mon ménage, répliqua-t-il. Donc, pour changer de sujet, que me vaut cette… visite impromptue ?

Munny joua la carte de la franchise.

— Chaya nous a rapporté que tu avais vendu des meubles.

— Des meubles *de famille*, précisa Kan.

— Or, parmi ces meubles, continua Munny, il y avait un coffre en bois marqueté. Je souhaite le récupérer, car papa me l'avait légué à sa mort, mais je n'ai jamais eu le cœur de te le réclamer. Si tu commences à dilapider l'héritage familial, avec Kan on a décidé de reprendre ce qui nous revient de droit !

Poly soupira. Tant qu'il n'aurait pas refourgué quelques bibelots à ces deux-là, il ne les verrait pas déguerpir. Mais le coffre marqueté, il l'avait bel et bien vendu.

C'était toujours pareil avec ses frères : Kan défendait Munny, bien qu'il n'approuve pas ses préférences sexuelles. Tout comme Kan, Munny ne se sentait pas considéré par leur père Keo. Chaya lui avait raconté un jour que Kan avait surpris Munny avec un homme. Il avait méprisé son petit frère, au début, puis il l'avait repris sous son aile. Ils avaient tous les deux fait front contre Keo. Et contre lui, Poly, qui avait les faveurs de leur père.

Malgré sa fatigue et son extrême lassitude, Poly n'avait pourtant pas perdu le sens de l'hospitalité. Il leur proposa des cafés. Munny et Kan le suivirent dans la cuisine.

— Sacrée bécane, dis donc, s'extasia Munny en découvrant

la De Longhi flambant neuve.

— Qui a dû coûter une petite fortune, rajouta Kan. Moi je dois toujours me contenter de mon café filtre. Il est moins bon que celui du distributeur automatique du garage, vous vous rendez compte ?

Les trois hommes retournèrent au salon, avec dans les mains un expresso qu'ils avalèrent en grimaçant.

— Alors, c'est quoi cette histoire de vendre les meubles de la famille, répéta Kan. Tu n'as pas l'intention de rendre l'appartement, au moins ? Que comptes-tu en faire, si tu pars chez les bouffeurs de Big Macs ?

À ce moment, Poly aurait pu apprendre à ses frères – ses *demi-frères* – que ses projets outre-Atlantique étaient tombés à l'eau, mais il ne voulait pas leur accorder ce plaisir. Il conserva un silence prudent.

— À moins que tu n'aies besoin d'argent, car tes projets sont au point mort ?

Il fallait bien le reconnaître, malgré son côté mal dégrossi, Kan pouvait faire preuve d'une certaine finesse d'esprit.

— Parce que si tu es à court d'argent, continua Kan en sortant une feuille pliée en quatre de sa veste, j'ai trouvé tout un tas d'offres d'emploi pour que tu remettes le pied à l'étrier.

— Tu peux remballer ton papelard, fit Poly d'un air empli de dégoût, en repoussant la main tendue.

— Je pourrais même te refourguer un job dans mon garage, renchérit Kan. Payé au SMIC. Tu devrais y réfléchir. Voyons, ça fait combien de mois que tu es sans travail ? Tu dois bien commencer à rencontrer des problèmes de trésorerie ?

— Je ne vois pas le coffret, murmura Munny en jetant des coups d'œil partout.

— Je l'ai vendu, Munny. Je ne savais pas que papa te le réservait !

— Merde, Poly ! Enfin ! Comment as-tu pu agir de la sorte ?

— Et dans notre dos, en plus, renchérit Kan, qui avait pris ses aises sur le canapé.

Poly avait ingurgité un cinquième expresso, et ses mains commencèrent à trembler. La nuit presque blanche mettait ses nerfs à rude épreuve.

Soudain, il n'eut qu'une envie : jeter ces deux-là hors de son domicile. La colère perça dans sa voix.

— Si j'ai vendu ces meubles, c'est pour financer des cours de piano à mon neveu. Puisque toi tu ne peux pas, dit-il en toisant Kan de toute sa hauteur. Point final. Maintenant, si ça ne vous dérange pas…

Poly se dirigea vers la porte de l'appartement qu'il ouvrit en grand.

Munny s'était levé, mais pas Kan.

— Je n'ai jamais dit que je ne pouvais pas. Je ne le *voulais* pas, ce n'est pas tout à fait la même chose !

Poly était toujours planté devant la porte. Munny semblait indécis sur la conduite à tenir.

— Mais si Gabriel désire occuper ses loisirs à la musique, je ne m'y opposerai pas. Je connais mon fils, ce n'est qu'une lubie, ça lui passera. Mais tu sais ce que disait papa : « chacun est responsable de ses actes et en subira les conséquences karmiques ». C'est toi, frangin qui a semé cette petite graine musicale dans le cœur de mon fils. Et du moment que c'est toi qui finances, pas de problème… À ce propos, j'ai reçu des nouvelles de maman. Elle commence à en avoir marre de dormir avec sa sœur. Alors quand tu auras un peu d'argent… il reste une chambre à construire.

— Tu n'as qu'à lui refiler la tienne, de chambre, fulmina Poly, qui se souvint tout d'un coup à quel point il avait payé pour Kan. Des bonbons à l'école élémentaire, aux flippers de l'adolescence, en passant par les pop corn au ciné, il en avait toujours été ainsi.

Il était temps que ce schéma malsain prenne fin. Mais c'est la mention des soi-disant vertus morales de leur père qui eut raison de sa patience.

— Dehors ! Tous les deux !

Les deux frères finirent par obtempérer.

Le sourire carnassier de Kan ne quitta guère l'écran mental de Poly, toute la journée durant.

Il était de plus en plus certain qu'il n'avait pas toutes les cartes en main.

Qu'on lui cachait encore des choses !

Et il était bien déterminé à découvrir lesquelles.

3

Ils avaient obtenu des places pour un concert au conservatoire du 19e. Un concerto de Mozart et la 5e symphonie de Mahler.

Un programme de grande qualité.

Mais Poly dut se forcer pour y aller, contrairement à Lin qui, depuis la veille, avait reçu de bonnes nouvelles de sa mère. La jeune fille n'arrêtait pas de pépier.

— Elle va mieux, avait-elle répété pour la troisième fois, elle est sortie de l'hôpital !

Poly, de son côté, ne lui avait rien dit au sujet de la Juilliard. Il n'avait appelé ni Pierlot ni Juliette non plus. Personne n'était au courant.

Il avait trop honte.

La nuit avait été agitée, de nouveau, et ses yeux exsangues, ses gestes imprécis, témoignaient de sa carence de sommeil. Il avait ingurgité quantité d'expressos. Son estomac vide n'appréciait pas pareil traitement. Il n'avait rien avalé depuis deux jours. Il n'arrivait plus à se nourrir.

Lin ne semblait s'être aperçue de rien. Tout à sa joie nouvelle, elle ne pensait qu'à s'amuser et à faire la fête. Même son téléphone portable qui était tombé en panne n'entamait pas sa bonne humeur.

Il ne pouvait pas s'empêcher de lui en vouloir pour toute cette jubilation. Et il se sentait coupable de ressentir un tel sentiment.

— On pourrait peut-être aller en Chine, tous les deux ? lui susurra la jeune femme pendant l'entracte. Je te présenterai à la famille. Lin entrelaça ses doigts à ceux de son petit ami, mais Poly se dégagea. Tout contact physique lui répugnait. Lin ne parut pas s'en formaliser.

La salle était bondée. Un spectacle de cette qualité, gratuit de surcroît, attirait les foules.

Poly essuya ses paumes moites sur ses genoux. Il sentait poisser la sueur sous ses aisselles, et cette sensation le mettait encore plus mal à l'aise.

— On verra ça, répondit-il d'un ton morne.

— Ah, les revoilà ! s'exclama Lin.

Les violonistes sortaient des coulisses pour la suite du programme. Des applaudissements retentirent.

Poly se dit qu'il n'aurait jamais le bonheur de connaître cela.

Le silence se fit dans la salle, les lumières se modulèrent. Les techniciens avaient disposé un écran violet au fond de la scène, ce qui nimbait les musiciens d'un halo bleuâtre un peu surréaliste.

Mais au moins, Lin s'était tue.

Poly poussa un soupir de soulagement. Enfin seul face à ses pensées.

Son cerveau n'arrêtait pas de mouliner, et de tourner et retourner ces histoires de famille. Il avait besoin d'en savoir plus au sujet de son adoption secrète, et plusieurs fois il avait failli appeler Darie pour exiger des explications. Il songeait aussi beaucoup à son père et à ce que lui avait appris Chaya. Si Keo s'était mis sur le tard à la religion, alors qu'auparavant il ne pensait apparemment qu'à profiter de la vie, c'était révélateur : il avait un péché à laver. Keo était donc bel et bien son père naturel.

Au début, il s'était posé la question. Si Jorany n'était pas sa mère, Keo pouvait n'être pas son père. Mais comment être sûr ?

Poly était né au Cambodge, contrairement à ses frères et

sœurs, ce qui allait également dans le sens des révélations de sa cousine. Darie n'avait jamais quitté le Cambodge, et Keo avait été garçon de pagode pendant ses jeunes années. Darie fréquentait aussi beaucoup le temple. Était-ce à cette occasion qu'ils s'étaient rencontrés ?

Il avait passé une demi-heure ce matin à se contempler devant la glace. Ressemblait-il à Darie ? Il trouva dans ses yeux un peu ronds une vague ressemblance avec elle. Mais ça s'arrêtait là.

Une question, en particulier, le perturbait : pourquoi sa vraie mère l'avait-elle abandonné à sa sœur ? Car il s'agissait bien d'un abandon. Darie n'avait pas voulu de lui. Rencontrait-elle des problèmes financiers au moment de sa naissance ? Était-elle déjà mariée au père d'Arun, Henry Trémaux, qui n'aurait pas voulu de l'enfant d'un autre ?

Poly n'avait pas de souvenirs de Henry Trémaux. Il savait juste qu'il exerçait la profession d'exploitant agricole. Il travaillait dans le caoutchouc. Un Français qui avait décidé de tenter sa chance au Cambodge après la guerre civile.

L'homme était décédé quand sa fille Arun avait dix ans.

Le deuxième problème auquel il allait devoir faire face rapidement était sa situation financière.

Déjà, il n'aurait pas les moyens de payer un loyer de plus.

S'il ne trouvait pas du travail de toute urgence, il risquait de se retrouver à la rue. Il comptait avant cela appeler le service des bourses de la Juilliard pour obtenir des explications. Ils avaient peut-être commis une erreur ?

Mais ce qui lui restait le plus en travers de la gorge, c'étaient les mensonges. Tout le monde lui avait menti. Son père, qui n'était pas du tout un modèle de vertu, Darie, bien sûr, et Jorany, qui partageait le secret de sa sœur.

Et ses autres frères et sœur ? Que savaient-ils de la situation ? Étaient-ils au courant de ses origines, eux aussi ? Chaya et Munny lui mentaient-ils depuis le début ? Pourquoi Kan le détestait-il à ce point ?

Une idée très dérangeante germa dans son esprit. Si lui, Poly, n'était pas le fils naturel de Jorany, cela signifiait que Kan occupait une place différente dans la fratrie.

C'était lui l'aîné.

Soudain, la musique se tut, et la lumière changea.

Poly n'avait rien entendu du concert.

Les applaudissements et les sifflements fusèrent.

— Quelle virtuosité ! S'enflamma Lin en lui expédiant un grand coup de coude dans les côtes. Qu'est-ce qu'il y a, Poly, ça ne va pas ? Tu es tout pâle ? Poly ! Pol…

Lin toucha attrapa le bras de son compagnon, mais Poly, qui s'était levé pour applaudir comme les autres, lui glissa entre les doigts.

Il s'était évanoui.

4

Les pompiers étaient arrivés dix minutes plus tard, mais Poly, qui se sentait mieux et n'avait aucune envie de passer la nuit aux urgences, avait signé une décharge.

— Tu es sûr ? avait demandé une Lin ultra-angoissée.

La jeune femme avait formulé l'idée de dormir avec lui, mais Poly avait refusé.

— Je vais bien, ne t'inquiète pas, lui avait-il dit alors qu'ils franchissaient la seconde porte de leur immeuble.

— Je peux sortir Chance, si tu veux. Et on dînera ensemble.

— Non, je m'en occupe. Après j'irai directement au lit. Je suis crevé.

Lin fronça les sourcils et posa un baiser rapide sur les lèvres de Poly.

— Viens toquer chez moi si besoin. Mon téléphone refuse toujours de s'allumer, je vais devoir me résoudre à en en acheter un autre.

— Laisse-le moi, je vais essayer de le réparer.

— D'accord, c'est gentil. Je te rapporterai le chargeur. Le code Pin est 7812.

Déjà, ils étaient arrivés au cinquième. Chance, qui les avait sentis, commença à japper.

Poly se hâta d'ouvrir la porte : pas la peine de réveiller tout l'immeuble.

Il ressortit une minute après avec son chien. La promenade dans le quartier lui fit du bien, et il se dit qu'il allait grignoter quelque chose.

Il s'arrêta à une boulangerie. Il hésita à prendre un sandwich au poulet, pour finalement choisir un pain bagnat végétarien.

Peut-être que ce soir, le sommeil ne le fuirait pas.

5

Le lendemain matin, il se réveilla de bonne heure, mais il avait dormi au moins six heures d'affilée. Plus que ces derniers jours.

Tout en dégustant son café, il brancha le portable de Lin sur secteur, et commença à triturer les boutons. Mais l'appareil ne s'allumait toujours pas.

Il retourna dans la cuisine pour nourrir son chien, et quand il revint, il trouva le téléphone allumé.

Il composa le code Pin et le téléphone chargea les messages. Poly, satisfait, s'apprêtait à rendre le portable à sa propriétaire, quand il tomba sur des notifications SMS en provenance de Pierlot. Bizarre… ces deux-là ne se fréquentaient guère !

Tout à coup, la sonnette de l'entrée retentit. Lin, probablement.

Poussé par la curiosité, il lut les derniers messages échangés. Rien de très intime, mais l'usage du tutoiement le déstabilisa. De toute évidence, ces deux-là étaient proches. Lin avait-elle une aventure avec Pierlot ?

Il fit encore défiler les autres SMS, et la sonnette vibra de plus belle.

Soudain, son propre téléphone sonna. Une notification SMS de Pierlot.

On frappait du poing à sa porte, à présent.

— Poly ? C'est moi, c'est Lin ! Ça va ? Ouvre la porte !

Mais Poly ne bougea pas d'un pouce.

— Poly ? Qu'est-ce qui se passe ?

Lin tambourina encore un peu à la porte, puis le silence revint.

Le téléphone de Poly bipa. Un message vocal.

« Poly ? C'est Pierlot à l'appareil ! J'ai parlé avec Lin au téléphone, sur son fixe. Elle est très inquiète. Tu n'ouvres pas ta porte et elle m'a dit que tu t'étais trouvé mal hier soir. Donne vite de tes nouvelles s'il te plaît ».

Lin vint frapper à sa porte encore deux ou trois fois, et laissa même un plat tout prêt sur son paillasson.

Comme au bon vieux temps.

Il n'ouvrit pas, trop choqué d'avoir découvert le secret de Lin et de Pierlot, leur trahison ! Comment Lin avait-elle pu le tromper avec Pierlot ? Il avait au moins trente-cinq ans de plus qu'elle. Au demeurant, rien n'indiquait dans les SMS qu'ils entretenaient une relation amoureuse, mais quelle autre raison motiverait ces traîtres à s'échanger des messages ?

Le soir, il appela le service des bourses de la Juilliard. La réponse lui ôta tout espoir : il n'y avait rien à faire, aucun recours possible, il devait assumer les frais de scolarité.

Poly gagna la cuisine et enleva le cellophane du plat de Lin. Il donna tout à Chance.

— Régale-toi mon vieux.

Le chien engloutit le bol.

Il devait à présent sortir Chance. En bas de l'immeuble, il croisa Lin.

— Ah Poly ! Enfin ! Comment vas-tu ?

— Laisse-moi.

— Quoi ? Mais qu'est-ce qui se passe ? Poly ?

— Je n'ai rien à te dire. Pousse-toi !

— Ah mais, tu ne vas pas t'en tirer comme ça ! s'énerva Lin.

— Laisse-moi passer, espèce de…

Lin pâlit légèrement. Chance remuait la queue.

6

La surprise le laissa sans voix. Alors qu'il remontait avec Chance, Poly rencontra Pierlot qui l'attendait, assis sur la première marche de l'escalier. Ce dernier caressait Tigrou qui ronronnait comme une locomotive. Chance frétilla de la queue et fit la fête à Pierlot avant de lécher le nez de Tigrou.

— Poly, je me fais du souci pour toi. On se fait *tous un sang d'encre* !

En voyant l'expression d'inquiétude sur le visage de son ami, et malgré ce qu'il venait d'apprendre, Poly sentit son cœur s'ouvrir. Des sanglots lui montèrent à la gorge, ses yeux s'emplirent de larmes. Il aurait dû détester cet homme, mais n'y arrivait pas.

— Viens, entrons chez toi, fit Pierlot en passant un bras autour de son épaule.

Poly prépara du café et s'assit dans le canapé. Le chat s'était faufilé à l'intérieur de l'appartement et s'était lové dans le panier, collé à Chance.

Poly avait repris un peu contenance. La présence de son ami le plongeait en alternance dans des affres de chagrin et dans la colère la plus noire. Et puis il se dit que Lin avait peut-être fait le bon choix. Qui voudrait faire sa vie avec un loser tel que lui ?

Alors, il raconta tout à Pierlot : la bourse refusée, les tromperies de sa famille, ses problèmes d'argent.

— J'ai encore mon frère à la maison pour quelques semaines, dit Pierlot, mais si jamais tu te retrouves à la rue, tu es le bienvenu chez moi !

— Je ne crois pas que je pourrais ! Et… comment dire… je

n'ai pas appelé Juliette. Pas eu le courage.

— Je m'en charge, ne t'en fais pas pour ça, répondit Pierlot.

Il y eut un silence. Chance et Tigrou dormaient toujours dans le panier, devant la fenêtre ouverte. Il avait fait plus doux toute la journée, mais l'air redevenait frais. Il était près de vingt-trois heures.

— Pourquoi ne pourrais-tu pas ?

Toute la colère de Poly remonta à la surface.

— Toi et Lin… Comment avez-vous pu ?

— Comment ça, moi et Lin ? Tu veux dire qu'elle et moi… dit Pierlot avant d'éclater de rire.

— Alors il n'y a rien entre vous ?

— Bien sûr que non !

— Je ne vous crois pas !

— Mais enfin Poly ? Tu débloques.

Poly croisa les bras et rajouta d'un air de défi :

— J'ai trouvé les SMS. Vos échanges. Elle vous tutoie et vous la tutoyez !

— Ah, ça ? Mais c'est parce que nous sommes amis !

— Pourquoi me l'avoir caché, dans ce cas ?

Pierlot soupira longuement, et se redressa sur le canapé.

— D'accord, laisse-moi t'expliquer. Lin a bossé avec moi. Elle occupait un poste à mi-temps dans ma boîte de dératisation. Cette entreprise recrute pas mal d'étudiants. On s'est rencontrés un matin devant la machine à café. On a un peu sympathisé, car elle était souvent très seule et moi aussi. Mais rien de plus, je t'assure ! assura Pierlot en levant les deux mains. En plus, elle adore la musique. Elle est venue me voir jouer avec mon trio de jazz. Plusieurs fois. Depuis, nous restons en contact.

Soupçonneux, Poly croisait toujours les bras.

— Mouais, je ne comprends toujours pas pourquoi vous me l'avez caché…

— J'ai bien le droit d'avoir mon jardin secret !

— Et pour Juliette, j'aimerais bien savoir… c'est quoi cette histoire de dette qu'elle aurait envers vous ?

Pierlot garda un moment le silence.

— OK, dit-il. Je vais te le dire. J'avais un autre groupe, avant le trio dont je t'ai parlé. Juliette était au piano. Nous remportions un vif succès. Faisions salle comble. Mais Juliette avait un problème de taille : la défonce, et en particulier l'alcool. Nous avions obtenu l'accès à une grande salle. Le soir du concert, ce fameux jour, elle s'est pointée complètement torchée et a commencé à sortir des blagues douteuses en direction du public. On est sortis de scène sous les huées. Personne ne voulait plus nous embaucher. Le groupe s'est dissous. Juliette est partie en cure. Aujourd'hui, elle ne boit plus que du lait. J'ai reformé un nouveau groupe, le Pierlot trio dont je t'ai parlé, mais le succès n'était plus au rendez-vous.

— Ah, tout s'explique ! Mais ça n'a plus d'importance. Ma situation professionnelle est fichue, alors mes relations… Chez nous, on croit au karma. L'idée que chaque acte compte, que notre destinée est la somme de toutes nos actions dans cette vie et dans nos vies passées. J'en suis venu à me dire que j'ai mal agi, et que j'en paie les conséquences. J'ai été en dessous de tout à mon travail, j'ai abandonné mes collègues alors qu'ils étaient submergés de boulot, j'ai fui mes responsabilités, manqué à mes devoirs. Je n'ai pensé qu'à moi, avec ces histoires de musique. En plus, je me suis mis à manger de la viande, ce qui est contraire à mes traditions. Je n'ai pas pris de nouvelles de ma mère depuis des semaines, enfin, de Jorany.

— Ta famille me paraît peu reluisante, côté… karma. Tu devrais arrêter de te fustiger ! Tu es sûr que tu n'as pas quelque chose de valeur à vendre, pour financer la Juilliard ?

— Non. Et la banque me refuserait un prêt vu ma situation.

Poly se tut, pour mieux réfléchir. Au fond, Pierlot avait raison. Il détenait quelque chose de très grande valeur financière.

Mais il ne pouvait compter là-dessus, c'était strictement impossible.

Il chassa bien vite cette idée.

Il devait aller dormir.

Chapitre 14

1

— Ça fait longtemps ! Un expresso, comme d'habitude ? Mais qu'est-ce que je vois là ! Bonjour toi ! C'est ton chien, Poly ?

— Oui, il s'appelle Chance. Un double expresso, plutôt. Jack n'est pas là ?

— Non, Jack est parti un peu à la campagne, chez mon ex-femme. On a la garde partagée, si je puis dire, répondit Jack en gloussant et en se penchant pour caresser le chien.

Puis il se releva souplement, balança son torchon sur son épaule et disparut derrière son comptoir.

Par réflexe, Poly chercha des yeux le jeune homme qui préparait ses examens, avant de se rappeler qu'il devait bosser dur pour son dernier trimestre de cours avant les épreuves.

Les gens vivaient leur vie, et lui ne faisait que se morfondre.

Après la visite de Pierlot, il s'était mis au lit et avait tapé un SMS rapide destiné à Lin, où il s'excusait vaguement. Il n'avait aucune nouvelle. Il l'avait bien cherché.

En se réveillant, il avait décidé de renouer avec son train-train d'antan et un café chez Léon s'imposait.

Tout en sirotant son double expresso, Poly avait épluché ses derniers relevés bancaires. Sa situation était pire que ce qu'il avait supposé.

Il ne voulait pas s'y résoudre, mais il n'avait pas le choix. Laissant sa fierté de côté, il prit une profonde inspiration et appela son frère Munny.

— Salut, Munny, ça va ?

— Tranquille. Quoi de neuf ?

— Écoute, pas très bien. J'ai des problèmes… des

problèmes d'argent.

Un silence.

— Et ?

— Et je ne suis pas sûr de garder la tête hors de l'eau ce mois-ci. Je me demandais si tu pouvais me dépanner. Pour payer le loyer. M'avancer l'argent. Je te rembourserai au plus vite…

Mais l'autre ne le laissa pas terminer sa phrase.

— La vente des biens familiaux ne t'a pas suffi à renflouer tes caisses ? Mais qu'est-ce que tu fiches de ton argent, dis-moi ?

Apparemment, Munny n'avait pas digéré la disparition du coffre marqueté. Pourtant, il se radoucit légèrement quand il reprit la parole :

— Excuse-moi, je ne voulais pas… mais enfin, Pol' qu'est-ce qui cloche chez toi ? Tu avais un bon job, non ? Mais… c'est d'accord je suis disposé à te filer de quoi manger ce mois-ci, mais ça s'arrête là. Je te rappelle que je reprends mes études à la rentrée, et que j'ai dû poser un congé sans solde pour me les offrir.

Cette rengaine au sujet de son boulot de dentiste soi-disant idéal commençait à lui taper sur les nerfs.

— C'est bon, laisse tomber, je vais me débrouiller autrement !

— Mais…

Poly avait déjà raccroché.

Le second appel lui coûta encore plus. Il fit une pause, les yeux fixés dans le vide. Il croisa le regard de Léon, mais ses yeux exprimaient une telle détresse que même Léon détourna la tête, mal à l'aise.

La voix qui lui répondit était affable, avec un léger accent.

— Ici l'agence Pérez. En quoi puis-je vous être utile ?

— Bonjour, je suis Poly Suhana. Je…

— Oui ?

— Je loue un de vos biens dans le dixième arrondissement. Rue du faubourg Saint-Martin. Je souhaiterais parler à mon propriétaire.

— Patientez quelques minutes.

Il y eut un bruit de papiers froissés, puis celui d'une sonnerie. Plusieurs minutes s'écoulèrent. Poly regardait par la fenêtre, les mains tellement serrées sur son portable que son bras tremblait.

— Monsieur Suahana ?

— Oui ?

— Je n'ai pas l'autorisation de vous transmettre le nom et les coordonnées de votre propriétaire. Il est stipulé dans le contrat que toutes les communications doivent passer par notre intermédiaire.

— Mais pourquoi ?

— Je vous rassure, si les propriétaires rétribuent une agence pour louer leur bien, c'est justement pour ne pas avoir à s'en occuper. Une pratique très courante. Si vous me disiez ce qui vous amène ? Peut-être pourrais-je vous aider ?

— N… non, je vous remercie. Je rappellerai.

Poly avait besoin de réfléchir. Il trouvait étrange cette histoire de propriétaire fantôme…

Il lui restait à accomplir la tâche la plus difficile de la journée. De l'année même. Quelque chose de beaucoup plus effrayant que passer une audition pour entrer dans une école de musique.

2

Zarina avait été si heureuse de le revoir qu'elle avait renversé son verre d'eau sur son agenda.

— Dr Suhana ! s'exclama-t-elle en épongeant les pages du gros livre. Quelle surprise ! Les collègues vont être ravis !

Poly en doutait sérieusement, mais il ne fit aucune remarque.

— Est-ce que vous voulez un café ?

Il faillit se laisser fléchir, mais son estomac, vide depuis plus de seize heures, n'avait pas l'air tout à fait d'accord.

Il déclina l'offre, et s'approcha discrètement de l'hôtesse.

— Savez-vous si le Dr Bouttet assure ses consultations, aujourd'hui ?

Son plan était simple : user de sa relative complicité avec la nutritionniste pour tenter de réintégrer son ancien poste. Les autres médecins n'avaient jamais pu le supporter.

— Oui, elle prend sa pause, justement. Je vais l'appeler.

Zarina composa un numéro sur le téléphone interne du centre.

Poly en profita pour remarquer l'absence de compostions d'Ikebana. Nesrine Périn avait soit capitulé, soit posé des congés. En tout cas, l'endroit commençait à ressembler à ce qu'il était : une simple salle d'attente.

Poly se dit que travailler là n'était pas si désagréable, au fond. Il l'avait fait pendant des années, alors il serait capable de le refaire. Il n'abandonnerait pas la musique, peut-être même qu'il pourrait donner de vrais concerts, en amateur.

À cette idée, son humeur remonta légèrement.

— Elle vous attend dans son bureau, dit Zarina en raccrochant.

Poly se dirigea vers le couloir qui menait au cabinct dc la nutritionniste. Il passa devant d'autres portes, où de nouveaux noms étaient inscrits : Dr Piat, Dr Miksa, Dr Ebersbach.

Le centre avait eu vite fait de s'agrandir et de le faire remplacer. Pas sûr qu'il reste un poste à pourvoir.

Il se demanda s'il avait bien fait de venir. Il sentait à présent que non. Ne devait-il pas faire demi-tour, avant de se ridiculiser en quémandant du travail ?

Parvenu devant la porte de Karine Bouttet, il hésita à frapper, lorsque la porte s'ouvrit en grand. Son ex-collègue l'avait devancé.

— Salut Poly. Entre.

La femme retourna s'asseoir dans son fauteuil. Poly nota que la fenêtre, cette fois-ci, était bien fermée. Il se rappela l'absence des compositions florales dans la salle d'attente.

— Alors, comment vas-tu ? Qu'est-ce qui t'amène ?

Autant ne pas tourner autour du pot.

— Je… ça va. J'ai changé mes plans. Et… je me demandais s'il restait un poste à pourvoir.

Le bureau de la nutritionniste était toujours encombré de ses piles de livres. Poly les contempla un instant, gêné. Il avait complètement zappé la lecture de l'essai, qu'il avait commencé sans jamais le terminer.

La femme jouait avec un stylo, qu'elle tapotait sur son sous-main.

Le *tac tac tac* répété mettait les nerfs de Poly à rude épreuve. Il s'enfonça un peu plus dans son siège et releva son regard vers Karine Bouttet, qui émit un petit rire aigu. Une sorte de gloussement outré.

— Je te trouve sacrément gonflé, tout de même. Venir ici nous relancer après que tu nous as fichus dans la merde, quand on croulait sous le boulot. Ton poste a été remplacé, le centre a recruté des médecins étrangers : un Hongrois, un Allemand, que des gens fiables.

Poly allait parler, quand la femme reprit, levant son stylo pour l'interrompre :

— En plus tu as le toupet de me solliciter ? Je n'ai trouvé aucune trace de mon livre sur les réseaux. Tu m'avais promis de m'envoyer une photo pour mon compte Instagram. J'imagine que tu ne l'as même pas lu… tu m'as beaucoup déçue. Maintenant, ajouta-t-elle en se levant, si tu veux bien, j'ai des patients qui m'attendent !

Poly sentait le rouge de la colère envahir peu à peu son visage, comme une vague. Alors que la nutritionniste se tenait déjà à la porte de son cabinet, il n'avait pas bougé de son fauteuil. Il pivota le tronc pour croiser son regard, et lui lança sa dernière arme.

— Je sais que c'était toi.

— Moi ? Moi quoi, au juste ?

— La personne qui vandalisait les compositions d'ikebana

avec des mégots de cigarettes. Tu fumais en cachette dans ton bureau, en aérant au maximum pour faire partir les odeurs. Tu as toujours détesté Nesrine, qui te volait la vedette.

Karine Bouttet s'empourpra de colère.

— Dehors, Poly. Et ne t'avise pas de revenir !

3

La soirée avait commencé par le restaurant où elle travaillait, puis Myriam l'avait emmené dans un bar où elle avait ses habitudes.

Poly n'avait pas renoué avec Lin, malgré les explications de Pierlot. Il avait d'ailleurs exploré le web à la recherche d'informations. Le nom de l'entreprise de dératisation figurait sur les pièges. Il avait appelé le siège, et s'était renseigné sur les salariés. Il avait demandé si une certaine Lin Wang avait travaillé dans leur entreprise, mais on n'avait pas pu lui répondre. En revanche, l'hôtesse d'accueil connaissait bien Pierlot. Mais le plus troublant, c'était que personne dans l'immeuble n'avait attrapé de souris dans les pièges. Une petite excursion chez ses voisins l'avait conforté dans son intuition.

Poly avait commandé un jus de tomates, tandis que Myriam sirotait un cocktail fortement alcoolisé.

La jeune femme, qui était rentrée de son voyage plus tôt que prévu désigna le verre de Poly de l'index.

— Végétarien, et sobre, en plus de ça ?

Poly n'avait mangé que des frites et de la salade au restaurant. Myriam l'avait rejoint après sa prestation, et comme elle avait eu envie d'un bon morceau de viande, ils s'étaient rendus dans un steak house latino.

Poly s'était laissé conduire, il avait perdu toute combativité. Malgré tout, pris de remords, il avait cessé de manger de la viande depuis plusieurs jours.

Il essaya de sourire, en vain. Il n'avait pas touché à sa

boisson. Il se montrait peu loquace. Sa compagne parlait pour deux, et il en était fort aise.

— Et ce type, il est venu me dire qu'il suivait ma carrière depuis le début, et qu'il avait embarqué sur ce bateau rien que pour m'entendre jouer tous les soirs ! Tu imagines ?

— Mmh mmh.

— On a fini par sortir ensemble. Mais aujourd'hui c'est terminé. J'en ai eu assez, il était marié, figure-toi, et bien sûr il a attendu la fin du séjour pour me mettre au courant. J'ai besoin d'une relation stable, à mon âge, tu comprends, ma mère, elle a eu que ça des mecs qui la laissaient tomber au bout de deux mois. Je ne veux pas reproduire le sché… Poly, ça va ?

Poly, qui souffrait de terribles insomnies, sentait ses paupières devenir lourdes. Le babillage de Myriam le berçait. Il songea pour la cent cinquantième fois de la journée qu'il n'avait pas payé son loyer ce mois-ci, et qu'il se trouvait dans une implacable impasse.

Pourquoi avait-il accepté cette invitation ?

— Je crois que je vais prendre quelque chose de plus fort, finalement.

— À la bonne heure !

— Que pourrais-tu me conseiller ?

— Mmh… je verrais bien quelque chose de revigorant. Un long Island !

Poly haussa les épaules.

— C'est toi la spécialiste.

Myriam sourit. Elle dégageait ce charme des gens qui rentrent d'une destination lointaine et qui retrouvent leurs lieux préférés comme si c'était la première fois. Elle leva son bras fin et bronzé pour capter l'attention du serveur, et commanda le Long Island, un cocktail très chargé en alcool.

Poly joua un instant avec la décoration du verre, puis il trempa ses lèvres dans le breuvage, avant de l'avaler d'un trait.

— Un autre, s'il vous plaît !

— Hé, doucement ! Ça ne se boit pas comme ça, tu sais !

Mais Poly n'en avait cure, et le second verre subit le même traitement.

Après quoi le moment était venu de rentrer.

Mal à l'aise sur ses jambes, le regard flou, Poly se laissa piloter par Myriam, qui réserva un Uber.

Elle le soutint jusqu'à sa chambre, lui enleva ses chaussures et son tee-shirt. Chance aboya un peu, puis il lui renifla les fesses avant de retourner dans son panier.

Poly s'assit sur son lit, le visage tout près de celui de la jeune femme. Il l'embrassa pendant une longue minute.

— Attends une seconde.

Myriam se dirigea vers la cuisine, et trouva ce qu'elle cherchait : la salle de bain.

Lorsqu'elle revint dans la chambre, vêtue en tout et pour tout de sa petite culotte, Poly dormait à poings fermés.

Elle consulta sa montre : trois heures du matin. Trop tard pour rentrer chez elle.

4

Sa tête lui faisait un mal atroce, et son estomac charriait une rivière d'acide. Poly se leva péniblement, regarda l'heure et se demanda ce qu'il avait fait la veille pour qu'il se réveille à midi avec de tels symptômes.

Il passa dans la salle de bain et urina comme s'il avait bu un tonneau entier de thé.

Puis, alors qu'il regagnait la chambre, tout lui revint brusquement en mémoire : le restaurant, le bar et les cocktails, et bien sûr Myriam. Et Chance ! Il n'avait pas sorti Chance ce matin !

Il appela son chien qui rappliqua immédiatement, remuant la queue, et sautant en l'air en tournoyant comme une toupie.

Il trouva le mot en se baissant pour lui attacher son harnais.

« J'ai sorti ton gentil toutou ce matin. Je t'ai laissé dormir, tu en avais manifestement besoin. Je dois m'occuper de certaine trucs aujourd'hui. Je repasse te voir en fin de journée. Si tu veux bien. Bisous ».

Poly se rassit sur son lit. Il était reconnaissant à Myriam de s'être occupée de son chien, mais pas question qu'elle revienne ce soir. Il ne devait pas laisser traîner. Le cœur battant, il lui envoya un SMS pour lui dire qu'il était pris toute la soirée. Aucune réponse ne lui parvint en retour.

L'heure suivante, il ne cessa de s'interroger : qu'avait-il fait avec cette jeune femme ? Avait-il seulement fait quoi que ce soit ? Il ne se souvenait de rien.

Il pensa à Lin. Lin lui manquait. C'était Lin qui devait revenir ce soir. Myriam ne représentait rien pour lui. Le visage de la jeune Chinoise s'imposa à lui, et il put sentir la douceur de ses mains sur lui. La saveur de ses baisers, l'odeur de sa peau et de son parfum, le chatoiement argenté de ses cheveux dans la lumière du matin, tout lui revint en mémoire avec une acuité douloureuse.

Comment avait-il pu sortir avec une autre femme ?

Il était encore temps.

Il passa rapidement sous la douche, se brossa les dents et ingurgita un double expresso.

Chapitre 15

Il frappa chez Lin. Pierlot apparut dans le chambranle de la porte. Ce fut la douche froide. Désormais totalement dégrisé, il dit d'une voix glaciale :

— Ah, vous êtes là, vous ? Vous êtes venu voir votre petite copine ?

— Comment ça ? Dit Pierlot.

— Oh, pas la peine de vous dérober, Pierlot, je sais pour vous deux ! Vous sortez ensemble à mon nez et à ma barbe depuis des semaines. Des années peut-être ! Et vous me débitez mensonge sur mensonge, comme cette histoire de souris. Juste un prétexte pour apparaître dans l'immeuble et retrouver Lin chez elle ! Comme aujourd'hui ! J'ai réalisé ma petite enquête, figurez-vous, il n'y a pas la moindre souris dans cet immeuble. Tigrou ne fait que roupiller dans les escaliers, vous avez déjà vu un chat aussi indifférent ? Normal, puisqu'il n'y a aucun rongeur à chasser ! Zéro, nada, rien ! Je n'ai plus confiance en vous !

— Mais Poly, ce n'est pas ce que tu crois ! s'exclama Lin.

— Arrêtez vos salades hypocrites ! Vous allez cracher le morceau, tous les deux ? Vous couchez ensemble, oui ou non ?

— Pierlot échangea un regard avec Lin. La jeune femme hocha la tête.

— D'accord, dit-il, nous allons tout t'expliquer…

2

— Nous nous connaissons depuis des années, Lin et moi.

— Ça, je suis au courant ! Vous avez travaillé dans la même boîte !

— En fait… non. On s'est rencontrés lors d'un concert dans

un bar où mon trio se produisait. Ou plutôt : c'est que mon pianiste Jérôme qui a flashé sur Lin.

Poly se redressa sur son lit et clama :

— Tu ne m'as pas parlé d'un de tes ex qui s'appelait Jérôme ?

— En effet. Jérôme était mon petit ami. Je suis devenue d'abord fan du groupe, dont je suivais tous les concerts, puis Jérôme m'a remarquée, et tout et tout. Pierlot l'a même encouragé à me draguer, Jérôme souffrait d'une grande timidité avec les femmes. Malgré sa force et sa détermination. Car il militait pour le droit des animaux. Il libérait des chiens utilisés dans les labos pour des expériences. J'en ai recueilli quelques-uns chez moi, d'ailleurs.

— Et tout et tout ? Mais je n'y comprends rien ! Quel rapport avec moi ?

— Poly, ça ne va pas te plaire, dit doucement Lin.

— Laisse, Lin, je vais tout lui raconter, intervint Pierlot. Voilà : Lin avait remarqué que tu jouais de la trompette dans ta cave, isolé de tous. Pendant des semaines, elle venait t'écouter, subjuguée. Elle a essayé plusieurs fois de te faire sortir de là, sans succès. Mais te voir gâcher ton talent la mettait en rogne. Elle se doutait bien que quelque chose motivait un tel comportement. Quelque chose comme de la timidité, de la peur. Alors elle est venue me trouver.

— À ce moment-là, intervint Lin, j'avais déjà rompu avec Jérôme. Mais j'avais toujours le numéro d'André.

— Oui, et on a réfléchi à une petite mise en scène. D'après Lin, tu te fermais dès qu'elle essayait de te faire sortir de la cave. Il fallait que quelqu'un d'autre essaie. De manière détournée. Un parfait inconnu. Comme un simple technicien. Si j'étais venu avec mon saxo, tu aurais encore fui. Alors qu'avec ma blouse bleue d'ouvrier…

— Alors cette histoire de souris, c'était du vent ?

— En effet, il n'y a pas de souris dans votre immeuble. Mais mon intervention devait être crédible !

— Mais vous m'avez manipulé ! Vous m'avez raconté des salades ! Du début à la fin ! Comme le fait que Lin travaillait dans la même boîte que vous !

— Poly, ne te fâ….

— Ça suffit, j'en ai assez entendu ! Je ne veux plus vous voir ! Espèces de sales menteurs !

3

Laver sa voiture dans la rue était interdit.

Mais Kan n'en avait que faire.

Armé d'un seau et de divers accessoires, il occupait sa soirée à faire rutiler son Audi A8, qu'il avait achetée récemment. D'occasion, bien sûr, car il n'avait pas les moyens de mettre plus de 20 000 euros dans une telle acquisition. D'ailleurs, il avait dû contracter un nouveau crédit, en plus des traites pour le garage.

Il devenait urgent de trouver l'argent qui lui manquait.

Il était en train de nettoyer le rétroviseur gauche quand son portable sonna.

C'était Pisey, sa maîtresse cambodgienne. Son cœur se mit à battre plus vite. Qui sait ce qu'elle allait lui apprendre…

— Bonjour Kan.

— Salut ma beauté. Tout va bien ?

— Tu me manques.

— Moi aussi. Qu'y a-t-il ?

— Moi voulais juste dire bonjour.

— D'accord. On se voit bientôt, ma reine. Écoute, j'ai les mains mouillées, là. Je te rappelle très vite. Je t'embrasse fort.

La jeune femme raccrocha. Kan s'imaginait la serrer dans ses bras. Il était amoureux de cette femme. Si seulement il avait les moyens de la faire venir en France… il songea à son épouse Clémence. Il ne voulait pas divorcer. Même si ça n'allait pas fort entre eux. Déjà, il avait rompu avec Éva, sa maîtresse d'origine suédoise. Une femme très belle, mais trop chic. Elle lui coûtait les yeux de la tête.

Ils s'étaient connus il y a si longtemps avec Clémence. À l'adolescence. Il se croyait alors amoureux d'elle. Peut-être qu'il l'avait été. Ils avaient eu Gabriel, à même pas dix-huit ans, et lui était fou de bonheur. Avoir un enfant si jeune les avait rapprochés, au début. Mais Clémence se sentait frustrée. Elle se plaignait de ne pas vivre sa jeunesse. De sorte qu'elle s'était éloignée de lui et de leur bébé. Lui, il avait pris en charge l'éducation de leur fils. Sa femme se faisait de plus en plus distante. Il avait commencé à coucher avec d'autres femmes. Ce n'est que récemment que Clémence avait pris conscience que Gabriel avait besoin de sa mère.

Kan se baissa pour attraper sa peau de chamois. Distraitement, il commença à lustrer la carrosserie de l'Audi.

Il ne connaissait rien de la vie quand il avait épousé Clémence. Son expérience des femmes était ridicule. Il venait tout juste de se faire opérer d'un horrible strabisme qui le complexait. Cette opération lui avait coûté du temps et de l'énergie, car il avait économisé pendant deux ans pour se l'offrir.

Mais il voulait changer d'existence. Oublier toutes ces années où il avait été la risée de ses petits camarades. Tirer un trait sur son adolescence, sur le sentiment d'être le mal-aimé de la famille. Son père, très porté sur la religion, n'avait pas supporté de le voir boire et fumer. Quand il s'était mis à voler des autoradios et à fréquenter des types louches, il l'avait éloigné de Paris pour le coller en pension.

Cette pension avait tourné au cauchemar. Derrière ses lunettes en forme de loupe, il voyait le monde tout en noir. Les cours, assommants, ses petits camarades, qui se moquaient de lui. Et même les professeurs qui ne cessaient de l'humilier.

Il s'était juré de sortir de cet enfer. Il avait commencé par se faire opérer. Puis il avait mis ses connaissances en matière de mécanique et de voiture au service d'un métier.

À peu près à cette époque, il avait appris le secret de sa tante

Darie. Au sujet de la naissance de celui qu'il considérait comme son frère aîné : son cousin Poly.

Il avait commencé à faire chanter Darie. Et elle avait obtempéré : à condition qu'il se taise et qu'il garde le secret sur la naissance de Poly, il devenait propriétaire du logement familial rue du Faubourg Saint-Martin.

Le logement qu'occupait Poly.

Darie et Keo avaient signé les papiers, et il percevait l'argent tous les mois, ce qui payait les traites de son garage.

En revanche, Poly était bel et bien propriétaire de la maison au Cambodge, ce qui ne le laissait pas de le tracasser.

Mais là encore, il avait formulé de nouvelles exigences. Sa tante avait d'abord refusé, mais, face au chantage qu'il lui faisait subir, elle avait fini par céder : la chambre avec salle de bain privée leur serait exclusivement réservée, à lui et à Pisey. Même s'il vivait les trois quarts du temps à Paris.

Il savait bien qu'il aurait dû laisser la chambre à sa cousine Arun, mais Arun était comme les autres, elle le méprisait. Elle n'appréciait que cet avorton de Poly. Ce qui n'avait rien d'étonnant, dans un sens, vu que c'était son frère. Même si elle l'ignorait. Eh bien tant pis pour elle !

En songeant à Arun, il commença à se tracasser. Darie lui avait téléphoné pour l'avertir que quelqu'un avait fouillé dans ses affaires. Là où elle rangeait le livret de famille, quelques photos et divers souvenirs.

Le fouineur ne pouvait être qu'Arun, Pisey ou Jorany.

Il supposait qu'il s'agissait d'Arun. Il serra les poings. Il devait rester vigilant.

Kan se recula pour admirer son œuvre : la voiture brillait de mille feux. Une petite vidange, et il rentrerait boire une bière bien fraîche.

Tout en soulevant le capot, il repensa à son cousin Poly, et à ses problèmes d'argent. Il n'avait plus le choix : Poly n'avait pas payé son loyer ce mois-ci, en conséquence de quoi il devait installer de toute urgence un locataire dans l'appartement. De surcroît, en augmentant le loyer, il obtiendrait de quoi rembourser une partie des mensualités de sa nouvelle voiture.

Mais il ne savait pas comment faire pour expulser Poly. Car on ne mettait pas les gens dehors comme cela. Pas en France !

À moins que…

Le sourire aux lèvres, il rangea son matériel et se dirigea vers le frigo.

La bière stimulerait son imagination et l'aiderait à mettre en place le plan qui venait de germer dans son esprit.

4

Poly était parti de chez Lin extrêmement en colère.

Il était en train d'ouvrir la porte de chez lui quand une force contraire le propulsa en arrière.

Un homme gigantesque, avec une cagoule noire sur la tête, apparut dans son champ de vision.

L'homme le poussa dans le fond de la pièce, referma la porte de l'appartement, et l'accula au mur. Il le boxa ensuite copieusement au visage, au ventre et au thorax.

— Je te donne quarante-huit heures pour quitter l'appartement, dit-il. Sinon, je reviendrai te démolir et après ça je m'occuperai de ta petite copine la Chinoise !

Poly essaya de crier, mais aucun son ne sortit de sa gorge.

— Compris ?

Poly hocha la tête.

Puis ce fut le trou noir.

5

Il ne reconnaissait pas la pièce. Ses paupières étaient collées, et une vague odeur d'épices emplissait l'atmosphère. Les rideaux tirés ne laissaient passer qu'un rai de lumière.

Il tenta de s'asseoir, mais le lit dans lequel on l'avait installé était très mou, et il se trouvait dans un creux. Il se rallongea en gémissant, une main sur le front. Un épouvantable mal de tête lui comprimait les tempes.

Il était presque nu, à l'exception de son caleçon. Quelque chose s'activait au pied du lit. Qui lui léchait les pieds.

— Chance ! s'exclama Poly ! Arrête, tu me chatouilles.

L'animal jappa deux fois, puis se roula en boule sur la moquette, à côté de son maître.

Puis, alors qu'il tentait de s'emparer d'un verre d'eau sur la table de nuit, il distingua sa trompette dans un coin, et reconnut les lieux.

— Il est réveillé ! chuchotait Lin derrière la porte de sa chambre.

La porte s'ouvrit en grand, et deux paires d'yeux le scrutèrent avec anxiété.

— Comment ça va, mon grand ?

— Pierlot ! Encore vous ! Je... ah, j'ai vu trente-six chandelles.

Pierlot s'assit sur le bord du lit.

— J'ai préparé un bouillon volaille gingembre, dit Lin en déposant un bol chinois fumant sur la table de nuit.

— Je ne sais pas si...

— Ta ta ta ! Pas de ça, mon jeune ami, le rabroua Pierlot. Il faut reprendre des forces. Tu es tout maigre !

Poly soupira et se releva. Lin ajusta l'oreiller, puis elle retapa un peu son lit.

— C'est ton voisin de palier qui t'a trouvé, expliqua-t-elle. Ta porte était ouverte en grand. Chance a déboulé dans le couloir en aboyant. Il a compris qu'il s'était passé quelque chose. Il est venu frapper chez moi et on t'a transporté jusqu'à ma chambre. On a également pris ta trompette, au cas où le type reviendrait. Et comme tu n'aimes pas les hôpitaux et les urgences, j'ai préféré... rappeler Pierlot.

— Ah vous deux ! Non, mais... !

— Tu étais à peine conscient, le coupa Pierlot.

— Je ne m'en souviens pas.

Poly se tourna vers le bol, et le prit entre ses mains. Il était beaucoup trop chaud. Il le reposa.

Lin s'était tue.

— Est-ce que tu connais ton agresseur ? Dit Pierlot.

— Un type grand et baraqué, avec une cagoule. Aucune de mes relations, à part… vous, Pierlot, répondit Poly. C'est peut-être encore un de vos coups tordus ? Comme mettre des pièges à souris dans un immeuble dépourvu de la moindre bestiole ? Je n'ai plus confiance en vous, je vous l'ai dit !

— Mais Poly, nous ne te voulons que du bien s'exclama Lin. Ce type en cagoule… Il faut porter plainte !

— Je m'en fiche bien de porter plainte. Je ne peux plus retourner chez moi. Mon agresseur me l'a interdit, sous peine de représailles. Il m'a bien fait comprendre que je devais quitter les lieux définitivement.

— Est-ce que tu as des ennemis, Poly ? continua Pierlot en se levant pour ouvrir les rideaux. Désolé, mais on étouffe là-dedans !

En effet, aucun filet d'air ne pénétrait dans la pièce. Et ça sentait le renfermé.

Poly ferma les paupières lorsque la clarté afflua. Son mal de tête le reprit.

— Tu n'aurais pas du Doliprane, ou de l'aspirine, Lin ? Des ennemis ? Quelqu'un qui me voudrait du mal ? Je ne vois pas. À moins que…

— Oui ?

— C'est juste une intuition.

— Dis toujours !

— Eh bien, mon propriétaire ne doit pas être content, car je n'ai pas payé mon loyer ce mois-ci. Mais de là à me brutaliser… cela dit, s'il récupère l'appartement, il peut augmenter le loyer et mettre quelqu'un d'autre à la place. Mon bail est encore loin de son échéance. De plus, mon agresseur possédait apparemment un double des clés.

— Et ce proprio, tu n'as pas essayé de lui parler ?

Poly secoua la tête.

— Il tient à rester anonyme, m'a expliqué une employée, à l'agence.

Pierlot se gratta le menton.

— Curieux tout ça…

Un ange passa.

— En tout cas, tu ne peux pas retourner chez toi !

— Mais…

— Je suis disposé à accueillir Chance chez moi, insista Pierlot. Tout le temps nécessaire.

— Et moi, à te prendre toi ! Poly dit Lin. Et on peut garder le chien, il est petit !

— Arrêtez vos manigances ! Je m'en fiche, je rentre chez moi !

— Mais Poly…

6

La circulation était très encombrée. Kan risquait d'être en retard. D'un geste rageur, il frappa son volant quand une voiture sans permis le dépassa dans la file. Le conducteur n'avait pas plus de quinze ans.

— Non, mais regarde-moi cet abruti. Pas de poil au menton et déjà il se prend pour un caïd de la route !

Kan appuya sur l'accélérateur et doubla le jeune conducteur. Un autre automobiliste le klaxonna. Il grilla un feu orange et mordit la chaussée.

Passablement énervé, il se retourna vers son fils.

— Tu as pensé à ton déodorant, Gab ? À ton âge, il faut commencer à en mettre !

— Oui, p'pa. Attention !

Un vélo déboulait par la droite. Kan ne l'avait pas vu. Il

donna un brusque coup de volant pour rétablir sa position dans sa file. Puis il changea de file. La circulation se fluidifia d'un coup. Il desserra ses mains du volant et contempla une jolie fille dans la voiture d'à côté. Elle avait passé ses doigts par la vitre ouverte. La sienne ressemblait à un tombeau, car la clim fonctionnait à fond. Il regrettait parfois sa première voiture : la 2CV de son grand-père.

La voie était libre, il appuya sur l'accélérateur. Il dépassa plusieurs véhicules, freina brutalement à un feu rouge. Et redémarra avant même que le feu passe au vert. Avec un peu de chance, il arriverait pile à l'heure. La ponctualité était une valeur qu'il s'évertuait à inculquer à son fils.

On lui avait recommandé un super prof de natation. De ceux qui préparent les jeunes aux compétitions, qui les portaient vers l'excellence. Il s'imaginait déjà dans les tribunes aux Jeux olympiques, à encourager Gabriel.

Terminé, les cours de piano. Depuis que Poly ne pouvait plus les financer, il était hors de question que son fils continue. Il avait perdu assez de temps comme cela. Il avait donc décidé qu'il reprendrait avec sérieux la natation.

Kan jeta un coup d'œil dans le rétroviseur. Gabriel n'avait pas desserré les dents depuis le départ de la maison.

— Tu vas voir, il est super ce prof.

Un silence.

— Tu vas faire des progrès très rapidement. Et devenir fort comme papa. Alors toutes les filles te tomberont dans les bras !

— Pourquoi c'est plus tonton qui m'emmène à la piscine ?

— Parce que ton oncle ne fait plus partie de la famille. Tu dois l'oublier.

Gabriel avait pâli.

— Pourquoi il ne fait plus partie de la famille ?

— Parce qu'on n'est pas assez bien pour lui. Tu es tout blanc, Gab, tu veux une galette de riz ? Pour prendre des forces avant la piscine ? Tu ne vas pas chouiner au moins ? Allez, je te mets de la musique !

Kan manipula quelques boutons, puis la musique emplit l'habitacle.

Les yeux du gamin se ranimèrent. Il sourit.

— Qu'est-ce que c'est que ce machin ? S'énerva Kan, encore un truc de ta mère ! Il faut toujours qu'elle me dérègle la radio quand elle prend la voiture !

Le père outré nota mentalement qu'il devrait interdire à Clémence de faire écouter du jazz à leur fils. Ces trucs pour les vieux allaient ramollir leur garçon.

Il chercha une autre station.

— Mais c'était le trio E.S.T, papa !

— Le quoi ? Jamais entendu parler. Je vais nous mettre de la vraie musique. Du rap ou du rock. Oh, et puis le silence, c'est bien aussi. Tu n'as qu'à me raconter quelque chose ?

Mais son garçon se tint coi. Depuis qu'il avait arrêté le piano, il se murait dans un silence obstiné.

Tant pis, songea Kan. Il avait besoin de réfléchir, et son fils pouvait s'occuper tout seul avec son téléphone portable, le nouveau jouet multifonctions des enfants et des ados.

Il n'avait pas encore pris le temps de savourer sa victoire, malgré la grande nouvelle : Poly avait quitté l'appartement. L'homme qu'il avait retrouvé dans ses contacts et engagé pour lui faire la leçon s'était révélé un bon enseignant : dès le lendemain, son soi-disant frère avait déguerpi.

Restait à dénicher un nouveau locataire. Il ne se faisait guère de souci pour cela. Même en doublant le loyer, l'appartement était bien situé, à deux pas de la Gare de l'Est. Il trouverait rapidement preneur.

Avec ces revenus supplémentaires, il finirait de payer les traites de son garage et aurait peut-être les moyens de faire venir sa maîtresse cambodgienne. Il l'installerait dans une chambre de bonne, et ils se verraient tout le temps. Pisey rêvait de venir à Paris, d'ailleurs elle n'avait que ce mot à la bouche : Paris, Paris, Paris.

Il appuya sur le champignon et roula encore cinq minutes.

— On est arrivé, fiston, dit Kan en serrant le frein à main.

Gabriel était tout ratatiné sur son siège.

7

Il n'en revenait pas.

Lin l'avait fait asseoir sur le canapé, en lui disant « Maintenant tu vas m'écouter, Poly ».

Et elle lui avait raconté la vérité sur Juliette et Pierlot, et tout ce que Pierlot faisait pour lui.

— Tu croyais peut-être que Juliette faisait ça gratis pour toi ?

Etonné par ce qu'il venait d'entendre, Poly avait du mal réaliser.

— Tu es sûr qu'il la paie ? Il m'a parlé d'une histoire de dette envers elle.

— Bien sûr qu'il la paie. Pierlot m'a tout raconté. Juliette n'est pas redevable ad vitam aeternam envers lui ! Tous les cours que tu as pris depuis le début, c'est à Pierlot et à son argent durement gagné que tu les dois. Juliette lui a fait un prix d'ami, certes, mais il a tout financé, notre Pierlot !

Poly n'en revenait toujours pas.

— Mais pourquoi fait-il tout ça pour moi ? Après tout, il ne me connaissait pas, il y a quelques mois à peine !

— Qu'est-ce que j'en sais moi ? Il te considère un peu comme son fils, si tu veux mon avis… Bon, tu veux rester chez moi, ou pas ? Tu ne dois courir aucun risque !

— D'accord, Lin, mais je vais m'efforcer de te rendre ton espace le plus vite possible.

Lin hocha la tête. La joie illumina son regard.

Poly avait fini par se laisser faire. Retourner chez lui était trop dangereux, et il n'avait nulle part où aller. Malgré tout, il prévoyait de ne rester que deux ou trois jours, le temps de trouver une autre solution.

Il se levait déjà pour prendre quelques affaires quand Pierlot fit son apparition.

— Quel monde dans le train ! s'était-il exclamé. J'ai dû voyager debout dans le wagon à vélos !

— Dites-moi, Pierlot, dit Poly après lui avoir serré la main, si je reste chez Lin, vous serait-il possible d'aller récupérer ma cafetière ? Mes deux biens les plus précieux avec ma trompette ! Au cas où le gars reviendrait, on ne sait jamais. Je les descendrai à la cave tout à l'heure. Enfin, si j'arrive à me lever de ce canapé, ajouta Poly en cherchant une meilleure position.

Après l'agression dont il avait été victime, son ventre le faisait atrocement souffrir, ainsi que ses côtes. Peut-être avait-il quelque chose de cassé.

— Bien sûr.

— On peut installer la cafetière sur la table, intervint Lin.

— Mais ça va te prendre toute la place !

Le coin-cuisine était bien trop petit pour accueillir un tel mastodonte, et l'espace nécessaire manquait pour un bureau. Lin se servait de sa table à la fois pour ses repas et pour ses études. Décidément, cette jeune femme était pleine de ressources. Et se montrait tellement généreuse. De nouveau, Poly sentait la culpabilité le gagner. Il était en dessous de tout.

— Vous êtes trop gentils avec moi, dit-il en fondant en larmes.

— T'inquiètes mon gars, dit Pierlot en lui effleurant le dos pour ne pas lui faire mal, ça va s'arranger !

8

3 mois plus tard…

Il faisait très chaud pour un mois de juin, et le temps avait viré à l'orage. Le ciel était très menaçant, avec ses dégradés du gris clair au gris foncé. Impossible de continuer à travailler dans ces conditions.

Poly rangea ses épaisses liasses de papiers dans sa serviette, et décida de s'octroyer une pause-café.

Il était resté dans son quartier pour finir sa première semaine de travail.

Il s'apprêtait à entrer chez Léon se mettre à l'abri, quand la pluie cessa d'un coup.

Il hésita. Compta ses questionnaires. Il était loin d'avoir terminé. S'il n'avançait pas encore un peu, son week-end serait compromis.

Il avait déniché ce travail sur un site d'offres de petits jobs. L'activité, très prisée des étudiants et des retraités, consistait à interroger les gens dans la rue sur divers sujets. Le questionnaire était long et difficile, et les interviewés se montraient souvent très agacés. Poly essayait d'enchaîner les questions pour aller plus vite, mais il faisait ses débuts, et parfois il devait revenir en arrière.

Il ne travaillait qu'à temps partiel et avait quitté définitivement son logement. Il avait accepté de rester chez Lin, après avoir sollicité l'hospitalité de sa sœur Chaya. Celle-ci ne pouvait pas l'héberger, soi-disant parce qu'elle n'avait pas de place. Mais il n'était pas dupe : il savait que c'était Gaston qui faisait barrage, car il détestait les chiens.

Il s'était réconcilié avec Lin, et ils dormaient dans le canapé du salon. C'était un peu petit, mais au moins ils étaient en sécurité. Un nouveau locataire occupait déjà son logement, l'agence n'avait pas traîné.

Pierlot lui avait recommandé de porter plainte, mais il n'avait pas envie de se battre, et surtout de se faire battre.

Ses ecchymoses étaient guéries. Il n'avait rien de cassé.

Poly contempla le ciel menaçant. Il s'encouragea mentalement et rebroussa chemin vers son emplacement, là où il y avait une grande concentration de population.

Tout en ressortant ses questionnaires, il songea qu'il n'avait pas des nouvelles ni de Jorany, ni de Darie, ni d'Arun. Il n'avait rien dit à Chaya, tant qu'il n'aurait pas réalisé son test de maternité. Qu'attendait Arun pour lui envoyer les quelques cheveux ou ongles nécessaires à l'expertise ?

Il n'avait pas de nouvelles de Munny non plus. Son frère devait préparer sa rentrée. Ils n'avaient jamais été proches, de toute façon. Très vite, Munny avait quitté la maison, et, un jour, il avait avoué à Chaya qu'il détestait sa famille, car seul Poly trouvait grâce aux yeux de leur père.

Poly avisa une trentenaire endimanchée qui sortait du métro. Il consulta sa feuille de route : elle correspondait à son panel.

— Bonjour, Madame, auriez-vous un petit moment à m'accorder, c'est pour une enquête ?

— Désolée, mais non, je suis pressée.

— Ça ne prendra qu'une…

Mais la femme était déjà partie, se fondant dans la foule compacte. Le ciel s'assombrit encore.

Poly frissonna. La température avait chuté de façon spectaculaire, digne d'un mois de novembre.

Tout à coup, il le repéra, à côté du kiosque à journaux.

— Bonjour, comment allez-vous ?

Poly s'approcha de l'étudiant, le jeune homme émancipé qui venait travailler ses cours chez Léon.

— Marre de ces fichus questionnaires ! répondit l'étudiant.

— M'en parlez pas ! Vous bossez pour qui ?

— La Sofrès.

— Moi je suis chez BVA.

Le futur khâgneux semblait fatigué : ses yeux étaient bordés de rose, comme un lapin blanc, et ses cheveux, plus longs que dans son souvenir, encadraient un visage pâle et creusé.

— La journée, je fais les sondages, expliqua-t-il en s'adossant aux grilles du métro, et la nuit, j'ai trouvé un job d'inventoriste.

— En quoi ça consiste, exactement ?

— Je participe aux inventaires de stocks dans les grandes surfaces. Il faut se montrer rapide et performant. Comme je peux organiser mon agenda à ma guise avec les sondages, ça me permet de me reposer quelques heures le matin, et de commencer à potasser les cours pour la rentrée.

Ainsi tout s'expliquait, songea Poly. Celui qu'il surnommait l'étudiant était en plus un travailleur acharné.

— Votre zèle me laisse admiratif, vraiment, lui confia-t-il.

— Bah, y a pas de quoi. J'ai hâte d'intégrer la prépa, je ne vais pas enchaîner les petits boulots toute ma vie !

Et lui, constata Poly avec un fort sentiment de honte, qu'allait-il faire de sa vie ? Il était destiné à un grand avenir de musicien, et voilà qu'il battait le pavé sous la pluie à solliciter des gens qui ne lui accordaient, pour la plupart, aucune attention.

Il songea qu'il existait bien une solution…

Et de nouveau, il se força à chasser cette pensée.

Un éclair fendit le ciel en deux.

La pluie se mit à tomber. Très rapidement, des trombes d'eau dévalèrent les trottoirs. Le tonnerre gronda.

Poly remballa ses affaires prestement.

Soudain, il se souvint du prénom de son jeune ami.

— Je te paie un café, Jean-Louis ?

9

— Passe-moi le sécateur.

Lin cherchait du pied le degré inférieur de l'escabeau pour s'emparer de l'outil que son petit ami lui présentait.

— Fais attention, Lin, je t'en prie !

Chance, qui ne goûtait guère non plus cette lubie de ses maîtres, ne cessait de japper.

— Allez, calme-toi Poly, encore trois coups de sécateurs et cette demoiselle n'embêtera plus les voisins. Mais par pitié, emmène-moi ce chien dans la cuisine !

Lin avait planté une capucine qui ne faisait que proliférer, et le végétal atteignait l'étage supérieur. La jeune femme qui vivait au sixième leur avait demandé d'élaguer les feuilles qui grimpaient le long de son balcon.

C'était Lin qui s'y collait, car Poly détestait les opérations de ce genre. Il était vite saisi de vertige.

Une branche coupée dévala l'immeuble et vint s'écraser au sol.

— Ah, je suis trop petite, à quelques centimètres près ! Déplora Lin. Il ne reste qu'une seule tige, mais je n'arrive pas à atteindre le grillage.

Poly passa timidement la tête par la fenêtre, pour voir si le végétal n'avait pas fait trop de dégâts.

Il s'apprêtait à descendre pour récupérer la branche quand il entendit quelqu'un l'appeler.

Une femme avec un bébé lui faisait de grands signes, sur le trottoir en bas.

— Coucou !

— Ça alors ! Pour une surprise ! Je reviens tout de suite, Lin. Et s'il te plaît, descends de cet escabeau !

Poly dévala les escaliers et sortit en trombe dans la rue. C'était le soir, juste après que l'orage se fut calmé. Le quartier était désert. Les gens s'étaient tous réfugiés chez eux.

— Arun! Mais qu'est-ce que tu fais ici ? Avec la petite, en plus !

— Bah, je n'allais pas abandonner ma fille !

— Bien sûr, bien sûr, mais…

— Je vais tout te raconter. Viens là que je t'embrasse.

Poly se laissa enlacer de bonne grâce, songeant qu'Arun était très vraisemblablement sa sœur.

— Je m'occupe de ta valise. C'est au cinquième. L'ascenseur est en panne depuis des mois.

Le frère et la sœur grimpèrent les étages et Poly se livra au rituel des présentations.

Lin ne cessait de s'extasier devant le bébé.

— Elle est magnifique, pas vrai Poly ?

— C'est sûr.

— C'est sûr ? Voilà tout ce que tu trouves à dire ? Regarde-moi ces petits doigts ! Et cette frimousse !

— Merci beaucoup pour tous ces compliments. Est-ce que je peux vous aider ? Dit Arun en désignant l'escabeau.

Lin toisa la nouvelle venue et afficha un air satisfait.

— Tu fais au moins cinq centimètres de plus que moi. C'est largement suffisant.

— Oh, Lin, je t'en prie ! s'exclama Poly. C'est trop dangereux !

— Ah, ces hommes, répondit Arun.

Les deux filles gagnèrent la fenêtre. Arun commença à se hisser sur l'escabeau.

Poly haussa les épaules.

— Bon, ben moi, je vais préparer des cappuccinos…

Une fois toutes les entreprises menées à bien, ils s'assirent tous les trois sur le canapé. Chance s'était couché près du bébé.

Les cappuccinos les réchauffèrent un peu, car l'orage avait encore fait baisser les températures.

— Brrrr… on se les gèle ! Déplora Lin en grimaçant.

— Tu connais cette expression ? s'étonna Poly avec amusement.

— Je ne suis pas en France depuis trois ans pour des prunes ! Arun et Poly se mirent à rire.

— Dommage que je doive partir bientôt, j'aurais bien aimé faire plus ample connaissance avec Arun.

À cette évocation du voyage à venir, les yeux de Lin se voilèrent. L'ambiance décontractée laissa place au chagrin.

— Ma mère est très malade, expliqua Lin à la nouvelle venue. Elle allait mieux, puis elle a été de nouveau hospitalisée.

Poly lui prit la main, et Lin la pressa en retour.

— Je veillerai sur la maison, ne t'inquiète pas.

— En parlant de maison… je ne savais pas que vous aviez emménagé ensemble, tous les deux ! Mes félicitations ! s'exclama Arun qui faisait des efforts visibles pour alléger l'atmosphère.

— C'est-à-dire… rétorqua Poly avec gêne, cela ne s'est pas passé exactement de cette façon.

Intriguée, Arun leva un sourcil interrogateur vers son frère supposé.

— On m'a chassé de mon appartement. Pour y installer un nouveau locataire.

— Quoi ? Et tu étais d'accord ?

— C'est que… je n'ai pas eu le choix. Un type genre armoire à glace m'est tombé dessus et m'a fichu une dérouillée. Pour que je quitte les lieux.

— Je suis désolée de l'apprendre. Cependant, on a toujours le choix, Poly.

— Je ne crois pas.

— Et moi je crois que si !

Chacun se mura un instant dans le silence. On n'entendait plus que le ronflement de Chance et Poly s'absorba dans la contemplation de la pluie qui tombait sur les feuilles de capucines.

— Bon, et si tu nous donnais des nouvelles du pays ? reprit Poly.

Arun avala la dernière goutte de son cappuccino, et les traits de son visage se durcirent.

— Darie a découvert que j'avais fouillé dans ses affaires. Elle m'a chassée de la maison. J'ai compris aussi que ma mère fait chanter sa sœur, en lui confisquant tous les cadeaux dont tu m'as parlé. Elle porte les coûteux parfums et les jolis foulards que tu n'as jamais vus sur Jorany. Darie a toujours eu un faible pour les objets de luxe occidentaux. Et on peut dire que tu as beaucoup gâté Jorany !

— Elle a obtenu des remboursements de livres.

— Darie a récupéré l'argent, là encore… J'ai vite compris que Darie dissimulait un secret. Ce que tu dois savoir, aussi, c'est que ton frère Kan est propriétaire de ton logement. Encore un arrangement avec Darie. Bref, j'ai été écœurée, j'étais lasse de cette ambiance pourrie, alors j'ai sauté dans un avion et je suis venue te voir. La bonne nouvelle, c'est que j'ai gagné mon procès ! Je vais pouvoir retravailler, une fois que cette petite demoiselle – Arun désigna du doigt le nourrisson qui dormait – aura un peu grandi.

— Est-ce que tu m'as rapporté des cheveux de Darie ?

— Oui ! J'en ai récolté une grosse poignée. Je les ai rangés dans une enveloppe, comme tu me l'as demandé.

— Génial. On va bientôt découvrir la vérité.

— Peu de doutes subsistent, tu sais. Les papiers que j'ai trouvés ne mentent pas. On est bel et bien frère et sœur, toi et moi.

— Bon, je suis content, au fond. Je t'ai toujours beaucoup appréciée. Mais revenons à la vie pratique. Tu as un endroit où dormir, ce soir ?

Arun étira ses lèvres dans une expression de gêne.

— Je pensais que tu vivais dans ton propre appartement. Tu m'avais parlé d'un deux-pièces… Peut-être que je pourrais dormir ici, dans le canapé ?

Lin et Poly échangèrent un regard contrit.

— Hélas… dit Poly, nous dormons DÉJÀ dans le canapé.

Chapitre 16

1

Il venait tout juste d'envoyer les cheveux de Darie pour une recherche de maternité. Il lui avait suffi de reprendre contact avec un certain Orlando Pirozzi, qui était en fac de médecine avec lui. Le Dr Pirozzi, devenu généticien, l'avait orienté vers un laboratoire en ligne qui proposait d'établir une filiation à partir de prélèvements de cheveux. La plupart des labos, en effet, exigeaient un prélèvement salivaire.

Poly devait retrouver son amie Estelle à Fernand Vidal où la mère de cette dernière, lourdement handicapée, était hospitalisée pour un « long séjour » en gériatrie.

La pauvre femme n'avait que cinquante-huit ans.

Bénédicte souffrait beaucoup, d'après sa fille. Elle avait la maladie d'Alzheimer, et cette femme autrefois douce et placide, s'était changée en furie. Estelle redoutait ses moments de tête-à-tête avec sa mère et Poly avait bien voulu l'accompagner.

Comme d'habitude, la jeune femme était en avance, et en train de lire un livre sur un banc : *Merlin*, de Michel Rio.

— Poly ! s'exclama-t-elle en relevant la tête. Toujours pile à l'heure ! J'aime ça !

— Bah, tu me connais…

Estelle sourit et lui empoigna le bras. Ils passèrent devant l'accueil.

— Ça ne t'embête pas, au moins, de m'accompagner ?

— Non, bien sûr que non.

— Tu vas voir, elle a beaucoup décliné… Elle est très différente.

Poly sentit son cœur se serrer. La mère d'Estelle s'était toujours montrée d'une gentillesse rare envers lui. Son mari, le père d'Estelle, occupait un poste à responsabilité et gagnait bien sa vie, de sorte qu'il avait proposé à Bénédicte de rester à la maison, si elle le souhaitait. Bénédicte avait accepté ce *modus vivendi* d'une autre époque. Les deux frères d'Estelle, beaucoup plus âgés qu'elle, n'avaient que peu de reconnaissance envers leurs parents. Poly ne pouvait s'empêcher de les juger.

— J'ignore dans quel état elle va être aujourd'hui, déclara Estelle avec angoisse. Les médecins ne paraissent guère optimistes. Heureusement, je pars demain en vacances pour trois semaines ! À moi le farniente !

Poly lui serra le bras maladroitement.

— Ça va bien se passer.

Ils traversèrent le petit parc attenant au service de gériatrie et s'engouffrèrent dans un nouveau couloir.

— Merci Poly. Mais parle-moi plutôt de toi. Comment vas-tu ? Tu as trouvé du travail ?

— En fait, je vis avec Lin et ma… et Arun. Dans l'appartement de Lin. On se serre. Je dors par terre, sur un matelas d'appoint. L'ambiance est un peu tendue entre Lin et moi. Mais ce n'est pas sa faute. Sa mère vient de décéder. Lin revient tout juste de Chine, où elle s'est occupée de tout, l'enterrement, enfin tu vois…

— La pauvre. Sa mère devait être encore jeune. Remarque, la mienne n'est pas précisément une vieille femme. La plupart du temps, je ne sais pas à quoi elle pense, même si je crois qu'elle a sa tête. Parfois, elle se met à pleurer quand je lui raconte ma vie.

— C'est tellement triste. Et moi qui me plains…

Ils traversèrent la salle commune où le volume de la télévision était poussé à fond, alors que personne ne la regardait. Les tables du déjeuner venaient d'être débarrassées et nettoyées.

— Les pensionnaires doivent tous être descendus, remarqua Estelle. Pour les animations. Sauf maman.

Ils entrèrent dans la chambre de Bénédicte Boileau.

— Bonjour maman !

Une femme toute menue et recroquevillée dans son lit fixait le plafond.

Poly ne savait comment se comporter. Devait-il l'embrasser ? Prendre une chaise ? S'asseoir sur le bord du lit ?

Au même moment, quelqu'un frappa à la porte et entra. C'était un jeune homme dans la trentaine, un peu corpulent et trop serré dans sa blouse d'aide-soignant.

— Bonjour, madame Boileau, ah ah ah ! Mais on a de la visite, aujourd'hui. Votre fille est là, et son petit copain, peut-être, ah ah !

Estelle s'esclaffa.

— Non, Fabrice, Poly est un ami.

Le dénommé Fabrice ne cessait de ponctuer ses phrases par un rire franc et communicatif. Une sorte de tic nerveux, peut-être, songea Poly. L'homme avait en outre une allure un peu spéciale, avec sa coupe Pompadour tout droit sortie des années 50.

— Qu'est-ce que vous prendrez, ha ha ha, madame Boileau ?

— Ca caf…

— Un café donc, traduisit le préposé au goûter. Avec une petite crème protéinée. Très importante la crème. Je vous en sers un café à vous aussi, ha ha ?

Poly et Estelle acquiescèrent.

Une fois l'aide-soignant parti, Estelle entreprit de faire boire et manger sa mère. Mais Bénédicte Boileau se pelotonna au creux de son lit et ferma les yeux.

— Maman !

— Sale… saleté !

Estelle se rassit sur le bord du lit.

— Tu vois ?

— Veux-tu que j'essaie ? Proposa Poly avec courage.

— Si tu te le sens…

Poly s'empara du pot de crème et se pencha vers la malade.

— Bénédicte. Je suis le fils de Jorany Suhana. Vous vous

souvenez de moi ? Vous m'invitiez à dîner, quand j'ai rencontré Estelle. Estelle était avec ma sœur Chaya en fac de lettres. Vous prépariez toujours une tarte Tatin à tomber par terre !

Quelque chose s'alluma dans les yeux de la femme. Un intérêt soudain, ou peut-être de la gourmandise.

— Suis pas si mal… malade qu'ça ! s'exclama-t-elle en ouvrant la bouche.

— À la bonne heure !

Ils restèrent encore une petite heure dans la chambre puis regagnèrent les ascenseurs.

Le préposé au goûter était assis à une table, son chariot à côté de lui.

— Croyez-moi, dit-il, elle se porte mieux ici que chez vous. Parfois, il n'y a pas d'autre choix. Vous êtes jeune, ah ah ah, vous avez pris la bonne décision.

Au moins, se dit Poly, sa mère était encore valide. D'après Arun, elle sortait même tous les jours. Les deux sœurs se rendaient à la Pagode l'après-midi et au théâtre ou au concert le soir.

Une fois sortis de l'hôpital, les deux amis se motivèrent pour rentrer à pied. Ils n'habitaient pas loin et le temps était splendide.

— Chaya m'a appelée, dit Estelle en remontant sa besace sur son épaule. Elle m'a rapporté que tu avais mauvais moral. Et que tu avais tout laissé tomber. Pourquoi avoir abandonné ton projet de la Juilliard, Poly ?

Poly s'empourpra, sentant la colère le gagner.

— La Juilliard coûte dans les 50 000 dollars l'année ! Je ne dispose pas d'une telle somme !

— Pourquoi ne pas vendre la maison au Cambodge ? L'argent paierait les frais de scolarité, en partie du moins, non ?

— J'y ai pensé, figure-toi… Beaucoup pensé. Mais où logeraient Jorany et Darie ? Et peut-être même Arun, si elle envisage de retourner vivre là-bas. Je ne peux pas leur faire ce coup-là !

— La famille… parfois, il faut savoir s'en passer. Regarde

ma mère. J'aurais pu la prendre chez moi. Avec des aides et des infirmières, c'était de l'ordre du possible. Mais j'ai besoin de vivre. Et puis, ta mère perçoit une retraite, non ? Elle pourrait louer quelque chose. Les prix des loyers ne sont pas exorbitants, au Cambodge.

    — Je m'y refuse, si je vendais la maison, Kan me tuerait !

    — C'est toi que tu es en train de tuer. Tes rêves, ton avenir, ta vie. Quand est-ce que tu vas penser un peu à toi, Poly ?

2

Poly se trouvait dans une chambre d'hôtel de troisième zone, près d'une voie ferrée, dans une banlieue sordide.

Les résultats de son test de maternité étaient posés sur une vieille table en Formica marron, le seul meuble de la pièce. Il avait ouvert l'enveloppe le matin même.

Pour se payer la chambre, il avait dû demander le remboursement de son billet pour New York.

Son Institut de sondages n'avait plus de missions à lui confier.

« Trop de concurrence avec les sondages en ligne rémunérés » avait-il argué.

De plus, Lin l'avait quitté.

Il se repassait en boucle le détail de chacune des scènes qui l'avaient conduit à la perdre.

D'abord, il avait été question de prendre un appartement ensemble.

    — On ne peut pas continuer à vivre tous les trois dans vingt-cinq mètres carrés !

    — Mais Arun va bientôt retravailler, lui avait-il rétorqué.

    — Peut-être, mais je voudrais quelque chose de plus grand. Et d'officiel. Un contrat entre toi et moi. Juste entre nous deux.

Poly avait paniqué à cette idée. Officialiser sa relation avec Lin – même s'il ne s'agissait que d'un contrat de location – le terrorisait. Sa situation financière était tellement catastrophique !

De plus, il regrettait son ancien appartement.

Il n'avait plus de nouvelles de son ami Pierlot. Depuis qu'il avait abandonné son projet d'études musicales, Pierlot lui battait froid. Quant à Juliette, il n'avait pas trouvé le courage de l'affronter. Il savait très bien ce que lui aurait dit son professeur : « Tu vas te bouger les fesses, et réunir l'argent nécessaire pour financer la Juilliard. Quitte à traverser l'Atlantique à la nage, s'il le faut ! »

Il avait tellement honte ! Et voilà que Lin le chassait. Elle lui avait envoyé un dernier SMS, pour lui apprendre qu'elle partait vivre aux États-Unis avec Arun. Et qu'elle rendait l'appartement.

Il était conscient qu'elle avait raison, au fond. Il ne la méritait pas.

Il s'était retrouvé à la rue.

Complètement démuni et désespéré, il avait appelé Chaya. Il avait passé une nuit chez elle, mais Gaston l'avait chassé. Il ne supportait pas qu'on modifie son cadre de vie et quand il avait trouvé une chaussette qui traînait par terre, il s'était mis dans tous ses états.

— Tu ne vas pas pouvoir rester, Poly, l'avait prévenu Chaya. Essaie de squatter chez Estelle ?

— Estelle est partie en vacances.

— Je ne sais pas quoi te dire, Poly. Vraiment, j'ignore comment t'aider.

Il n'avait pensé qu'à Chaya. Munny vivait dans un grand studio avec son copain, et il était hors de question de lui demander asile. Quant à Kan… songer à Kan le plongeait dans une rage terrible.

Il sentait que le moment était venu.

Il se leva de son lit miteux et ouvrit la fenêtre en grand.

Un train passa, ce qui fit trembler les vitres, puis le silence revint.

Il saisit son téléphone.

Il laissa sonner, encore et encore. À la septième sonnerie, le répondeur se mit en marche : « Bonjour, vous êtes bien sûr le portable de Darie Trémaux, laissez-moi votre message, je vous rappellerai ».

Poly pesta. Il retourna se vautrer sur son lit, quand il eut la surprise d'entendre vibrer son téléphone.

Darie.

— Poly ? Tout va bien ?

— Oui, tu veux bien passer sur what's app, Darie, s'il te plaît ?

Un silence.

— Tu m'inquiètes. Mais c'est d'accord.

Poly chercha l'application et décrocha. Le visage de sa mère, cette mère qu'il venait de se découvrir, envahit l'écran. Un visage soucieux, avec des yeux à demi fermés, une bouche plus ridée que dans son souvenir, et une couche de fond de teint qui dissimulait mal une couperose tenace.

— Qu'est-ce qui t'amène, mon neveu ?

Poly secoua la tête.

— Je ne suis pas ton neveu, mais ton fils.

Poly repéra une légère modification du teint de Darie.

— Qu'est-ce que tu racontes, voyons, tu divagues complètement !

— Attends une minute.

Poly se leva pour aller chercher l'enveloppe sur le bureau.

— J'ai demandé une expertise génétique.

— Mais… mais…

— Arun m'a fourni une dizaine de tes cheveux. Tu es bel et bien ma mère. Et je pense que tu le sais pertinemment !

— Cette petite peste d'Arun ! marmonna Darie. Qu'est-ce que tu veux Poly ?

— La vérité, pour commencer.

Darie bougea un peu et son visage disparut du champ de la

caméra. Lorsqu'elle revint dans le cadre, la décoration avait changé.

— Je préfère m'asseoir, dit-elle.

— Tu fais ce que tu veux, du moment que tu arrêtes, que TOUT LE MONDE, arrête de me mentir.

— Ne le prends pas comme ça ! Tu as vécu une enfance heureuse, protégée.

— Oh, plus que ça ! Une enfance privilégiée, ajouta Poly d'une voix amère. Kan, Munny et Chaya ne manquent pas de me le rappeler ! Alors, maintenant, je t'écoute.

Darie soupira un grand coup, tout en se frottant le menton. Visiblement, elle cherchait ses mots.

— Je ne peux pas… Je vais raccrocher.

— Si tu fais ça, je saute dans le premier avion pour le Cambodge ! Tu seras bien obligée de me voir !

Il y eut encore un soupir et Darie disparut un instant de la caméra. Elle revint au bout de quelques secondes avec une boisson, et souleva son verre devant la caméra, pour le montrer à Poly.

— Il me faut quelque chose de plus fort que du thé pour te raconter… Puisque tu as découvert la vérité… Tu es bien mon fils. Et Keo était ton père. Mon mari, Lucas, est le père d'Arun.

Ainsi Arun était sa demi-sœur…

— Et puis ?

— Tu ne penses pas qu'on devrait laisser le passé où il est ? se déroba encore Darie.

Poly serra le poing.

— Ah, non, maintenant tu vas tout me dire ! Sinon je débarque et je t'arrache les yeux !

— D'accord ! Calme-toi ! Alors voilà : j'ai vécu une brève, mais intense passion avec Keo, et je suis tombée enceinte. De toi. Nous devions officialiser notre relation, et vite. Le jour du mariage, Keo m'a abandonnée. Il ne s'est pas présenté. Je n'ai plus eu aucune nouvelle, pendant plusieurs mois.

Puis, alors que j'étais près du terme, ma sœur Jorany, qui ne m'avait rien dit jusqu'à présent, m'a avoué qu'elle allait se marier. Et devine avec qui ?

— Keo.

— Exactement. Je me suis sentie trahie à un point que tu n'imagines pas ! Je ne voulais pas de l'enfant d'un homme qui m'avait préféré ma sœur, qui m'avait laissé tomber avec mon bébé qui était aussi le sien ! À cette époque, avoir un enfant sans être mariée était considéré comme un grave péché.

Poly, qui commençait à comprendre, dit d'une voix blanche :

— Alors tu m'as confié à Jorany et Keo.

— Oui, pour qu'ils t'éduquent et que je puisse me mettre en couple avec Henry. Ma sœur avait honte, car elle savait que j'aimais ton père, et elle me l'avait pris. Quant à Keo, il craignait pour son karma. C'est à cette époque qu'il a commencé à se réfugier dans la religion. De mon côté, j'avais peur que tu ne me le pardonnes jamais, alors j'ai fait jurer à tout le monde de garder le secret. Pour se racheter, Jorany et Keo ont veillé à te donner la meilleure éducation possible, en te payant des études, etc.

— Du coup, c'est à Kan que revenait normalement le statut d'aîné, continua Poly qui commençait à comprendre. Kan est au courant de tout, n'est-ce pas ?

— Oui, il a très vite découvert la vérité. Et il était très mécontent que son cousin lui prenne cette place qui lui revenait de droit.

— Il n'a pas cessé de me le faire payer ! Voilà pourquoi il me hait tant !

— Ce n'est pas un mauvais type. Il a beaucoup souffert, enfant, tu sais !

— Il m'a tout de même fait tabasser et chassé de l'appartement où je vivais ! Car j'ai découvert la vérité, figure-toi, c'est lui, le propriétaire de l'appartement !

— Oui. Je lui ai ordonné de ne rien te raconter, ni à toi, ni à Chaya et Munny, ni bien sûr à Arun. En échange de quoi, il bénéficie d'une chambre privée dans la maison au Cambodge, avec sa maîtresse à demeure. Et il a également exigé que l'appartement où tu vivais figure à son nom, afin qu'il puisse payer les traites de son garage avec les loyers.

Poly garda le silence un long moment. Il repensait aux cadeaux consentis à Jorany qui devenaient la propriété de Darie. Darie qui faisait chanter sa sœur. Quelle famille !

Poly prit une profonde inspiration et déclara à sa mère :

— Toi et Jorany allez devoir préparer vos cartons. Je vends la maison.

— Quoi, tu n'y songes pas ?

Un nouveau silence.

— Poly ?

— Vous m'avez trahi. Vous avez profité de moi. Eh bien aujourd'hui, c'est terminé ! Ma décision est prise. Au revoir, maman.

Epilogue

L'orchestre symphonique était déjà sur scène. Les musiciens accordaient leur instrument dans une joyeuse cacophonie. Ils étaient quarante. Un technicien apporta une harpe, et la harpiste, une jeune Asiatique de la Juilliard School, comme tous les autres musiciens présents ce soir, s'installa derrière son pupitre.

Il faisait chaud dans la salle, et toutes les places avaient été vendues. Les derniers retardataires finissaient d'entrer.

Poly patientait dans les coulisses. Ce soir, le rôle de soliste lui revenait. Il achevait sa première année à la Juilliard School, et le trac lui nouait la gorge. Mais il avait confiance : ses professeurs étaient tous fiers de son travail.

Il avait travaillé dur pour y arriver.

Après sa discussion avec sa mère, un an plus tôt, il s'était envolé pour New York. Arun, qui était déjà sur place avec Lin, avait dégoté un job d'appoint, et c'était Lin qui gardait la petite. Elles avaient trouvé cet arrangement, le temps d'obtenir une place en crèche pour le bébé. Poly lui avait alors parlé d'un job étudiant qui se pratiquait en France, un petit boulot de nuit dans les stocks, et sa sœur s'était déniché un emploi similaire à New York. Cumulant deux postes, elle avait réussi à réunir l'argent pour un billet d'avion. Poly lui en serait éternellement reconnaissant.

Depuis quelques mois, Arun avait repris son travail d'hôtesse de l'air, et Lin vivait seule, car Poly préférait loger à l'École. C'était plus simple pour étudier à la Juilliard. Lin avait également récupéré Chance.

Ainsi, Poly avait pu intégrer la célèbre école de musique, à la rentrée, malgré quelques jours de retard.

Il scruta encore brièvement la salle. Il entrerait en dernier sur scène, juste avant le chef d'orchestre.

Enfin, il les repéra.

Darie était venue du Cambodge. Elle était accompagnée de Jorany et de son neveu Gabriel. Lin, splendide et souriante de bonheur, fermait le groupe. Il ne savait pas trop si sa famille était fière de lui, mais leur présence le rassurait. Il avait pardonné à Darie et Jorany, et depuis quelques semaines, il échangeait des lettres avec sa mère. Il parlait de son quotidien à la Juilliard : les cours, les amis, les concerts auxquels il assistait.

Rien de trop personnel, mais plus aucun mensonge.

Son frère Munny l'avait appelé une ou deux fois, mais il ne pouvait pas venir à New York pour le spectacle de fin d'année. Retenu en raison de ses examens universitaires, il s'était excusé en promettant de lui rendre visite bientôt pour lui présenter son petit ami. Quant à Kan… À la pensée de Kan, Poly sentit une vague de tristesse le balayer. Un accident de voiture l'avait laissé paralysé. Kan vivait désormais dans un centre spécialisé, car il avait besoin de soins constants. Les médecins étaient cependant assez confiants, même si la rééducation promettait d'être longue.

Il contempla son neveu avec fierté. Le gamin avait repris les cours de piano et il était très doué. Son professeur projetait de lui faire intégrer, d'ici quelques années, une école de musique à Lyon. Plus personne n'empêcherait Gabriel de réaliser son rêve, lui aussi.

L'heure était venue. Poly entra en scène. Les applaudissements de la salle retentirent.

Le chef d'orchestre, un grand type avec une queue de cheval – un élève de la Julliard également – fit son entrée. Il serra la main de Poly.

Ce dernier saisit son instrument et le porta à ses lèvres. Il jeta un ultime regard à sa famille.

Il eut encore une pensée pour Kan.

FIN

Un mot de l'auteure

J'espère que ce roman vous a plu. Je vous serais très reconnaissante si vous preniez un petit instant pour laisser un avis sur le site où vous avez acheté ce texte. Vous contribuerez ainsi à faire vivre l'œuvre. Les commentaires des lecteurs sont importants pour tous les auteurs, mais c'est encore plus crucial pour les autoédités. Je vous remercie par avance !

Mentions légales

Remerciements

Tous mes remerciements à Franzo Pizarro pour sa relecture attentive et ses remarques, ainsi qu'au blog trompette actus pour son aide précieuse concernant certains aspects musicaux du roman.